献给我的母亲

历史题材长篇小说

风

中国 1940s

阿 武 ◎著

 1 Plus Books

壹嘉出版 ｜ 旧金山 ｜ 2023

壹嘉出版
1 Plus Books
http://1plusbooks.com

作者：阿武/A Wu
书名：风（中国1940s）/The Wind (China 1940s)
Copyright © 2023 by 阿武

2023 1 Plus Books® 壹嘉出版® Paperback Edition
Published and Printed in the United States of America

ISBN: 978-1-949736-74-8（印刷版）
ISBN: 978-1-949736-82-3（电子版）

出版人：刘雁
特约责任编辑：许彬
封面设计：郭亚红
定价：$21.99（印刷版）
　　　 $13.99（电子版）
San Francisco, USA , 2023
http://1plusbooks.com
email: 1plus@1plusbooks.com

目 录

自 序

"你为什么写这本书？"

每当朋友知道我在写一本书时，他们大多会提出这个问题。好友王少，就曾无数次追问。出版人刘雁，如今同问。

所以我想，是时候认真思考那个答案了，而这可能也是一些读者想要的。于是，我窥视自己内心，在夜深人静的黑暗里，试图找到那缕光亮。

我出生在豫皖边界的一个小村庄，从小跟着姥姥一起生活。村子很小，几十户人家。

姥姥姓田，并没有名字，因为嫁给李姓丈夫，村里人叫她田李氏。她挽着发髻，驼背，小脚，拄着拐杖，牵着小小的我。孩童时期，我被人欺负，她踩着碎步，去邻居家为我出头。少年时，台湾老兵返乡，我才得知她的丈夫戍边未还。这引起了我的好奇，促使我阅读和了解那些人、那段历史。我查阅家乡的县志，收集关于国军和战争的书籍，从支离破碎的历史片段里，偶尔得到一些更加支离破碎的信息。

2017年春，我到台北参加会议，专程去中山区北安路139号的忠烈祠档案室查找，结果一无所获，尽管那里记录着39.8万为国捐躯的烈士姓名。一个国军底层士兵，在所谓天翻地覆的巨变里，被时代的飓风卷走，消失得无影无踪。

1940年代，是近代中国最为重要的章节，就像南北战争之于美国，十月革命之于苏联。它不仅改变了许许多多个人和家庭的命运，也改变了那个国家和民族的轨迹。

覆巢之下，老百姓即使善良，即使墙头草，不选边不站队，依然无法自保、无处可逃，依然被裹挟、被卷入残酷的历史车轮。他们或有迹可循，隐藏在历史的缝隙，爱过、笑过、悔过、哭过；或风过无痕，被无视、被蹂躏、被践踏、被遗忘，仿佛这鲜活、美好、无奈、无情的人间从未来过。

战争几十年后，美国人写了《飘》，苏联人写了《日瓦戈医生》。同样在经历抗战、内战、韩战几十年后，中国文学影视作品里，人们看到更多的是英雄凯旋和欢声笑语，而我尝试用不同的视角，重新诠释那段历史，写出那个十年不一样的人以及他们的故事。

这，大概是为什么写这本书的答案。

我的姥爷李春禾，就属于风过无痕的人。他鬼使神差地加入国军，误打误撞地参与抗战，稀里糊涂地内战失踪、生死不明。他的妻子，在漫长的等待中苦苦煎熬，像盛开的鲜花一样，静静地等待枯萎。现实，永远比小说更加残酷。许多年以后，姥姥迫于生计，最终改嫁另一国军秦姓退伍老兵，再未生育，在愧疚、忐忑中度过余生。

终有一天，我会跪在姥姥的坟头，将这本书点燃。告诉她，我给她起了个好听的名字——秦晋，意为"秦晋之好"。她的美、她的好，儿时的我就已经记下了，她是我这一生见过的最美的人。如果有来生，希望她生在和平、富足的时代，不再经历战争、饥荒，与心爱的人不再分开，度过恩爱、美满、幸福快乐的一生。

我的母亲，仍然健在，育有一女四子，乡村教师荣休，至今生活在豫皖边界的那个小村庄。因为"孤儿寡母"，自小吃了很多苦，她养成了隐忍、倔强、乐观和豁达的性格。

因此，我把这本书献给我的母亲，同时也献给那片生我养我的故土，以及那个时代多灾多难的中国。

阿武

2023年秋，于美国西岸边城

第一章　风　起

一

村口的狗，叫了。任天骄急急忙忙的脚步声惊醒了它。

"姐！出事了。"

任天骄着急忙慌，脚下生风。她火急火燎地赶路，是因为姐姐家的天要塌了，而姐姐秦晋对此还一无所知。

七月的黄泛平原，刺眼的大日头像个巨大火球高悬在头顶。烈日下，流鞍河水有气无力地流淌，岸边的白杨树在西南风中飒飒作响。砂浆路的另一边，田野里玉米叶子、红薯尖儿、黄豆秧苗被烘烤得蜷缩着身躯。热浪翻滚着，地平线在不远处手舞足蹈。

任天骄奔跑在坑洼不平的砂浆土路上，脚下是一马平川、沃野千里的黄土地。从界首到八里辰并不遥远，任天骄一路小跑，很快便看见那个开满蔷薇花的篱笆小院。她的姐姐就住在这里，上个月刚做完月子。

这是一座普通的农家院落，院子不大，拾掇得十分干净，刚刚洒过的水渍印在地面。坐北朝南的三间土坯房屋，巴掌厚的浅黄麦秆结块成型牢牢趴在屋顶，雨水的痕迹残留在一尺高的青砖地基上，紫红色房门残存着早已泛白的春联。东西两扇枣木窗户，东窗外是一间泥巴和玉米杆糊成墙的厨房，西窗墙角处有一棵半大不小枝叶繁盛的白杨树。

"姐！出事了。"隔了很远，任天骄焦急的声音就从门缝里挤了进来。

秦晋正在里屋哄孩子睡觉，听见妹妹慌乱的声音，放下怀里的婴孩，还没等走到外屋，任天骄一头闯了进来。

"咋啦？看你慌里慌张的。"秦晋压低了声音，语气里露出些许责怨。

"姐夫——被国军抓走了！关在乡公所呢。"任天骄上气不接下气地说。

秦晋一个趔趄，右手的拨浪鼓"砰"地掉到了地上，左手及时扶住门框。任天骄慌忙搀扶住她，在门边的杨木板凳上坐下来。

"咋回事？"姐姐顾不上头晕，眯着眼问道。

"我也不清楚呀！"任天骄也急得直跺脚。

"出啥事了？"不知何时，院子里站了个人。

"春禾哥被抓了。李叔，你快拿个主意！"任天骄顾不得礼节，命令似的。

李夫子是清末秀才，平日里读过几篇锦绣文章，虽然从未出过远门，也算见过几分文字世面，听到儿子莫名被抓，心中仍不免有些慌乱。日本人占领着颍州、亳州，距离界首一步之遥，老百姓都忍气吞声过日子，没事谁敢去招惹那些当兵的？他心底埋怨儿子不明事理，早上在家还好好的，怎么突然被抓了壮丁？但转念一想又觉得不对。

"清泉呢？让他去问问。"

"我爸昨天去沈丘了，还没回呢！"

"天笑也不知道？"

"就是找不到我哥呀！"任天骄急得快要哭出来了。

界首镇上征兵，李夫子前两天就知道。征兵名额，按各保各甲人头分派，保长甲长为了完成任务，挨村挨户走访摸底做工作，压根儿就没进李家的门。保甲们知道，李春禾是独子，家里唯一劳动力，不符合兵役条件，即使抓壮丁也摊不到儿子头上。世道再乱，规矩总是要守的，一定是哪里出了岔子。想到这里，心里才算有了底气。

"是福不是祸，是祸躲不过。别慌！咱这就去乡公所要人。"

李夫子嘱咐儿媳在家照顾孩子，然后跟任天骄一起赶往界首。

"狗日的！这什么鬼地方嘛。"

三天前，三个当兵的正走在颍河堤坝上，突然被一阵儿旋风卷起的尘土迎面横扫而过。欧阳步被迷了眼，一边揉眼睛，一边操着四川口音跟两个随从抱怨。他第一次来界首，对黄泛平原的气候特征有些陌生。

"连长，俺老家夏天就是这样，旋风可邪了，来无影去无踪，尘土飞扬烦死人。"后面的一个兵赶紧接话。

大概是吃了土，欧阳步仰起头，卷起舌头朝空气中使劲儿吐了吐。

"老子早上刚洗的头。"欧阳步替头发惋惜，接着又在身上一番拍打，"满堂，一会儿你俩先去乡公所等我。我去拜访个高人。"

"连长，您界首还有熟人？"满堂一脸狐疑，见欧阳步不理他，有些失望，闭了嘴，沿着岔路口朝乡公所而去。

界首，位于黄泛平原腹地——沈丘以东三十里，原是一个姓氏混杂，仅有几户人家的小村落，因紧邻颍河水路交通便捷，清末民初陆续有小商小贩在此经商，便逐年兴盛。至民国二十年，这里已商贾云集，药铺、当铺、铁匠铺、布行、餐馆、杂货店，应有尽有，成了远近闻名的商贸重镇。

如今的界首却是另一番光景。大前年，黄河花园口决堤。去年蝗灾，大批灾民自西向东逃离家园，沿着颍河、流鞍河一路乞讨陆续汇聚到此。集市上，到处是衣衫褴褛、面黄肌瘦、流离失所的灾民，郊外砂浆路边偶尔见到有人暴尸荒野。

欧阳步不喜欢这里，若不是军务在身，他一刻也不愿在此停留。作为一个四川人，深受"袍哥"文化影响，自然懂得"强龙不压地头蛇"的道理，来之前已做足功课。界首，是一个正在崛起的新兴小镇，地势平坦、人口稠密，临泉而居、水陆交通便利。任清泉，是隐居界首、最有名望的乡绅。传言说，他中原大战时攫取到第一桶金，之后多年出任沈丘商会会长，在界首乃至沈丘"月亮都围着他转咧"。来此办差，若得到此人相助，必将事半功倍。所以一进界首地界，欧阳步打发随从先去乡公所，自己独自一人直奔任清泉家。

白果树，高耸入云，迎风而立，仿佛鹤立鸡群。树下的四合院就是任清泉的家。欧阳步离开大路，沿着脚踩冒烟的弯曲小路，像个老朋友一样朝任家大院快步走去。

任清泉正在院内藤椅上闲卧，一身戎装的欧阳步闯了进来。

"请问，任会长在家吗？"

任清泉久居乡野，早已不理世事，对于交结新人，更无半点儿兴致。他半躺在椅子上，抬起几分惺忪的睡眼，眯着眼打量来者。这个人二十来岁，国字脸、高鼻梁、胡须干净、皮肤黝黑，中等身材，肩宽体阔。

"我叫欧阳步，从许昌过来。一路上听闻您的大名，所以冒昧前来拜会！"欧阳步开门见山，满口麻辣味儿。

冷不丁闯进这么一个军人，任清泉多少有些意外。又见他礼貌、客气，便坐起身，问道："四川人？"

"川东，合川的。您去过四川？"

任清泉已经从椅子上站起来，摆着手说："我倒是一直想去哦。重庆有两个生意上的朋友，好多年没有联系了。"

四合院向来幽静，人少客稀，欧阳步来访平添了几分热闹。任清泉见小伙子知书达理，也以礼相待，叫人泡上一壶信阳毛尖。不一会儿，尖尖瘦小的绿茶叶片儿，已在茶汤里浮沉。

"欧阳长官大驾光临，请问有何指教？"任清泉主动询问。

"哪儿有长官！在您面前，我是晚辈，川娃子一个嘛。"欧阳步微笑着说明来意，"冒昧打搅，实有一事相求。我这次奉命界首征兵，时间紧任务重，偏偏赶上这流民遍地，不知如何既不扰民，又圆满完成军务，所以请任会长多多指教。"

欧阳步刻意放低身段，赢得了任清泉的好感，直来直去的性格也甚合他口味，反正乡下闲来无事，权当成人之美做件善事，便不再虚假客套，点头允诺一定积极协助配合。

得到任清泉承诺，欧阳步起身告辞。

任清泉果不食言，头两天忙前忙后，招呼团丁到各村张贴告示，参加保长们征兵动员大会，协助乡公所分派招兵名额到各保各甲。平日里，任清泉与这些保长们素有往来，大家乡里乡亲也互知底细，因此招兵工作进展顺利。但他很快察觉，今年的驴不拉磨，净围着磨盘瞎转悠。保长们不仅沉默寡言，而且都各怀心事面露难色。

卢沟桥事变以来，中国全面抗战已经进入第五个年头。花园口决堤，阻止了日军西进，沈丘、界首却被淹了个水漫金山。连年不仅收成减半，去年更闹起蝗灾，不少人家吃了上顿没下顿。当兵吃粮，固然能混口饭吃，但形势已大不相同。东边的颍州，北边的亳州已经沦陷，界首两面环敌已成抗日前沿，民间疯传小鬼子枪炮长了眼睛，国军根本不是对手，谁愿意让自己家孩子往枪口上撞呢。

昨天开始，任清泉已不见踪影，坚持不到三天就变了脸。欧阳步对界首的不良印象又加深了一层。言出必行，向来只是传说，穷乡僻壤哪有一言九鼎的君子？他心里烦躁，后悔自己错看了人，一个人躲在乡公所房间里闷头抽烟。

满堂和一个新兵蛋子守在乡公所大门口，不准外人靠近。旁边的灰墙上挂了一面青天白日旗，旗帜下方大红标语写着：家有壮丁，抗日出征，光宗耀祖，保国卫民。

两个人满头大汗地跑过来。

"站住！干什么的？"新兵凶神恶煞地叫道。

"你们抓错了人。我们要找里面的李春禾。"李夫子气喘吁吁，但腰杆挺直。

"去去去！没有你要找的人。"当兵的不耐烦。

"铁蛋！铁蛋！我姐夫在里面呢，你喊他出来！"院内最深处，一个团丁在一排房屋前晃动，任天骄冲他大喊。

铁蛋摆摆手，不敢搭话，既不靠近，也不喊人。

欧阳步听到吵闹声，从屋子里出来。

"满堂，啥事儿闹哄哄的？"

"你们抓错了人。我儿子是独生子，不是壮丁！"没等满堂开口，李夫子已急不可耐。

欧阳步最烦别人信口雌黄。招不到兵，靠胡乱抓壮丁送到部队滥竽充数，是最令人不齿的行为，他断然不会做这等下三烂的事。欧阳步窝着火，眼睛瞪得像个铃铛，上下打量来人。只见这人四十多岁，脸上白净，微湿的粗棉布对襟汗褂下，一条灰色大短裤，小口布鞋上沾满灰尘，昂着头正义凛然的样子像极了四川的教书先生。

"他叫什么名字？"欧阳步语气里透出几分不耐烦。

"李春禾！"任天骄抢先一步答道。

欧阳步想起来了。天近晌午时，一个脸圆、白净、憨憨的后生凑到征兵台前，问当兵是不是可领四块大洋。得到肯定答复后，他表示要当兵。

满堂拦住他，问家里几个劳力？独苗，咱部队可是不要的。

后生说，家里弟兄俩，还有一个姐姐。他按下手印，领了大洋，转身就要离去。

满堂拦住去路问道："哪儿去？"。

"我把钱送回家再过来。"后生怯怯地答。

满堂长枪一横道："签了字，就是国军了。进去待着，哪里也不能去！"

李春禾刚要争辩，新兵蛋子已高举枪托。他只好放弃，极不情愿走到那排房屋的最里间，走进那个黑暗之门。

"他已是国军了，任何人都甭想带他离开！"欧阳步说着，叫满堂进去把那四块大洋拿过来。

"他是独生子，是家里唯一劳动力，这不符合政策呀。"李夫子一听，口气矮了半截儿，还想做最后的辩解。

"他自己说家里兄弟二人，签了字我们才收他。还没当兵呢，就敢欺骗长官，胆子不小呀！"满堂站在一旁，帮长官解围。

听满堂这么一说，两人顿时没了主张。政策，向来是有权人给没钱人制定的，没权没钱只能接受遵守，根本没有争辩反抗的权利。继续争辩已于事无补，万一人没出来，以后春禾在部队咋混呢。欧阳步见两人哑了口，转身往所里走。

"我爸，我爸是任清泉。长官大哥，能不能通融通融？"任天骄慌忙搬出救命稻草。

欧阳步正为任清泉莫名消失、言而无信烦躁呢。听到名字，欧阳步停下脚步，扭头撇了一眼任家大小姐，不耐烦地说：

"让任会长亲自来吧。"

说完，向院内走去。任天骄和李夫子面面相觑。木已成舟，仿佛一切早已注定。

一只绿头苍蝇在房间里飞来飞去，从房梁飞到窗台，又七拐八拐飞到欧阳步面前。欧阳步眼疾手快，手指轻弹送了它一程。好好一个下午，被任清泉三个字搅成一团乱麻，原本烦躁的内心，更加窝火。

"满堂！"欧阳步冲门外大喊。

"到！"满堂已立在门口，扯着嗓子问，"什么事，连长？"

"你俩在这里守着，任何人不准离开。我镇上转转。"

欧阳步出了乡公所，抬腿来到人间。

已是日落三竿，青石板铺就的街道上，人烟稀少。卖瓜果蔬菜的都已打道回府，街道两旁胡乱丢弃着烂瓜残叶，几只绿头苍蝇在上面飞。卖米花团子的挑着担子擦肩而过，叫喊声穿过长长的街巷，空气中顿时飘过一丝甜味儿。卖洋布的已收摊，早早关了铺面。副食店半敞着门，里面黑咕隆咚的。油条铺的油锅倒扣在灶台上，人早已不见踪影。猪肉铺倒是还在，油腻案板上摆着几片碎肉。

肉铺旁边是一家清真卤菜店，店老板马英年看见有人过来，老远就打招呼：

"刚出锅的卤牛肉。长官，割二斤回去下酒？"

终于有人搭话。欧阳步走近了些，离着柜台三尺远，停下脚步问：

"生意嘟个样？"

"唉！一时半会儿饿不死。这年头，能混个肚子圆就烧高香了。"马英年一边答应着，一边把白手巾搭在肩上。

"被你一说还真馋了。好多钱一斤咧？"

"价钱好说，要多少？"一看来了生意，马英年满脸堆笑。

欧阳步想了想，说："我前头转转，一会儿转回来再称。"

说完，自顾西去。青石板高低不平，有的光洁油滑，有的粗糙碎烂。巷子两旁的人家几乎都关着门，一条老狗横卧在柳荫下吐着红红的长舌头。

出来透透气，欧阳步发觉界首不再那么讨厌，相反它有一种宁静安详、一马平川的美。微风袭来，刚才的闷热一扫而空。斜阳，在小巷的尽头探出头，将他的身影拉得瘦长，变换着铺打在青石板、斑驳墙壁或树干树枝上。

欧阳步漫无目的地前行，不知不觉中眼前出现一湾宽阔的湖水。经过一片浅滩草地，几撮芦苇正是翠绿，扎在水边，几只野鸭在芦苇丛边嬉戏耍玩，不远处岸边一条无人轻舟小桨随风荡漾。一道残阳，锦缎般铺在水中。欧阳步捡了一块青草地坐下，几只蚱蜢蹦跳逃窜，青草的香气扑鼻而来。这是他熟悉和喜欢的大自然气息。他顺势躺下来，顿时感到身心松软，微闭双眼。此刻，蓝蓝的天空，万里无云。

"连长！"不知躺了多久，满堂站在阳光里。

欧阳步被他吵醒，明显不耐烦，斜眼看着他。

"团部紧急通知，要各连排立刻归队。"

"啥子事嘛？"

"不知道，来人没说。"

你瓜兮兮的宝器！麻麻咋咋滴。欧阳步心里骂着，起身直奔乡公所而去。

任天骄回到家时，天色已晚。

奶奶在院子里摘豇豆，石桌上还有刚采摘回来的青茄子和西红柿。孙女垂头丧气的样子，引起了她的注意。

"咋了？一天到晚见不到个鬼影子。"

奶奶憋了一肚子火。中午，老人家做好饭菜，左等不见孙子，右等不见孙女，眼睁睁看着一桌子美味变凉、变剩，日薄西山。

"春禾哥出事了。"任天骄有气无力，在石凳上坐下来，把今天的倒霉事从头到尾跟奶奶报告一遍。

"天笑呢？你爸不在，找你哥一起想办法呀！"直到这时，奶奶才知道错怪了孙女，又跟着一起干着急。

"都找遍了，到处找不到他呀！"

任天骄哭丧着脸，无精打采地回了西厢房。她躺在床上，怎么也想不明白，李春禾为何进了乡公所。他若真的当了兵，结婚一年的姐姐以及刚刚满月的孩子，今后将面临怎样的生活？夜幕降临，房间里越来越暗，房顶角落里一只蜘蛛正在辛勤画圆结网，网线越变越大，逐渐、逐渐消失在黑夜里。

黄泛平原的风，停了，夏虫也安静了。厨房的灯光铺在院子里，照亮了漆黑的夜空。院墙外，那棵千年的白果树直插云霄，像一只张开的佛手托起满天的星辰。奶奶做好了饭菜，等待孙女醒来。

西厢房的灯，终于亮了。一阵窸窸窣窣的声响，任天骄手里捏着一封信，冲出屋子，大声叫喊。

"我哥！我哥，也当兵去了！"

二

夜色渐起时，欧阳步带领招募的新兵，星夜兼程赶赴许昌。此时，任清泉正在沈丘城载歌载舞、醉酒狂欢呢。

他昨天进城，筹备师父陆庭筠的六十大寿。说是筹备，也就是动动嘴，具体活儿由商会会长、师弟王效义发号施令，再指派给商会的其他弟兄。

"四哥放心！我亲自盯着，出不了差错。"王效义拍胸脯保证。

任清泉扳着手指头说："河南豫剧名角、醉三秋的大厨、古井贡的烟酒，再搭配几个魔术小丑，嘉宾嘛商会以外的人就免了，具体名单你们自己决定吧。"

"越是生意人，越不能掉进钱眼里。师父平生低调，又是读书人，弄的节目，更不能整晚都是银子响叮当。"他还是不放心，怕师弟搞错了大方向。

"错不了。我还有意外惊喜呢。"王效义神神秘秘地说道。

任清泉笑了，知道这个人办事靠谱，便不再啰唆，转身去了师父家。

王效义当然懂得，这不仅是给师傅举办寿宴，也是沈丘商会答谢晚宴，必须办得喜庆、热闹、与众不同，利用这个机会沟通商户情感，也是商会会长份内之事。

这些年，任清泉扔下商会一堆的事儿，独自跑到界首乡下享清福，大小事物都落在王效义肩上。他从来不敢有丝毫懈怠，虽然如今生意顺风顺水，但总是对师兄的行为心有疑惑，前两天还在向师傅求解。

"他还不到四十岁。师傅您说，他这是为什么？"

被问得次数多了，陆庭筠实在忍不住，便答道："咸吃萝卜淡操心！操他那份闲心干嘛，专心做好你商会的事。"

"我就是想不明白嘛。"王效义嘟囔着。

陆庭筠坐在悠然亭里，招呼徒弟喝茶，笑而不答。

任清泉来到师父家时，已近中午。门虚掩着，他像进自己家一样，推门径直往里闯。师母正在厨房做饭，听到脚步声任清泉已在眼前。

"我一进这条巷子，老远闻到菜香，就知道有好吃的。"说着，放下拎着的贺礼，伸手去捏刚出锅的芹菜肉丝。

"就知道你好这口！你师父出门前专门交代的。"师母递上筷子。

任清泉也不客气，干脆在蒸笼里扎了个馒头，站在灶台前开吃起来。

"肉放少了。"他像个调皮孩子，拉长了声调故意逗嘴，"不过，味道更正了。"说完，偷瞄师母表情，又哈哈坏笑。

师母也不生气，喜滋滋地往炉膛添柴，又起身翻炒着锅里的蒜苗鸡蛋。任清泉接过柴火棍，蹲下身子，往炉膛里捅火，炉火更旺了。

"你师父呀天天念叨，说你多少天多少天没来了，心里责怪你呢。一会儿陪他喝两杯。"

两人正唠嗑，陆庭筠回来了，见任清泉到来，自然十分欢喜。

陆庭筠，浙江绍兴人，曾是保定陆军军官学校教官，后受学生盛情之邀投笔从戎，跟随部队东奔西跑，从保定到天津，再由山东到河南，参加中原大战，之后客居沈丘。

生日，被许多人认为是一年里最为重要的一天。一个常年军旅，早已看淡生死的人，往往对生日无感，认为庆生就是多余。但每年这一天，几个徒弟大张旗鼓地张罗，劝阻也没用，这两年也就躺平，放手任他们闹腾。年纪大了，有几个晚辈在眼前晃动，总好过满城的寂寞。

这次，任清泉的祝寿礼是龙井茶和花雕酒，都是老爷子家乡特产。战乱时期，弄到这些沦陷区的宝贝，想必花了不少心思。

陆家小院很普通，隐藏在市井小巷中。三间堂屋坐北朝南，西窗几节青竹，东厢一间烟火，唯一特色是：院子西南角的亭阁，取名悠然亭。闲来无事时，老爷子独自在此小酌，悠然自得，有时花雕，有时白干。

师徒在亭子坐下时，师母将刚出锅的饭菜端上石桌。知己神交，话已多余，二人举杯一饮而尽。一只斑斓蝴蝶闯进小院，在阳光下翻跹起舞。不远处，传来黄鹂鸟清脆的叫声。

陆庭筠的祝寿宴，设在花戏楼，由王效义一手操办。

王效义跟任清泉相识，缘于中原大战。那时，他们在战场上捡垃圾换钱，子弹壳、废铜烂铁、医药等，有时一起帮部队抬埋死尸，反正什么赚钱干什么，一来二去就两人就熟悉了，后来又结识了部队军需事务官陆庭筠。

沈丘花戏楼，是沈丘达官贵人出入之地，最早由山陕药商出资，于清康熙年间修建，分为西、东两座院落。

西院，为祭拜关帝爷的寺庙，历来香火兴旺，附近百姓也来此烧香磕头、求财问药。不知何时，有人在进门屏风背后修建了亭式戏台，四根实木圆柱上雕刻龙飞凤舞，能工巧匠又在墙壁、横梁上添加"卖身葬父""弃官寻母"等孝道故事。每逢家有喜事，便邀请地方戏剧团登台来此演出，附近百姓欢呼雀跃，络绎不绝。

东院，原本是山陕商人办公及私人聚会场所，随着世事变迁，如今演变成方圆百里商人云集、达官贵人相约相聚之地。沈丘商会，便坐落于此。商会已不同于六年前，在王效义带领下，是一个开放式商业联合体，融合接纳了不同行业的商业同僚，涉及行业越来越多：沙石、货运、烟草、洋布、药品、食品、典当，各行各办一应俱全。

王效义陪着师傅和师兄出现在花戏楼东院时，院子早已打扫干净，不仅洒水降了温，乌黑青石板在太阳下泛着光，地上不见一片树叶。前来贺寿的各地商户，纷纷向陆老爷子拱手致意。陆庭筠很高兴，跟大家好一阵子嘘寒问暖。王效义说，今晚请了醉三秋大厨，祝寿晚宴就摆在这里。天太热，免得跑来跑去一身臭汗。

王效义接着说，师傅您看，四哥的办公室一直留着呢。六年了，除了二狗每天打扫，任何人不得进出。

陆庭筠见任清泉不接话，便冲王效义笑了笑。三个人继续转悠。任清泉对办公室没兴趣，既已离去，江湖已成往事，他只想在民间过自己的清闲日子。

二狗从外面进来，说隔壁已准备妥当。

三人移步。西院已人山人海，众人见主客进来欢呼雀跃，主动让出一条缝隙。八仙桌正对戏台，早已摆上茶水瓜果点心。师徒在太师椅上先后落座。

二狗已跃上舞台中央。

"今天，我师爷陆庭筠六十寿辰，天降吉祥福星高照。我们欢聚在此，一起恭祝：老爷子身体健康、福如东海寿比南山。大家说好不好呀？"

"好的！"台下齐声高喊，然后传来齐声祝福。

"为此，我们特别邀请到：许昌豫剧团为师爷祝寿。许昌豫剧团，去年刚刚受到重庆蒋委员长的接见和表彰。大家说过劲不过劲呀？"

"过劲！"台下一片叫好，口哨声不断。

二狗打着手势示意大家安静，接着说："我们有幸，邀请到河南豫剧界第一花旦赵紫嫣小姐。据我所知，赵紫嫣是第一次来咱们沈丘，今晚登台献艺她新创曲目《花木兰》，让我们热烈欢迎赵小姐！大家的掌声在哪里呀？"

台下早已闹翻了天，欢呼声、口哨声几乎要掀翻屋顶。

任清泉心中暗喜，二狗越来越出息了，临场发挥、口才和暖场效果都不一般嘛。他瞅了一眼师父，悄声说："效义他们还真是有心呀。"

师父微笑点头，自然满心欢喜。

不一会儿，鼓乐齐鸣好戏开场。

听惯了《杨家将》《打金枝》等传统曲目，赵紫嫣新编曲目《花木兰》新鲜欲滴，台下的人，个个屏气凝神全神贯注，偶有叫好，反而引起旁人反感。二胡、锣鼓、笛子、唢呐此起彼伏，赵紫嫣的装扮、演绎，声情并茂，空灵、苍茫的多变嗓音，时而似百灵啼鸣远在天边，时而如战马嘶吼近在眼前。

任清泉端坐在太师椅里，被人物、剧情拉着走。这是一个赏心悦目、令人难忘的夏日午后。阳光在白杨树叶上闪亮，夏虫也寂静无声，只剩这戏曲缓缓沁入心脾。他很久没有如此放松，如此这般静静听戏了，尽管他几乎忘掉繁忙是啥模样，尽管他躲到乡下远离喧嚣，却依然没有找到内心里那份安静和依靠。此情此景，他原本包裹着坚硬的内心被慢慢融化，内心里久违的温柔慢慢溢出，泛滥成灾将自己掩埋。他有一种重回人间的感觉。

"刘大哥讲话理太偏，谁说女子不如男。男子打仗到边关，女子们——"

他时而被带到边关，时而被带回家园。

"开我东阁门，坐我西阁床。脱我战时袍，着我旧时裳。当窗理云鬓，对镜帖花黄——"

陆庭筠也进入忘我的状态，嘴里哼着曲子，手上脚下打着节拍。王效义跟身边人偶尔嘀咕两句。只有二狗一直守在桌子旁，不时端茶倒水、递烟点火。

台上的花木兰，第一次见到这么动情、这么专注的听众。台下人头攒动却鸦雀无声，聚精会神的场景让表演者动容。沈丘这地方真是神奇，竟然有这么多看戏懂戏的人，高山流水遇知音，紫嫣觉得亲切，仿佛回到了家乡。跨战马，杀强敌，荣归故里；女儿身，男儿心，刚柔相济。

日落三杆时分，舞台谢幕，台下顿时掌声雷动。木兰返台三次，掌声才渐渐平息。回到后台，刚刚卸下戏装，发髻还没来得及摘，就见一位长者缓步过来，王效义会长和另一人紧随其后。

王会长说："紫嫣小姐，我跟您介绍，这是我师傅陆庭筠，四哥任清泉。"

赵紫嫣起身回礼："伯父好！四哥好！紫嫣祝伯父开心快乐，年年有今朝。"

陆老爷子听她祝福与众不同，别人都是寿比南山、福如东海，这女子却是开心快乐，心中甚至欢喜，便"哈哈"一笑，说："这些年祝寿，今年我最开心。紫嫣小姐表演精彩，花木兰栩栩如生，忽儿女子，忽儿后生，我和清泉都感动着呢。"

说完，回头问清泉，是不是？

任清泉赶紧接话："是呀师父，好久没有这样安静地听戏了。谢谢紫嫣小姐！"

"谢啥呀，宝剑赠英雄，千里觅知音，紫嫣万分荣幸呢。"

陆庭筠接着说："这大热天，劳你奔波，辛苦你了！"

赵紫嫣顾不得卸妆，连忙鞠躬致谢："伯父，您千万不能这么说。刚才我在台上，就知道您是懂戏的人。您要是喜欢，以后随时招呼，我再过来唱给您听。"

这快人快语，老爷子内心欢喜，说："那我以后，可有耳福了。"

众人哈哈笑了起来。

任清泉端详着这戏班子的后台。几口大箱子随意敞开着，刚刚换下的戏服胡乱扔在箱里箱外。刚下台的演员、乐手汗湿了衣衫，卸妆的卸妆，聊天的聊天，喝水的喝水。唱戏这营生，原本不易，每天早起晚睡、颠沛奔波，天不亮就起床，吊嗓子、练身手，又赶上这七月流火，这世上哪口饭吃起来都不易呀。

二狗挤过来，在王效义耳边低语。

"师傅、四哥，东院寿宴已备好，宾客也已到齐，咱们是不是也过去？另外呀，今晚除了酒水，我还给师傅预备了神秘礼物。"王效义神秘兮兮地说道。

"好好好，又搞什么鬼把戏？"陆老爷子哈哈大笑，"木兰姑娘，你也必须一起哈！"

赵紫嫣连声道谢，答应一会儿过来敬酒。

移步东院。

太阳渐渐西去，光影打在屋檐下，在窗台转了个弯铺到地面，又在地面上被桌椅穿透阻挡。

左右两排六张八仙桌依次排开，师徒在最里面一张圆形主桌落座。大圆桌上共有十二位，寿星坐在主位，师母右手边，然后王效义；左手边赵紫嫣，其次任清泉，然后十字街老郝、黄岭老黄、宋集老宋；陆老爷子正对面是二狗；再过来三位分别是：豫剧团团长、漕运新贵小马、典当行老金。

凉菜酒水已经上桌。开席之前，照例要寿星说几句。陆庭筠示意徒弟代劳，任清泉再三谦让，最后推给王效义。隐居以来，任清泉刻意保持低调，不愿意在台面上露脸，即使台下也往往迫不得已。

王效义起身，给师傅行个鞠躬礼，然后转过来，示意大家安静。

"今晚我们欢聚一堂，为沈丘商会名誉会长、我师傅陆庭筠先生举行六十大寿庆典。效义衷心感谢大家的光临。"

他清了下嗓子，接着说："师傅德高望重，人生阅历丰富，从晚清到北洋，再到今日之民国；从江浙到北平，再到中原故里，最后落脚在咱黄泛平原，是咱沈丘的朋友、老师和贵人。大家知道，如今世道艰难，生意难做，天下并不太平，日本人占据着亳州、颍州，距我们一步之遥，而国军远在商丘、许昌。即便如此，我们在夹缝中仍然拼得一丝生机，商会的生意得以维持并取得一些小小成绩，离不开咱商会诸葛亮、资深大帅哥陆庭筠先生的运筹帷幄、精心点拨和指教。因此，我提议：大家共同举杯，一起庆祝师傅陆庭筠先生六十大寿，祝资深大帅哥越活越年轻，越来越快活！"

欢呼声一跃而起。陆庭筠十分高兴，站起身、将酒杯捧在手心，跟大家一饮而尽。众人落座。任清泉、王效义将空杯斟满，陆续起身给陆老爷子敬酒，同桌人纷纷站起身跟随。

赵紫嫣闲坐在一群陌生男人之间，有些尴尬和无聊。她不擅长，也不喜欢这样的应酬交际，一门心思想着只身逃离。剧团团长摇头，示意她留在原地。卸了妆的花木兰模样俊俏、长发披肩，被觥筹交错的男人们包围着。

十字街老郝是个药贩子，常年走南闯北、犬马声色，在商会也算得上个人物。见赵紫嫣一人寂寥无聊，便端来酒杯，想蹭个脸熟。赵紫嫣以护嗓为由再三婉拒。老郝不依，以为失了面子，站在旁边滔滔不绝。有些人，平日里文明礼貌，上酒桌便野蛮粗暴，无所顾忌地以一己之欲无休无止纠缠。

二狗见状英雄救美，被老郝骂了回去。任清泉一直在陪师父，听见二狗被骂，赶紧转身挡在赵紫嫣前面：

"我替她喝了！"

说完，端起赵紫嫣面前的酒杯一饮而尽。酒桌上，这种强人所难的酒糟文化，令他有一丝不快。

"四哥！我跟紫嫣姑娘闹着玩呢。"

老郝见任清泉出马，赶紧借坡下驴，悻悻回到自己座椅。

任清泉凑近赵紫嫣耳边，低声道歉："对不起！让您见笑了。"

酒过三巡，宴席渐入高潮。

二狗离席，快步走到院子中央："今晚，除了美酒佳肴，我们还有幸邀请到辅仁中学艺术团，为晚宴助兴。大家掌声欢迎！"

众人屏息回望，一个气宇轩昂的后生，从大门外大步走进来，简短问候之后，开始演唱歌曲《老兵》。

"飘扬的旗帜，嘹亮的号角，战斗的行列是他快乐的家……"。

陆老爷子显然被熟悉的歌声吸引，思绪从觥筹交错中逐渐带离，带向金戈铁马、炮火连天的军旅生涯。那些如烟的往事，那些激扬的岁月，逐渐浮现在眼前。在耳顺之年，回望来路，一半是骄傲，一半是叹息。

老爷子被歌曲勾了魂，一时思绪难平，歌声还未散尽，便主动端起酒杯。清泉盯着他，也跟着起身，举手示意大家安静。

"人老了，就常常感怀感叹，人生白驹过隙。今天，我很高兴！这么多人给我庆生，很是感恩、感谢。我敬大家一杯！"

众人纷纷起身。清泉来不及劝阻，老爷子酒已下肚，即刻再将酒杯斟满，转身面向王效义：

"我还要特别感谢效义，这么有心用心安排，令我遥想当年，重回青春岁月。谢谢你！"

王效义早已将杯中酒一饮而尽，低声说："都是四哥安排的。"

任清泉劝道："师父，慢一点喝。您先坐下来，好戏还在后头呢。"

酒至七分，划拳猜酒的氛围才渐渐浓烈，嗓门逐渐变大，情绪也愈加激动。大家觥筹交错，高声喧哗。

二狗凑到师父耳边，说赵紫嫣因为饮不了酒，跟随剧团人马先行告辞了，让我跟师父师爷赔个不是。任清泉是明白人，唱戏靠嗓子吃饭，哪能沾酒呢。两人正说话，只听大门外传来一女子响亮的声音。

"这么热闹，咋没有人通知我呀？"

原本热热闹闹的酒局，被这一声顿喝，立刻安静下来。众人好奇，寻声望去，只见一女子昂首阔步跨入院门，脚下皮鞋踏在青石板上发出"咔咔"声响，旁若无人地直奔陆老爷子而去。那女子面颊白皙、清瘦、短发、短衫、长裤，脚下一双黄皮靴，浑身上下英气逼人，透出强大的气场。

"干爹，抱歉抱歉！我回来晚了。"

说话间，女子已伏在陆庭筠肩头，众目睽睽之下在老爷子脸上轻轻亲了一口，又熟练地从背包里掏出礼物，说："这是长白山高丽人参，我满洲那几个朋友关键时刻还挺靠谱，祝干爹福如东海、寿比南山！"女子叫穆楚，是陆庭筠保定军校邻居的女儿，住保定那会儿两家走动频繁，这丫头也多次往返沈丘看望老爷子。

"你个疯丫头！整天来无影去无踪的。"陆老爷子嘴上骂着，心里欢喜得很，接过人参递给二狗。

穆楚把肩包往地上随便一扔，朝任清泉拱手抱拳，说四哥，我来晚了自罚一杯。抬手端起干爹的酒杯。

没来得及劝阻，那边已经酒走杯空，任清泉连忙起身举杯共饮，又招呼穆楚在空椅子坐下。有人趁机换上干净碗筷。

穆楚毫不拘束，一手揽过任清泉肩膀，贴近他耳边，问四哥田园生活过得咋样，说自己人在江湖，否则就跟你一起悠然见南山了。

一团温热气体钻进耳朵痒痒的，一股久违的女人香扑面而来，那一刻任清泉有那么一点儿眩晕。他原本内敛、拘谨、不善言辞，此时身体僵硬、肢体变得更加不自然，他努力克制自己，磕磕绊绊地回答都挺好，都挺好呢。

穆楚突然想起什么站起身，说还没给寿星敬酒呢。然后，左手搭在任清泉肩上，右手举杯面向陆庭筠，再次酒走杯空。复转回头，酒杯已在任清泉眼前，那一汪清水盯着他，说这第三杯，咱俩好事成双，一直盼着跟四哥对酒当歌呢。

任清泉见她如此豪饮，不忍她杯酒不停，示意她坐下好好唠嗑说话。穆楚不依，言语间酒已下肚。任清泉微笑摇头，只好随她而去。

陆庭筠看着穆楚长大，知道她人来疯的性格，见她终于坐下来，便问了问她父母近况，最后说："你打算一直这么飘着？"

穆楚嗔怪道："干爹，今天您过寿，咱不说这个嘛。"

陆庭筠不好再问，便招呼大家喝酒吃菜。

　　跑堂的捧出一只白色金边的餐盘，盘子中央薄如蝉翼、晶莹剔透的鱼片刺身，有序摆列出一只松鹤展翅欲飞的形状。一个头戴高高白帽，彬彬有礼的年轻人紧随其后。

　　王效义给师傅介绍，说我弟王效金，问师傅还记得不？那年秋天在颍河码头，咱送他东渡日本。

　　"昨天刚回，非要亲自下厨，给您做几道日餐拿手菜。"王效义继续说。

　　陆庭筠脑筋激荡，朦胧中只记得那年船上的白帆，眼前的这个人更高、略胖、白净了。

　　王效金站在老爷子身后憨憨地笑，俯身低声说：

　　"下午新到的河豚。这道菜，在日本叫'鹤盛'，就是松鹤展翅飞翔的意思。效金在这里祝师傅福如东海、寿比南山。"

　　老爷子有些糊涂。河豚有毒他知道，海鲜刺身也品尝过，但有毒的河豚刺身，倒是第一次听说。

　　王效金看他似有所忌，接着介绍："我做的河豚，毒素已清理干净，生吃绝对安全，师傅尽管放心。河豚肉质劲道难嚼，所以切的时候十分考验刀功，切得越薄越好，而且蘸醋最为鲜美。"

　　他说着用筷子卷起一片，又蜻蜓点水似的沾了一丁点儿醋，轻轻放进陆庭筠碗里："您尝尝。"

　　众人都坐着不动，目不转睛地盯着老爷子。只见他接过筷子，将生鱼片慢慢放进嘴里，比海蜇爽脆，比牛筋可口，似水煮鱼鲜美，再加上醋的酸味，那绝无仅有的滋味像一道闪电，从舌尖极速传遍全身。大家从老爷子那先抑后扬的表情里早知一二，争先恐后一尝为快，纷纷赞不绝口。

　　王效金转身回厨房，折返时托盘里一个冒着热气的汤盆。他将托盘先放在桌面，再移出汤盆，将汤盛进小碗里递给老爷子。

　　"这是我特意为师傅炖的河豚汤。"

碗里一小块河豚肉，白白的汤里，飘着几粒小而薄的海带和半叶绿色蔬菜。老爷子浅尝一口，瞬间频频点头。

"这个汤，要是多加几粒盐，再拌上芜湖白米饭，那才一个香。这是我颍州店里的招牌菜呢。可惜的是，咱今天没有米饭，改天师傅到颍州，我再呈上供您品尝。"

陆庭筠对刺身和汤汁十分满意，王效义说的意外惊喜大概指这个了。

"谢谢效金！这么有心，手艺又这么好。"然后，招呼大家一起品尝。

王效金正要离去，被穆楚叫住。

"别走！给姐盛一碗尝尝。"

他笑着转回身，赶紧赔笑脸。

"你那个店叫啥名字？改天姐来吃你的招牌菜，欢迎不？"穆楚刨根问底道。

"那必须呀！姐，我的店叫京都府，在颖泉路。一定过来找我哈。"王效金见风使舵答。

激扬的军歌早已散尽。宴席现场只留下"五魁首、六六六"的嬉笑嘈杂。

二狗悄无声息地离开坐席。作为这场寿宴的联络协调人，让他放心不下的是，即将上演的压轴戏。所谓压轴，核心是把酒局推向高潮，然后完美收官。一个棕色头发、褐色眼睛的外国小伙儿门外候场。他叫凯文，是二狗请来最后登场的表演嘉宾。

"放心吧！不会给你掉链子。"凯文信誓旦旦地说。

凯文的出场，给这个欢乐的夜晚平添了几分幽默。他先是差一点儿滑倒，引得人群一阵惊呼，幸亏被身旁的人及时搀扶，继而又脸憋得通红，半天说不出一个字。二狗搞不清他是为营造气氛有意为之，还是因为过于紧张，好在凯文很快进入了状态。

一见有洋人登场，现场迅速安静下来，大伙儿纷纷停下碗筷杯酒，屏息凝视。凯文头发浓密整齐，眼睛闪着光，面带微笑，白衬衫、燕尾服、长筒裤加黑皮鞋，毕恭毕敬，朝前后左右，各九十度深鞠躬，又献上几句祝福。他整齐、整洁的装扮，在一片赤膊上阵的夏天、在一群杯盘狼藉的酒鬼面前，显得那样的耀眼和与众不同。

"今天是一个欢乐的节日，我们聚集于此，共同为陆师爷庆生。值此良辰美景，让我这个美国人，想起了中国唐朝大诗人李白一首祝酒辞。它是诗仙、酒仙李白与好友举杯痛饮的乘兴之作，与今日歌舞升平的场景十分相似。因此，我借花献佛，将这首豪迈、激昂的盛唐诗作，演绎、朗诵给在座各位，请大家开怀畅饮！"

将进酒　　（唐）李白

君不见，长江之水天上来奔流到海不复还，

君不见，高堂明月悲白发朝如青丝暮成雪。

……

人生得意须尽欢，莫使金樽空对月。

天生我材必有用，千金散尽还复来。

……

凯文时而激扬，时而舒缓，读读停停，目视全场，等待众人举杯。直到台下又一番觥筹交错，才开始继续下行。大伙儿跟着他的节奏，在等待中开启一浪高过一浪的杯酒人生。

十字街老郝，不仅是个药贩子，还是一个酒漏子，见了酒比见爹妈还亲。凯文刚表演半程，他便冲上来闹酒。左手提杯，右手拎着半瓶古井，摇摇晃晃地蹭上舞台，一身酒气卷着大舌头，说今晚特别高兴，能在这里见到凯文医生，早他妈按耐不住激动的心情，所以酒不醉人人自醉，向同行学习、致敬！说罢，自饮再自斟，磕磕绊绊要凯文共饮。

二狗看老郝醉了，赶紧过来连拉带拽把他弄下舞台。

凯文跟老郝面熟，知道他十字街有间药铺，不好驳其脸面，只好在众人哄闹声中，先干了老郝这杯酒，才继续他的表演。

岑夫子，丹丘生，将进酒，杯莫停。

与君歌一曲，请君为我侧耳听。

……

五花马，千金裘，呼儿将出换美酒，与尔同销万古愁。

凯文的表演抑扬顿挫，加上些许夸张的表情，现场时而一片欢呼，时而碗筷齐鸣。有人摇头晃脑附和诗句，有人摩拳擦掌开启新一轮狂轰乱炸。此时，仿佛天下的酒杯，都已盛满今朝美酒，而天下的美酒，就是水嘛、喝嘛。

三

酒醉不知归途。

第二天醒来，任清泉口干舌燥浑身无力，脑袋嗡嗡地响，像被绑上了什么东西，已记不起，昨晚宴会何时以及怎么散的场、如何回的家。

二狗端了杯凉开水进来时，慌里慌张的，说刚刚在街上，碰到进城买卤料的马英年，师父家出事了。

任清泉从沈丘兵营出来时，天色已晚。二狗在兵营大门口正等得着急，老远瞧着赶紧迎上去。

"师父，事情咋样呀？天笑能回来不？"

任清泉不说话，轻摇着头，示意抓紧赶路。这一天界首、沈丘来回奔波，兵营里连个人影也没见到，欧阳步直接带新兵去了百里之外的许昌。

"师父，咱这是去哪儿呀？"二狗在后面问。

任清泉摆了摆手，三步并作两步，半天才挤出几个字：

"别问了，快走！"

二狗不再发问，深一脚浅一脚紧跟在任清泉身后。

太阳消失在前方地平线，夜幕渐渐拉开。沈丘城在二人的身后，变得越来越小，消失在无边的黑暗里。

七月的黄泛平原，是一个大蒸笼。二狗脱了马褂，光着膀子紧跟在师父身后。黑夜，吞噬了所有的光亮，连那些吵闹不停的夏虫，也早已隐匿在黑夜里，除了两个人急促的脚步声和偶尔的狗叫声，四周万籁寂静。

一路向西，一夜无语。

天渐渐亮了，四周的村庄、树木隐约可见。这一夜，二狗不知道走了多久，直走得嗓子冒烟，肚子咕咕乱叫。师徒二人在一座四面高墙的"袁府"宅院前停下脚步。

二狗抢先上前，举手正要敲门。左侧角门"吱呀"一声，看门人老袁头探出半个脑袋。

"任会长，真的是您呀！阁楼上老远看着，心里一直犯嘀咕呢。"

"家融最近回来过吗？"任清泉开门见山。

"少爷上个礼拜回来，昨天刚去了西安。"预感到任清泉遇到了难事，老袁头有心帮忙，"不过，张公子还没走。"

"张公子？家骐？快带我见他。"

老袁头面露难色地说："估计还没起床呢。"

"我们有急事！"二狗耐不住性子，脱口而出。

任清泉赶紧制止，不让二狗再继续说下去。

老袁头也不跟二狗计较，赔着笑脸将二人引进大门，右拐二十米，再左拐跨上五级大理石台阶，进了满月门，穿过第二道门廊，开了电灯，将客人引入一间客厅里坐下来。

"任会长，您先坐。我到张公子屋前看看。"老袁头边说边往屋外退。

"这一大早，谁来了？"门外传来洪亮的声音，伴随着健步声。

"张公子，您锻炼呢。沈丘任会长找您。"老袁头答。

"四哥！"外面的人冲进来，一脸惊喜。

任清泉顾不得寒暄，把事情原委一五一十地说了一遍。

张公子听完，沉默片刻，说四哥您别着急，此事嘛说大不大说小也不小。您随我来，打个电话，咱跟人解释清楚。说完，拉着任清泉去了后堂。

客厅里安静下来。

二狗一个人留在客厅里，觉得张公子有些面熟，又一时想不起在哪里见过。

他十三岁跟着师父做学徒，却是第一次来袁府，之前根本不知道沈丘百里以内，还有这样一座气势恢宏的宅院，院子里几棵粗壮大树足足百年有余。他像刘姥姥进大观园一样感觉一切都稀奇，却只能傻坐在原地小心翼翼地东张西望。客厅条几上，左右两头摆放一对儿青花瓷瓶，一只瓶身刻画着八仙过海，另一只是采菊东篱。背后墙上一副蓬莱仙境的中堂。墙角处，有一座脸盆大小的落地时钟，钟摆一刻不停地左摇右晃。

任天笑得到命令，跑步来到团部。在团部门口见到二狗，心里已明白几分。有了张公子牵线，任清泉趁热打铁，马不停蹄奔到许昌。

"报告！"

"进来。"有人应到。

任清泉第一次看到一身戎装的儿子。天笑挺直胸膛，略有气喘，鼻尖微汗，目光清澈坚毅，已然神圣不可侵犯。

"叫什么名字？"团长吕公权和颜悦色地问道。

"报告长官，我叫任天笑。"

"认识他吗？"

"报告长官，认识，他是我爸。"

吕公权使了个眼色，示意其他人退到门外。他转头看着任清泉说道：

"任会长，你们父子好好协商吧。"

任清泉看着儿子，竟突然不知从何说起。

儿子从军，大大出乎他的意料。这几年不太平，先是洪灾，后是蝗祸，去年闹饥荒，今年刚刚安定一点点，原本想着让儿子在商会跟着王效义先打磨打磨，他再亲手调理儿子经商安命，孰料儿子竟然志不在此。可是儿子自幼木讷有余、言语不足，虽说为人质朴淳厚，毕竟普通到扔到人堆里立刻不见踪影，跟他脑中的军人形象隔着十万八千里呢。

吕公权见二人僵持着不肯开口，率先打破沉默。

"任天笑，你爸这么着急赶过来，是希望你跟他回家。走还是留，取决于你自己，你表个态吧。"

任天笑笔挺挺地站着，不说话也不看父亲。

此刻，任清泉心里五味杂陈。如今兵荒马乱大敌当前，别人避兵役如避瘟疫，儿子倒好，自投罗网，更可气的是这么大的事，竟一意孤行不与任何人商量。他强压怒火，脸上挤出轻松的表情，缓缓地说：

"天笑，吕团长已经答应，只要你愿意可以立马跟我回家。"

儿子不看他，眼睛盯着面前的一副胸挂勋章、腰佩宝剑的蒋公画像。

"这两天我也想了很多。之前一直把你当小孩子，只管你吃饱穿暖有书读，对你关心少了，忽略了你的感受。你有什么想法，咱回到家所有的事都好商量。"

天笑撇了他一眼，不说话。

任清泉继续说："原本天骄要跟着一起来的，我好说歹说才劝她留在家里陪着奶奶。她们都等着你呢。"

听到妹妹和奶奶，天笑紧绷着的神经慢慢松弛下来。当兵，是他自己的决定。他觉得自己长大了，自己的事自己做主，不需要征求他人意见。父亲竟然从界首追到许昌来讨人，自己心甘情愿又不是被绑来的。他有些意外，也有些生气。

"你回去吧。我不走！"

"为什么？"任清泉此刻已完全没了脾气，立刻露出一副讨好的神情，放慢了语速，"你想当兵，没问题呀。咱们回家好好商量一下。今年不行，明年再来嘛。你这么甩手一走，家里都不知道你出了什么事。妹妹为了找你，八里辰来回跑了几趟。奶奶也跟着着急，这两天饭菜不香，几夜没合眼了，都等你回家呢。"

天笑不为所动。

"你不愿做生意，也没人强求嘛。要是愿意继续读书，咱可以去重庆，或者去欧洲、美国也可以呀！"

"读书？"天笑很不屑，扭着脖子反讥道。

"你的人生还长着呢，咱们先回家，有的是时间合计以后的事。"任清泉苦口婆心。

"爸！我就要当兵，不要读书。"天笑语气坚决，大声回绝，"你遇事退避三舍。我当兵，就是不想像你一样！"

说完，推门而去。

任清泉和吕公权面面相觑。片刻，吕团长哈哈大笑。

任清泉半天没有缓过劲来。儿子木讷，倔强而不善言辞，冲他发脾气倒是第一次。他费尽周折才走到此处，儿子一点儿也不领情。看来此行注定满心期待而来，满怀失望而去。他突然想起另一件事。

"吕团长，我还有一件不情之请，望一定成全。"

看着任天笑离去的背影，吕公权暗自喜欢，断定这是一块当兵的好料，问："关照你儿子，是不是？"

"不是、不是！"任清泉赶紧解释，"我一亲戚，也在新兵连叫李春禾，阴差阳错才进的兵营。我能不能把他带走？"

闻听此言，吕公权绽开的笑容慢慢凝固。"任会长，这军营可不是宫廷，谁还敢狸猫换太子？汤长官只交代了任天笑的事，恕公权无能为力！"

"麻烦您跟汤长官再通融通融。此情，清泉必当厚报。"任清泉豁出老脸，想抓住最后一根稻草。

"这里是军营，任会长！公权职责所在，恕难从命！"吕公权不再客套。

任清泉还想再争取，耳边听到"送客"二字，只好作罢。

四

> 群芳过后西湖好，狼藉残红，飞絮濛濛。垂柳阑干尽日风。
> 笙歌散尽游人去，始觉春空，垂下帘栊。双燕归来细雨中。

许昌归来，任清泉过沈丘城而不入，直接回了界首。二狗一路不敢言语，见师父脸拉得像鞋底，识趣儿地默默跟着走。

到了家，任清泉谁也不解释，径自去了房间关上门。奶奶和天骄看到他的包公脸，心里已猜中几分，拉着二狗到院门外，才了解到这一趟的大致经过，也都默不作声了。

任清泉晚饭没吃，灯也没点，独自睡去。老母亲尽管惦记孙子，又心疼儿子，也只好由着他。三个人胡乱整了些吃的，各自休息。

第二天一早，任清泉在院子里捯饬多年未曾使用的渔具。他从屋檐下抽出钓鱼竿子，抖掉尘封的土灰，又找块抹布仔仔细细地擦了几遍，这才满意地轻放在地上。说也奇怪，鱼钩被一块散碎红布包裹着，经过这么多年的春去秋来依旧光亮，没有半点儿锈迹。倒是盛鱼用的网兜儿被老鼠咬了个破洞，他找来针线自己补，二狗过来帮忙被他强行夺了回去。又过了一会儿，他摆摆手便打发二狗回了沈丘。

第三天，任清泉早早起床，独自一人去了西湖。那时，天刚微明，露珠正圆，宽阔的湖面泛起涟漪，几片翘起的水葫芦叶子在水面上轻摇。他在一撮芦苇丛边止住了脚步，鞋子已被打得湿漉漉的。他蹲下来，串上蚯蚓，甩动鱼竿，鱼钩恰到好处地落在水葫芦中间的空白水域，半截浮漂顷刻间立在中央。

此刻，东方的朝阳从遥远的地平线喷薄而出。

那段时间，镇上的人陆续发现，在西湖的晨曦或暮霭里，总有一个人坐在芦苇丛旁垂钓，一动不动像一座雕像。

这样的日子不知过了多久。

一天，王效义在湖边找到了他。

"四哥，这是要做姜太公呀。"王效义没话找话地说。

任清泉扭头见是师弟，僵硬的脸上挤出一丝微笑。眼下，他就想一个人安安静静地待着，不想说话也不想见任何人。王效义见四哥爱搭不理，尴尬地笑了笑，盘腿坐在草地上，眼前的四哥瘦了黑了老了蔫了。俩人有一句没一句地尬聊着。

"小道消息说，要在沈丘设立'华中五省抗日前线指挥部'了。"

王效义不停地变换话题。

任清泉不接话，头也不回，那些虚无缥缈的屁事，关自己个毛线。他心里只有鱼，继续死盯着浮标，现在懒得跟任何事扯上关系呢。

"要是能成，以后沈丘可就热闹了。"效义似乎很兴奋，"到那时会有多少人来沈丘呀，咱们商会又可以大展宏图了！"

"大老远地跑来找，就说这事？"好半天，任清泉才回了一句。

"不是不是，好久不见了，大家伙儿都想四哥，盼您回去相聚呢。"王效义忙着解释。

任清泉心如止水，知道师弟没话找话假客套，便不再搭理。谁会想着他呢？他是被这个世界无情抛弃的人。

二狗回城当天，王效义便得知了天笑的事。同门师兄多年，对四哥他多少还算了解。这些年，四哥放下所有，回家陪伴孩子。任天笑不告而别，对四哥就是一顿迎头痛击。他去请教师傅，在陆庭筠的鼓励下，才提起勇气前来劝解。一见到四哥的冷脸，就知道这趟来得多余。四哥清瘦了许多，眼睛里的光不见了，整个人就像霜打的茄子。所有准备好的宽慰话语，此刻都无法说出口。他没有资格说那些话，有些话说了即是错，还不如烂在心里。他就那么在西湖边静静地坐着，陪在四哥身旁，看他竿起、竿落、鱼跳、鱼逃。

夕阳西下，斜晖脉脉。不知过了多久，王效义站起身，跟任清泉告别："四哥，你慢慢钓，我回家陪咱娘说说话。"

任清泉回过神，扭头看着他，直到此时眼神里才流露出些许歉意。

"哦，对了。"王效义像突然记起什么，"师傅要你多保重，他就不来看你了。"

说完，转身离去。

时光就这样慢慢流淌，就像悲伤需要慢慢疗养。有些痛，无法言表，无法触及，只能让时间慢慢研磨成灰，撒落在窗外的斜风细雨里；有些爱，无法阻挡，无以解忧，却随岁月渐渐生长，融汇成遥远的星辰大海。

半个月后的一天，任清泉第一次陪母亲和天娇吃早饭。餐桌前，三个人都不说话，气氛沉闷得可怕。

任清泉起身给母亲夹菜，刚出锅的蒜泥茄子有些碎烂，好不容易才夹进母亲青花碗里，随后轻声说：

"妈，对不起！"

这是儿子离家后，任清泉跟母亲说的第一句话。他的沉默像一块巨石压在母亲心头，此刻那块巨石轰然崩塌。老母亲有些意外，愣了一下，赶紧起身一把抱住儿子，左手使劲儿捶打他的后背。天娇也围上来，祖孙三人相拥而泣。

早饭后，母亲让天骄取来一封信，说是上次王效义留下的。清泉打开它，师父的字迹跃然纸上：安吉白茶，等你启封。

清泉迟疑着又把它还给女儿，嘱咐天娇把信笺收好，自己拿起鱼竿转身出了门。此刻，他还没有做好心理准备，仍不想见任何人，只想在那一汪老天的眼泪里，继续看日出日落花谢花开。

秋天来了。西湖边的芦苇已经泛黄，芦苇花已经散开，随风摇曳四散漂浮。任清泉怔怔地望着那摇曳的芦苇花发呆，他的面颊更加清瘦，也更加黝黑，在阳光下泛着亮光。他突然记起了什么，匆匆收了鱼竿。

李夫子家的蔷薇花已经凋谢，门前那棵白杨树依然苍翠，在秋风里飒飒作响。他正在院子里埋头拾掇农具，再过些日子秋收时就用得上了。

"老哥！"有人喊他。

他抬起头，任清泉正站在院门外。李夫子又惊又喜，连忙喊他进来。

"我来给您赔不是！是我不好，没有把春禾带回家。"

李夫子听说了，在这段幽暗苦闷的日子里，任清泉是如何一天天度过的。他万万没想到任清泉会过来跟他道歉，一下子反应不过来，迟疑了半天才答：

"你道啥子歉嘛？凡事自有天意，我们全家感激你还来不及呢，谁还敢再有责备？你把俺看成啥人了嘛。"

两个同病相怜的人坐下来，都忘却了自己的忧伤，想着如何安慰对方。李夫子起身到灶屋里取了两个秋黄瓜，在水瓢里涮了涮递给清泉：

"都下季了，凑合着吃。"

两人坐在蔷薇背后的树荫下啃黄瓜，地上几片飘零的蔷薇花瓣。

"也好，他俩在一块儿，相互也有个照应。"

李夫子说着，嘴里的黄瓜停了下来，突然悲从中来，强忍着老泪不让它溢出眼眶。

任清泉假装没有看见，不劝也不管他。

他俩就那么沉默地坐着，谁也不再言语，过了许久才继续闲扯。今年风调雨顺，秋季收成应该不错。等秋收结束，界首就该唱社戏了，到时请您和孩子一起去听戏，哦对了，外甥女和孩子呢。被她二姑接去听戏了，二姑家银匠铺现在生意清淡，接孩子过去住几天，这两天就该回来了。

一只黑曼金斑蝶飞过院墙，扑扇着大翅膀，转了个弯又飞走了。

第二天，任清泉没有像往常一样出现在西湖边。才一天时间，那片芦苇花已经飘散不见踪影，消失在秋风里。时间，是最好的解药，再浓再痛的心事都能被它慢慢化解。无论生活给予多少痛苦，日子还是要继续。

清晨起来，任清泉一头钻进厨房，操持全家的早餐。母亲喜欢的小炒豇豆，切得碎碎的加些肉沫出锅不久温热的那种；天骄偏爱番茄炒蛋，番茄切丁翻炒成烂泥最后鸡蛋成丁的那种。他熬了黄豆稀饭，田里刚摘的新鲜黄豆，颗粒饱满大而闪亮，煮开后再将搅拌混合好的面糊倒入锅中，直到满锅的豆香扑鼻。

母亲和女儿出房门时，碗筷早已上桌。任清泉腰间系着围裙，一脸微笑讨好地看着她们。天骄略显诧异，转瞬便扑过来，在老爹脸上亲了一口。母亲则满心欢喜，让儿子坐到自己身边，又叫天骄赶紧盛饭。

漫长的夏季即将结束，秋虫还在沉睡。薄薄的晨雾里，黄泛平原上升起的袅袅炊烟，却是异样的美丽温馨。

下周，任天骄就要开学了。

繁花过后是寂寥。

二狗从界首回城，第一站就是师爷家。陆庭筠知道，此事对任清泉打击有多大，担心徒弟钻牛角尖认死理，既走不出来又扛不住事，就让王效义前去探探究竟，传回的消息果然跟他料想的一样。

陆庭筠前半生军旅生涯，先在保定军校教书，后随部队南征北战，快五十岁决心退隐江湖，因为任清泉才落脚沈丘这个小城。中原大战结束时，接到北平大学执教邀请，但他思虑再三，仍遵从内心采菊东篱。这些年东一榔头西一棒槌打来打去，到最后也没闹明白为谁奔波为啥舍命，这把年纪，累了、疲了、厌了也老了。军营里那帮保定弟子见苦劝无果，最后只好随他。

跟任清泉相识，纯属偶然。

那时，陆庭筠是军需采购官，随部队驻扎涡水之滨。一天，到亳州中药材市场闲逛，因为竞购一盒上等天麻，与任清泉不打不相识。后来，任清泉到兵营办事，一来二去，渐成忘年之交。

任清泉听说他要卸甲归田，极力邀请他落户沈丘，说这里是春秋沈子国的故地，物华天宝人杰地灵。颍河两岸，绿树成荫，沙鸥上下翻飞，黄鹂杜鹃齐鸣。

陆庭筠被他夸张的言辞逗笑了，但仍被他的真诚打动，便答应前往看看。一入沈丘情深似海。任清泉早已叫人腾出一间四合院，预留给他和家人居住，说您是沈丘商会请来的贵客，住在这里从此不会有人打扰。看得出，院内经过精心布置，典型的江南风格，雕花窗棂、太师桌椅，还新建了一个亭台，用于接待客人以文会友品茶饮酒。

两人萍水相逢，陆庭筠虽然内心感动，但仍坚持无功不受禄。任清泉真心挽留，陆庭筠坚辞不收。第二天，任清泉在商会搭好拜师台，摆上桌椅，再焚香沐浴更衣，邀请沈丘政商名流做证，正式拜他为师。同时聘他为沈丘商会特别顾问，为商会发展出谋划策。陆庭筠终被他感动，就这样留在沈丘，算起来已十年有余。

在沈丘，陆庭筠举目无亲，只有任清泉跟他亲近，两人互动频繁亦师亦友。清泉出了这档子事，他干着急帮不了忙。他了解清泉那倔驴脾气，只能等他躲在乡野暗自疗伤。递出去的信已有一个月了吧，也不知他看到没有。

陆庭筠独自坐在悠然亭胡思乱想。

"老爷子，快来！"老太婆立在厨房门口，手里的芹菜掉了一地。

陆庭筠以为出了什么事，赶紧奔出亭子，只见任清泉拘谨、腼腆地站门外，中午的灿烂阳光斜挎在肩头，清瘦的脸颊棱角分明。

"来了？快进来。"老爷子招招手，长长地舒了一口气。

任清泉站在阳光里，挪不动脚步。他心里充满愧疚，在院墙外徘徊许久才鼓起勇气敲响师父的家门。

老太婆小跑到门口，拉着清泉的胳膊往院子里拽。

"天骄开学了。"他的声音小到几乎无法听到。

"她人呢？咋没一起过来？"师母急切地问。

"不愿意跟着我，自己去学校了。"

"孩子大了嘛，以后随她。"陆庭筠帮衬着，一面替清泉作答，一面吩咐师母赶紧烧水煮茶。

师徒二人在悠然亭坐下来。短短一个夏天，清泉瘦了，黑了，尽管胡子刚刚刮过，但看上去至少苍老十岁。陆庭筠表面上若无其事，内心不是滋味。他耐心听着任清泉闲扯一些界首近况，秋作物的长势、家母的身体以及陈芝麻烂谷子。

开水送到，安吉白茶递上来。

任清泉接过茶包，轻轻打开，毫色银白、扁平挺直，收回到鼻尖闻了闻，一股久违的茶香扑面而来。好茶，真香。他说。

青花瓷的杯子里，白色绒毛的芽尖，在浅黄的茶汤里翻滚。

"姜子牙的功力，修炼到几成了？"师父试图让话题轻松些，主动问起他的西湖修行。

"师父，我……"清泉不知如何应答。

陆庭筠说，同样是泛舟，心境不同感悟大不一样。曾经杭州，也有人像你一样泛舟西湖，还为此专门写过一首诗。

"来往烟波，此生自号西湖长。轻舟小桨，荡出芦花港。得意高歌，夜静声偏朗。无人赏，自家拍掌。唱彻千山响。"

陆庭筠信手拈来。

任清泉自顾低头喝茶，鞋底磨蹭着脚下的红砖。他理解师父的用心：悲喜在心，不在鱼水。可这世上，很多事知易行难，要是都有道理可讲那就简单多了。

"师父，我这个人，是不是很让人讨厌？"声音在喉咙里打转。

"谁说的？"陆庭筠反问。

任清泉不答。

陆庭筠把茶杯斟满。老爷子知道徒弟在说什么，自我疗伤一月有余，徒弟不但没有找回自信，反而开始怀疑自己。儿子不告而别，仍然像抽掉了老父亲的筋骨。病去如抽丝，这的确令人伤感。

"很失望，是不是？这就对了，说明你之前期望太多太高。每个人，都是独立个体，不从属于任何人，包括他的父母。谁不想活出精彩的自己，为自己的人生而努力，而不仅仅活在别人的眼光里？你喜欢或讨厌他，是你的事，与他无关。很多忧伤，是多余的，是庸人自扰。作为父母，对孩子只是有限责任，陪孩子走完一段路就该放手。

"前些年，孩子小，在人生鼎盛时期，急流勇退陪伴家人。这是你个人的选择，怨不得孩子。当时，商会很多朋友不理解，各种传言满天飞。我知道，你想做个好父亲，但这只是其一；避乱世，乃是其二，日本人几次西进，止步于近在咫尺的颍州，避乱世当然情有可原；还有其三，疗情伤。别这么瞪着我！上次唱大戏，穆楚喝多了都告诉我了，说当初对不起你，是她人在江湖身不由己。前些日子，得知天笑的事，她在这里等了你三天。"

师徒二人，叙说往昔。知子莫若父。在师父这儿，他藏不住任何秘密。任清泉尴尬地笑了笑。两人继续。

"无论鸿鹄，还是燕雀，笼子是关不住的，它们生下来就属于天空。年青人有理想有抱负，终归是件好事。这些天，我总想起自己离开绍兴去北平的样子，还不是一腔热血，哪里顾得上父母感受？做长辈的，总想把子女的一切都安排妥当，甚至结婚生子也不放手，但大多数父母都忽略了：子女需要什么？父母给的，是孩子需要的吗？更有些父母打着爱的幌子，行一己之利束缚子女，甚至绑架亲情。

"也许，在天笑眼里，你隐居乡野，不是智慧而是懦弱。孩子在逐年长大，而我们却原地踏步，是我们没有跟上孩子成长的步伐。"

任清泉并未认真听师父的话，满脑子都是任天笑头也不回的倔强背影。

"哪来那么多家国情怀？一个小老百姓，就是墙头草，风来跟着倒就行了，天下的不公事多如牛毛，你一介草民救得了谁？"任清泉心潮澎湃，把心底话一股脑儿和盘托出，"我可以教他做生意、送他出国读书，再不济还可以回家种地嘛。一千条路他不走，偏偏乱世去当兵……"

老爷子见他说得气喘，知道徒弟余怒未消，便不再急于劝解。两个人就那么坐着，壶里的茶由烫变温，再由温转凉。师母拿走茶壶，洗净了换好新茶，再送还过来。

"其实，我理解天笑。乱世才要当兵嘛，和平时期的兵有什么意义？他不是故意跟你反着来，只是按照他自已的喜好行事罢了，你也只是担心他的安危而已。偌大的中国，当兵吃粮的何止百万，家长都像你这样提心吊胆，那日子还过不过了？他的错在于没有跟你商议，可是即使商议你会同意吗？你是个好父亲，心血也没有白费，至少你教出一个正直、有担当、为家国挺身而出的青年。该做的你都做了，求人都求到项城袁府了，可是人家不领情，选择留在部队，那就天高任鸟飞，还有什么好纠结的？孩子大了，有自已的想法，有大把青春，就由他挥霍吧。"陆庭筠苦口婆心地劝慰道。

"道理，我都懂。"

任清泉低头盯着自已的脚尖，像个小学生认真听着。这个夏天，胸口被什么堵住了，压得他几乎喘不过气来，他过不了心底的这个坎。

"人生一世，谁不是一边头撞南墙，一边自我催熟呢？"陆老爷子感叹。

十年前，任清泉妻子明月去世时，陆庭筠见过徒弟这副无精打采的怂样子。每个人心里的结，只有他自己才能慢慢化解，旁人再着急也白搭。

"你应该有自己的生活。"陆庭筠接着说，"孩子大了，父母要及时放手。所有孩子终将离开父母，开始自己新的生活，这是连动物都懂得的自然规律。这不是应该高兴的事吗？这些年，你躲在界首，说到底还是逃避，商会一大堆事情等着你呢。现在孩子长大了，你还想逃避到何时？你还不到四十岁呢。"

老爷子说中了任清泉所有心事，也解开了他心中不少的谜团。古人说：子非鱼，安知鱼之乐？是的，每个人都是独立的个体，每个人的选择都应该得到尊重。

中午的太阳照在院子里，格外明亮刺眼。

第二章　云　涌

五

凯文上次去陆庭筠寿宴表演，纯属好玩儿。应二狗真诚相邀，才去凑个热闹。

他是美国人，出生在纽约上州的汉密尔顿，来沈丘不到一年，是耶鲁大学海外传教会成员，毕业时满腔热忱到中国传递福音。作为意大利后裔，从小被《马可波罗游记》中描绘的景象吸引，幻想着有朝一日身临其境，亲眼目睹和感受与众不同的东方魅力。

在耶鲁大学，凯文得到的却是另一种完全不同的信息。学校教堂纪事墙上，清晰地记录着这样的事件：四十年前，一位耶鲁学长在山东被义和团拳民斩首，一些基督教堂被焚烧、教友被伤害，还为此引发了一场战争。

"中国是蛮荒之地，不要前去，尤其是基督徒。"有人警告说。

耶鲁同学没有退缩，反而在校园内掀起基督教复兴浪潮。他们四处募捐，创设"耶鲁海外传教会"，愿以耶鲁精神服侍上帝，增加远东同胞的福祉，并前赴后继前往中国。

凯文正是受到这样的精神鼓舞，毕业时追随先贤。他从纽黑文港登上开往中国的游轮。码头上挤满了送别的人群，有人拥抱，有人哭泣，有人依依惜别，而他却谢绝了师友及家人的送行，独自一人去面对无法预知而又令人激动的未来，那里是未知的世界，那里有理想的家园、有无数的学长和众多上帝的子民。游轮启航，岸上的人在挥手，船上的人在哽咽。只有他，立在船头乘风破浪。

在凯文进入耶鲁之前，日本人已侵占中国东北。在他迈入耶鲁校门那一年，日本人再次侵占华北，中国军队全面抗日战争打响。心目中的美丽东方，正经历炮火连天，而他却苦学中文，并甘愿为之努力。

一九四一年秋天，凯文在香港登陆时，就被当头浇了一盆冷水。耶鲁学长史蒂夫劝他即刻返程，此时广州、长沙、武汉已经沦陷，当地教会的外国人有些已打道回府，另一些跟随国民政府再次西迁。太平洋战争爆发后，留在沦陷区的传教士所处风险已无法评估。

一夜辗转反侧。第二天清早，凯文找到学长，说：

"我决定留下来。既然上帝召唤我来到这里，必没有返回的道理。我知道即将面对的是什么，那就让我在风险和不确定中找到上帝的指引吧。"

史蒂夫被他的勇敢和勇气打动，不再劝说转而支持他的决定。他给出三个建议：第一自己即将离港转赴重庆，凯文可以随同前往；第二可以留在香港，但香港前途未卜；第三由凯文选择去处，他可以写推荐信，但无法保证安全。

"我想去远离城市的乡村，一个干净的地方，没有战争和军队，只有老百姓的那种，没有教会教堂也行，可以白手起家，我就是为基督开疆拓土而来的。"

史蒂夫几乎惊掉了下巴，年轻人的雄心固然可敬，但未知的风险必须提醒。他沉思片刻，说：

"你可要想好，这种偏远乡村完全没有安全保障。虽然我被你的大胆和精神感动，但我有义务提醒你注意。"

凯文认真地点了点头。就这样，他一路向北，那年初冬辗转来到沈丘。

凯文认定，这里正是被上帝遗忘的荒漠之地，也是他跨越千山万水寻找的迦南之地。他在靠近颖河码头的一处房子安顿下来，很快便发现理想很丰满，现实很骨感。中国底层百姓的信仰，大多是临时抱佛脚的实用主义，对他们大多数而言：神，不是信仰，而是工具，有用时驱病消灾，无用时束之楼阁。大家宁愿相信佛祖、苍天或真主，对陌生的上帝则敬而远之。

冬天很快来临。黄泛平原的严冬总是湿漉漉的，凛冽北风一旦刮起来，冷到人想把冻僵的耳朵割下来放在锅里加热。下雨时，泥泞的路面，深夜凝冰正午融化，就这样反反复复冻了化，化了再结冰，弄得树根、墙角上都是泥鞋印。下雪的时候，河面上结着厚厚的冰，纷纷扬扬的雪花撒满大地。等雪停了，太阳刚刚露出头，左邻右舍哈着热气、揣着手走出家门，小孩子们便在雪地里尽情欢笑、放肆撒野。雪后初晴，是沈丘人寒风里最开心的日子。整个冬天，屋里屋外滴水成冰，家家户户既没有壁炉也不去生火，每个人都肩扛北风，跺着脚等待春暖花开。

凯文从未经历过这样的寒冬，那种寒气穿透皮肤直刺骨髓。他白天在河堤上、寒风里布道，傍晚拨亮油灯在《圣经》里取暖，深夜蜷缩在温热的被窝里嘘寒。当清晨的阳光洒在床头，他又一次精神抖擞地出了门。

这个穿着另类、会说中国话的外国人，身后时常跟着一群调皮孩子，嘻嘻哈哈地围着看热闹。女人们也对他评头论足，从眼睛、眉毛、鼻子、头发、说话腔调，到外套、棉衣、裤子、鞋子、走路姿势，那些老娘们一点儿也不避讳，有时心领神会，有时掩嘴窃笑，有时狂笑不已。凯文挺直腰杆，假装没看见，拉住等待开工的船工、挑夫或路人，跟他们讲那些圣父、圣子、圣灵的故事。

船靠岸了，大家伙儿一哄而散，各自忙活。凯文闪身后退躲在路旁，众人好一阵儿手忙脚乱。船一旦离去，这些人又围上来，接着听他掰扯做人做事的道理。时间一长，挑夫、船工就逐渐失去了兴趣。道理虽好，毕竟填不饱肚皮。

颍河水弯弯曲曲无言东逝，船帆远了近，近了又远。人们时常看见，凯文寂寥、消瘦的身影孤孤单单地出现在沿河北风里。直到开春之后，他遇到了二狗。

那天，二狗到码头接人。刚上河堤，听到有人在背后喊：先生？二狗停下脚步，回头见是一个白净的外国小伙儿，嘴里哈着热气。

"叫我？"二狗指着自己鼻子。

小伙儿料峭冷风中伸出手："我叫凯文，是耶鲁传教士。"

"传教士？找我有事？"第一次被人叫先生，二狗心里高兴，双手仍揣在裤兜里。

"请问，您有时间吗？"凯文显然有些兴奋。

二狗大致明白他要干什么，故意逗他："有，怎么样？没有，又怎么样？"

"有的话，咱俩可以多唠唠，听我讲几个圣经故事。没有嘛，今日相见也是有缘，咱们下次再约呗。"

二狗一听乐了，一个外国人竟然会用"唠唠"二字，对眼前的陌生人产生了兴趣。

"你中国话哪儿学的？说的还真不赖呢。改天你到沈丘商会来，我给你唠唠咱商会的故事，那才叫惊心动魄呢。"说完，一脸坏笑往码头走。

凯文追着他，还想做些解释。

"今天我来码头接人，你看船要靠岸了。"二狗一边说，一边加快脚步，"我叫薛青松，花戏楼沈丘商会的。"

第二天一早，凯文就寻到了花戏楼，正准备往里进，被门卫阻挡。

"我找薛青松。请问他在吗？"

门卫先是一愣，转而冲里面大喊：二狗，有个小老外找你。

二狗正在做清洁，拿着鸡毛掸子从房间里出来，从屏风右侧探出头，见是凯文就招了招手。凯文进了大门，跟着他往里走。

"你们这里真漂亮，墙上都雕着花呢。"凯文一脸羡慕地说道。

二狗看他一副没见过世面的样子，调侃道："这都是中国文化，你看这面窗雕的是八仙过海，那块砖雕的是二龙戏珠。你们美国没有？"

凯文说，我们最漂亮的建筑都是教堂或学校，神像都立在教堂内外，人名则雕刻在石头上。真没想到沈丘还有这么漂亮的地方。说话间，两人穿过长廊来到房间门口。

"你在门口等。"二狗拦住不让他进屋。

凯文不明所以。他止住脚步，见二狗进到房里，操起一块白色方巾，小心翼翼擦拭着桌椅上的灰尘。

"我来帮你吧。"凯文说着，就要往里闯。

"不用不用！你不要进来。"二狗语气坚决，摆着手拒绝。

凯文有些纳闷，房间里的陈设不像办公室，所有物品都摆放得整整齐齐，倒像是一间展厅。他转过身看院落风景。天很蓝，一群大雁排成排呼喊着向北飞去，椿树枝头上刚刚涂抹了一丝绿色，整个院子依旧春寒料峭。

中午，二狗按界首习俗，请远到而来的客人吃饭。两个人年龄相仿，又心直口快，都感觉相见恨晚。凯文也不客气，他们在中原羊肉馆坐下来。菜刚点好，二狗便按耐不住，一会儿马屁一会儿马腿。

"你现在干的，比我们有档次。我们贩卖货物，而你兜售思想，但本质上咱们一样，都是要售卖东西给人家，都要开发市场和找到顾客。你来了这么久，连我都不认识，是不是市场开发有问题？"

凯文也不生气，静静地坐着，任由二狗调侃。来沈丘半年有余，只顾讲经布道，难得有时间听人谈天。

"先要找到顾客，然后才是把东西卖出去。既要卖，脸朝外，所以门面市口就十分重要。做生意，扎一个地方不行，不要一根筋儿死守。依我看，你那个码头就不行，赶紧换地方。那里虽然人多，但是都是为生计奔忙的劳工和过路客，做生意没有人流量不行，但光有人流量没有购买力也不行。那里的人要么匆忙赶路，要么赶着糊口，没时间听你啰唆。码头只适合做短平快、立竿见影的生意。"

饭店老板把羊肉端上桌。刚出锅热气腾腾的，脱骨羊肉只放了几片生姜和少许葱花，竟然闻不到一丝膻味，满桌飘着羊肉的清香。

"这边有孜然和十三香，还有蒜泥、葱花、酱油和醋，两位自取，慢用！"老板说罢，微笑退去。

凯文觉得二狗说得在理，虚心虔诚地聆听他闲扯。二狗眉飞色舞，越说越来劲。

"卖东西，不能为了卖而卖，要让顾客觉得货真价实或物超所值。何况你兜售的，看不见摸不着、短期无收益、长期不确定，乍一听跟江湖骗子差不多，别人如何信你？做生意的关键是：为顾客创造价值，就是要给顾客带来好处，润物细无声你懂不？这样顾客才会相信你，才愿意听你说。"

凯文被二狗的话惊着了。以前从没想过这些问题，他只是觉得，码头上那些人更穷、更苦、更需要帮助。经二狗一点拨，他才发现这么久的河堤坚守是徒劳无功的。他起身给二狗添酒，期待他继续往下说。

"我师父很早就告诫我，做生意的秘诀就是'诚信'二字，就是一口吐沫一个钉，就是说到做到、言出必行。你说的那些能兑现不？怎么个诚信？"

凯文被他看似粗鲁的问话卡住了，既无法回答他的问题，又无法反驳，只能尴尬地耸耸肩。

二狗话锋一转，好似总结发言："所以你的事难就难在这里。"

二狗这一通胡吹猛侃，还真把凯文唬住了。来沈丘这么久，凯文第一次觉得遇到了贵人。他急切地寻找答案。

"那我该怎么办呢？"

隔行如隔山。二狗夸夸其谈半天，一遇到具体操作也就"白娘子喝雄黄酒"现了原形。聊天瞬间被聊死。二狗闭了嘴，两根筷子在羊肉汤锅里左右翻找。两个人不再言语，你来我往只顾闷头喝酒。

脱骨羊肉吃得差不多了，二狗喊老板过来，说扯两碗羊肉烩面。说到扯字，他仿佛想起了什么，扭头对凯文说：

"净听我掰扯了。你快说说美国是啥样子，跟我们有啥不一样？除了传教，你还会干些什么？"

凯文说，沈丘的夜晚太黑太冷，但星星特别多特别亮，不像美国稀稀拉拉的。他的出生地汉密尔顿，比沈丘城还小，但家家都用上了电，晚上用电灯照明，更别说耶鲁校园了。耶鲁一到晚上灯火通明，天上的星星更少了。美国到处是教堂，比沈丘的寺庙多多了，每到周末，人们去教堂做礼拜。教堂门廊、过道，备有水果、糕点和饮料，有专门房间供孩子们玩耍，还有义工照看，陪孩子做游戏。大人们在楼上做弥撒，听牧师介绍教会近期情况及解读经文，然后请一两个教友分享心得及感悟，大家一起欢唱圣歌。再后来是分组交流，每个人都有机会发言、提出疑惑或解答问题，分享最新的人生感受。其实，教会就是大家庭，大家像兄弟姐妹一样相处、相互帮助、鼓励和祝福。

中国的寺庙，除了烧香磕头许愿，香客和高僧几乎见不到面，即使小和尚也极少与香客交流。二狗觉得新鲜有趣，隐约觉得凯文的事能成，谁会不喜欢温暖和家的感觉呢？

紧接着，凯文说到耶鲁医学院和海外传教团。

二狗顿时来了兴趣："哦，敢情你不是一个人在中国，你们一大群呢。他们在哪儿呢？你怎么一个人跑俺沈丘来了？"

"学长们来的比我早，都分散在中国各地。"凯文腼腆地笑了，"我耶鲁师兄史蒂夫从香港去了重庆，我们一直有书信往来。他原本邀请我一起去，但是我想自己闯荡，独自开辟一片新天地。耶稣说，可以往别处去，到临近的乡村，可以在那里传道。我受神的指引来到了沈丘，也许将来可以创建教堂、教会，让更多人受神的保护和恩泽。"

凯文对未来充满憧憬，说这段话时整个人都发着光。梦想，总能给人奋斗的力量。二狗被他的理想和激情感染，竟然有些感动。一个怀揣梦想的外国人，千里迢迢来到沈丘，两个人一见如故，他愿意助凯文一臂之力。

"传教我不懂，总感觉有点儿像空手套白狼。"二狗一本正经地说，"这世界上最难做的生意是啥知道不？棺材铺。这传教呀我看比开棺材铺还难，棺材至少看得见。传教是啥？就是传播信仰。啥是信仰？就是信任并且敬仰。所以我的理解：传教，第一步是取信于人。至于怎么样取信于人吗？……哎！你不是学医的嘛，你会给人治病对不对？那就好办多了，你可以先开一间医院，免费给人看病，只要把人病治好了，口碑自然一传十、十传百，这信任很快不就来了。"

烩面端上来时，老板紧着道歉，说看到你俩聊的太热乎，不忍打搅，面上得晚了些。白白的羊肉汤飘着绿色的香菜和葱花。凯文鼻尖触到碗边闻了闻，说真香。

一周后，凯文搬了家，搬到了小十字街西路一所旧客栈里，那里距离花戏楼两条街。

　　他租下了整个客栈。客栈挺大，除了坐北朝南的正厅，东西厢房各五间，门房还有茶水间和储藏室。他买来除虫药粉，请人把院内喷洒了一遍，又买来石灰粉刷墙壁。命人疏通下水管道，把原来的门窗全部替换掉。几个人忙活了三天，才让客栈焕然一新。预定好的桌椅板凳搬进来，新买来的听诊器、血压计等医疗器械摆到桌面。招聘了一个助手和两个护士，进行了简短培训。终于万事俱备只欠东风。

　　那年三月，雅礼医院举行了热闹的开业典礼。沈丘商会会长王效义亲自主持，并邀请沈丘县长和医疗同行等参加剪彩仪式。鞭炮硝烟散尽后，大背头、圆脸、细眼睛，一身深蓝色中山装的县长登台致辞：

　　"各位乡邻，我县历史上，第一所西方医院今日正式营业。鄙人特来祝贺。国民政府向来提倡'西学中用'，凯文院长先生，是美国耶鲁医学院高材生，不远万里来到咱们沈丘，为众乡邻排忧解难，就是'西学中用'的典范。鄙人十分钦佩和感动。希望沈丘医疗同行取长补短，中西合璧共同解除沈丘百姓身体之病痛。最后，祝愿雅礼医院一切顺利！"

　　开业和婚礼一样，登台嘉宾无非是说几句吉利话，言者千篇一律，听者全不走心。县长讲完，台下响起稀稀拉拉的掌声。

　　凯文跃上台，面朝观众鞠了个躬，略显疲惫的脸上挂着笑容，先感谢一番县长、局长及医疗同行，然后讲了一个神的足迹。

　　耶稣到耶路撒冷去。在耶路撒冷，靠近羊门口的地方，有一个池子。天使会按时下到池子里，搅动那池子里的水。水被搅动之后，谁先下水，无论害了什么病都会痊愈了。池子旁边有五个长廊，廊里躺着很多生了病的人，有瞎眼的、瘸腿的、血气干枯的，等等。有一个人在那里躺了三十八年。耶稣看见他，知道他病了很久，就问他："你要痊愈吗？"病人回答说："先生，水动的时候，没有人把我放进池子里；我正要去的时候，就有人比我先下去了。”耶稣对他说：“起来，拿着你的被子走吧！”那人立刻痊愈，就拿起被子站起来走了。

凯文接着说："耶稣是神的儿子。他按照神的旨意，治好了那个病人。我是神的仆人，得到神的感召来到沈丘，为大家治愈疾病解除痛苦。这是神的旨意，也是雅礼医院的使命。愿神保佑大家！"

开业过后，凯文写信给远在重庆的史蒂夫，介绍了雅礼医院的事，并请教医院未来经营之法。耶鲁学长很快回了信，对他开办医院一事大加赞赏，夸赞他一人之功可抵万夫之力。凯文受到鼓舞，决定暂且放下传教，将全部精力转向培训医护人员、扩大雅礼医院知名度，以及救助更多的患者。

万事开头难。挨过了最初几个月，雅礼医院逐渐被人所知。患者逐渐增多，医院也渐渐有了生机。

六

暑假即将结束，任天骄才想起，很久没有去看望姐姐。

哥哥离家之后，家里完全变了样。父亲从许昌回来后，变成了石头人整天不说一句话，每天一大早拿起鱼竿出门，天黑时分才回到家。奶奶喊他，也神情恍惚，像个犯错的孩子不敢直视母亲的眼睛。祖孙俩相看无言，背地里偷偷抹眼泪。天骄从未见过这样沉默的父亲，沉默得令她害怕。她不知该做什么、该如何做，只能每天协助奶奶备足一日三餐，等着父亲归来。日子，像傍晚的影子，被越拉越长，仿佛微风一吹就会脆断。整个夏天无比的漫长，豆蔻女子却没有时间忧伤。

哥哥留下只字片语，从此杳无音信。兄妹俩曾经在西湖边，油菜花海里嬉戏追逐，蝴蝶纷飞、蜜蜂匆忙，身后是湖天一色。如今，她时常坐在窗边发呆，而窗外暴雨倾盆。到了夜晚，雨停了，蛙声响起，整夜整夜地刺耳难眠。

就这样不知道过了多久，父亲终于不再出门，终于不再沉默，终于露出稍纵即逝的苦涩微笑。任天骄既悲又喜，躲在房间里小心翼翼地哭了半个下午。哭累、哭痛、哭完后，才想起远在八里辰苦命的姐姐。

夏季已进入尾声，小院的蔷薇花已经凋谢，但绿叶仍浓，将小小的院子紧紧包围着，阻挡着尘世间的纷扰。窗下那棵白杨树，迎风挺立像个忠诚守卫，倔强地守护着它的主人。

天骄打开包裹，里面是给小家伙缝制的衣裤、袜子和鞋子。

"第一次做，做不好，改了很多次，还被奶奶骂笨手笨脚的。"她跟姐姐解释道。

姐姐把小家伙放在腿上，说："小姨亲手做的，好不好看呀？快谢谢小姨。"

"姐！太阳太大了，刺伤了眼睛。"

任天骄手搭凉棚给小家伙遮光。小家伙眯着眼，不敢看外面的世界。

"没事，这不是在树底下嘛。"

心事，就像伤疤，触及会撕裂般的痛。姐妹俩绕着圈小心翼翼地说话。天骄一股脑儿地讲了很多奶奶年轻时的趣事、爸爸小时候的丑事，以及爸爸暑期的渔事。一大圈的往事都讲完讲累了，才停下来闭了嘴。

姐姐说："你有学问，帮孩子取个名字吧。"

天骄环顾四周，脱口而出："蔷薇，怎么样？"

"妹妹说好，一定差不了！是不是呀？小蔷薇。"姐姐很满意很高兴。蔷薇，是带刺的小花朵，不能像妈妈一样凡事忍让、懦弱、无能。

两人有一句没一句地聊着，既不敢提及过去，也无法谈论将来。

奶奶骂我，说我把姐姐给忘了呢。妹妹说。

姐姐答：哪儿能呢，我们挺好的，回去告诉奶奶让她放心。

一只蜜蜂在凋谢的蔷薇花叶间寻寻觅觅。不远处的田野里，传来蝈蝈的叫声。

"黄豆眼看要收割了。姐夫不在，秋收可咋办呢？"话一出口，天骄就后悔了。有些话题就像花丛里的刺，既躲不开又绕不过去。

"没事。这不是还有爷爷和我嘛，我们能对付。"姐姐不想让妹妹跟着操心。

"不行的话，就请个人帮忙呗。"

"你放心读书吧。前两天，东南王庄二姐说过来帮忙呢。"

"我哥也没有信来，也不知道他们怎么样了。"天骄终于说出了心里话。

"谁知道呢。"姐姐怔了一下，背过身去揉眼睛。

两个人不再说话，紧接着是死一般地沉寂。小家伙趴在姐姐腿上睡着了。姐姐抱起蔷薇进屋，把孩子放到床上。天骄跟着进来。

"过几天，我就开学了。"天骄说，"开学之前就不过来了。姐，你们多保重！"

说完，转身出了房门。姐姐追出来时，任天骄已头也不回地走远。扭头回屋，小蔷薇枕边放着两块大洋。

秋天很快降临，秋收也就到了。

豆秧垂头，豆叶落尽之时，东南王庄二姐如期而至。她带了两个壮汉，根本不让旁人插手，三下五除二就把田里收拾得一干二净，又把豆秧整理堆砌好，覆盖好防雾草席，便匆匆离去。二姐原本快人快语、干净利索，说话做事从不拖泥带水，出嫁后对娘家更是挂念。婆家家境殷实，靠银器制作手艺维持生计，积攒下几亩闲田和两座宅院，在东南王庄开了间银器铺，十里八乡闻名。

第二天一早，二姐牵了头牛，带着原班人马赶来打场。秦晋除了烧水做饭，压根儿也沾不到边。健壮的耕牛，拉着石磙在豆场里奔走，直到把豆荚豆秧碾碎压烂，金灿灿的黄豆就从豆壳里脱落出来。三个人忙活了一天，把豆子晒干、除尘、装袋，又挪到房里。等一切清理完毕时，饭也不吃一口执意离去。

一转眼，秋季开学了。沈丘城一派热闹、喜庆。

任天骄步履轻盈走在人群中，脸上绽放出久违的笑容。任清泉像个小跟班，背着行李紧紧跟在女儿身后。辅仁中学在颍河路的尽头招手，任天骄接过行李，催促父亲快些离开。她宁愿一个人拖着行李，也不愿被同学看见，嘲笑自己像个幼儿园小妹妹。开学第一天，同学们陆续返校，马路上有人呼啸而过，有人雀跃相拥，有人默默前行。

"天骄！"有人喊。

任天骄刚进校门，左前方自行车后座上跳下来一个人。

"二狗哥。你怎么来啦？"天骄有些意外。

二狗今天穿了一件浅蓝色圆领衫，容光满面。

"我们来跟你们学校谈合作。"二狗故作神秘，扬手招呼骑车的人，"凯文！我师妹，在这里读书。"

凯文半边屁股斜跨在车座上，一条腿支在地面，听到喊声连忙把车子扎好，小跑过来伸出手说："你好！我叫凯文，很高兴认识你！"

天骄提着行李，抬头看着他，耸耸肩说道："哦，我叫任天骄。"

二狗赶紧把行李放到自行车后座上，三个人并肩去往开学报到处。二狗冲到前面，帮师妹填表签字，领了课本和学习用具，又把她送到学生宿舍，才和凯文离开。

宿舍里一共六个室友，天骄第一个到。她有些累了，胡乱整理了一下床铺，就迷迷糊糊地睡着了。睡梦中，有只飞虫在她鼻尖飞舞，搞得痒痒的，她用手去抓却抓不到。

"阿嚏！"她的喷嚏惊得一屋子人哈哈大笑。室友们都已到来，见她醒来，纷纷凑过来问东问西。天骄不想理她们，这个暑假的事，她宁愿烂在肚子里也不愿提及。

"快起来，起来！"下铺的方向北像个催命鬼，"快快，我带你去看一样东西。"

天骄睡眼蒙眬，十分不情愿，迷迷糊糊又被拖出了门。穿过一小段林荫小路，来到学校的海报栏。

"你看，下个月，艾青要来我们学校讲座了。"方向北兴奋不已。

海报栏贴满了五花八门、五颜六色的告示和通知，有些直接糊在别人的上面。艾青讲座海报的旁边，有一个不起眼的英语培训招生海报，上面用红笔写着：报名从速。

一周之后，天骄在课堂上忽然想起那个英语海报。下课铃一响，拉着方向北就朝英语招生处跑。方向北被拽得上气不接下气，埋怨道："不就是英语培训吗，你咋像个饿狼似的，至于嘛。"

招生处的门关着，敲了半天也无应答。任天骄不死心，硬拉着方向北守株待兔。

"十月九号，艾青就要来了。"方向北说。

"哦。"天骄心思全在英语报名上，没空想什么艾青的事。

有老师走过来，有学生走过去。云朵在走、蜻蜓在飞，这个无聊的下午。方向北有些不耐烦，一个劲地催促走吧明天再来呗。任天骄不死心，仔细观察着来来往往的路人。在她快要熬不住快要放弃的时候，有一个小个子、平头、国字脸的人走了过来，大老远就在裤兜儿里摸钥匙。

任天骄赶紧让开，侧着身子问："请问英语培训报名是这里吧？"

平头兄看了看她俩，说道："是呀，人已经招满了。"

任天骄一听就急了："啊！招满了，能不能帮忙插个队？"

门已打开，两个人尾随而进。

平头兄说："插队怎么行？不能没规矩嘛。报名日期确实截止了，名额也满了，只是不知有没有人缺席。你俩都报名？"

方向北抢过话去："就她一个，我是打酱油的。"

平头兄一副为难的样子。

"你就帮帮忙嘛。"任天骄语调柔和，一脸恳求的表情。

平头兄见她认真、真诚，不忍拒绝，做出一副无可奈何的样子，从屉子里抽出一张表格："先登个记吧，成不成我也没把握。"

任天骄急急忙忙地填写完毕，也忘了给人道谢，兴高采烈地出了门，惹得方向北在后面过河拆桥般紧追笑骂。

英语班很快开课了。

任天骄早早地来到教室，精心准备了笔记本和钢笔。她找个角落坐下来，心里还是十分期待和兴奋。方向北那家伙竟然对英语没兴趣，还说不如学俄语，真搞不懂这个鬼人。她心里嘀咕着。同学们陆陆续续进来，叽叽喳喳地闲聊。听说是个老外给大家上课呢，他会说中文吗，咱这半瓶子ABC能听得懂吗，管他呢，不会所以才要学习嘛。

说话间，有人喊："老师来了。"

任天骄抬起头时，平头兄已走上讲台："同学们好！"

"老师好！"同学们稀稀拉拉地回应。

平头兄接着介绍："学校根据上面要求，结合同学们实际需求，增开这个英语培训班，是为了拓宽同学们的视野，培养具有国际交流能力的人才，将来为社会为国家做出更大贡献。所以，我们有幸邀请到美国耶鲁大学毕业生凯文老师，为我们教授英语课程。请大家欢迎！"

天骄有些诧异。凯文？跟二狗一起骑车的那个凯文？她惊奇地望着门口。

果然是他。凯文有些腼腆地步入教室，他身穿一件浅蓝色体恤，一条藏青蓝裤子，刚刚修剪的发型。他的眼光缓慢地掠过每一张面孔，微笑着跟同学点头示意，转身在黑板上写下自己的名字：Kevin。

"我叫凯文，出生在美国纽约上州一个三千人的小镇汉密尔顿，那里离五大湖不远。我在家乡读完十二年级后，到康州纽黑文的耶鲁大学医学院读书，去年毕业就来到沈丘。很高兴认识大家！"

随后，他又吃的喝的玩的乱扯了一通，最后说：

"正式上课之前，我只提一个问题，为什么要学习英语？"

他环顾整个教室。前排一个男生举手发言，说自己将来准备出国读书。一个扎辫子的女生，说能仔细阅读并深刻领会那些名著，进一步了解西方文化。另一个看上去干净利索的男生，说自己毕业以后想到洋行工作。

"任天骄，你呢？"凯文直接点了名。

任天骄没有想到，凯文不仅认出了自己，还能喊出她的名字。她有些意外，又有些高兴。她懒洋洋地站起来，信口说道：

"英语，原本不是我的菜。我对文艺复兴感兴趣，一开始想学意大利语的，但是咱这里学不了，也有人推荐日语、俄语。后来一想，既然要学一门外语，为什么不学一种遍及地域最广、使用人数最多的语言？起码这样将来可以走更远的路、结识更多的人。所以我就来到这里了。"

　　凯文听到她漫不经心的口吻，反而觉得真诚真实，比前面几个更遵从本心。他举起右手放到耳边，又把左手移过来，做出鼓掌的样子。

　　紧接着又有几个同学，给出了大同小异的理由。凯文不再询问。准备上课时，任天骄举起手问道：

　　"老师，你为什么来中国？"

　　凯文没想到还有人反向询问。他望着任天骄，迟疑了一下，说道："简单说，就一句话：为了帮助更多的人。"

　　然后，他转过身对大家说，同学们如果对这个问题感兴趣，课后再找时间一起探讨。下面开始上课。

七

　　上次，跟陆庭筠促膝长谈之后，任清泉逐渐从自己灰暗的生活里走出，开始重新打量眼前这个原本色彩斑斓的世界。他不再蜷缩在界首，而是界首、沈丘两地跑。沈丘城内旧宅，多年来请人定期打理，却极少过来居住。这个暑期诸事烦心，定期变成无期，如今更是杂草遍地，几近荒芜。他请人把屋顶、屋内、屋外好好整修一番，砍了树，除了草，刷了墙，漆了门窗。一切焕然一新。

　　儿子远走，眼前还有女儿。他接受现实，想把母亲接来沈丘同住。老人家恋旧，觉得界首老宅舒坦，住习惯了不愿挪窝儿。

　　他偶尔去商会转转。沈丘商会，被王效义打理得井井有条，比前些年更显生机。隐居界首之后，到商会都是一副事不关已的心态，根本没留下啥印象，很多人和事已如过眼烟云。现在重看，一派生机盎然。除了传统的盐业、布匹、糖酒、漕运和中药材，还新增了西药采购部，由二狗负责打理。任清泉很欣慰。

　　王效义亦步亦趋跟在他身旁，看四哥状态逐渐好转心里高兴，三番五次要他回来继续做会长。任清泉坚决不从。

中原大战前一年，在任清泉倡议下，城内几个要好伙计一起创办了沈丘商会。那时候，他的医药和漕运生意刚刚起步，颍河流域的生意却络绎不绝，业务很快拓展到颍州、亳州、商丘、许昌等地。商会成立那天，被大家推举为商会会长，八名董事中他年龄第四。由于沈丘商会做事规矩、诚实守信，"四哥"的名号不胫而走。

这天，王效义再一次旧话重提。

"四哥，您那间办公室一直留着呢，二狗每天打扫，就那么空着也怪可惜的。您回来，我继续做您助手，行不？"

"你怎么老提这个事？是嫌我来的次数太多了？"任清泉似有不悦。

"没有没有！"效义一脸委屈，赶紧澄清，"四哥千万别误会！我是真心觉得自己做得不够好，又找不到好的经营思路，所以才……"

"此事不要再提了！"任清泉表情很严肃。

王效义见他真的动了气，赶紧闭了嘴。

两人陷入沉默。刚过了一会儿，王效义实在憋不住又说：

"四哥，当年您辞去会长回界首，我就没想明白。如今归来，商会理应归还于您。可您一再推脱，到底是为啥呀？"

任清泉看着他，沉默了几秒说："商会又不是绣球，怎么可以抛来抛去的？现在商会生意兴隆，师父前几天还夸你呢。君子不夺人所爱，不挡人钱财嘛。心意，四哥心领了，我的事你就别瞎操心了。今晚咱俩好好喝两杯？"

效义点点头，不再多问。他靠近四哥，低声说：

"许昌传言，说沈丘要设立警备司令部了。以后咱们商会生意更好做了。"

秋天，总是在不经意间稍纵即逝。树叶变黄、飘落没几天，黄泛平原的冬季就悄然而至。清晨，落叶上、房檐上撒着一层薄薄的白霜，不远处的田野里散开一圈薄雾，就像年画里面仙女飘逸的腰带，等到朝阳渐起，薄雾会随风起舞，此时那些白霜早已不见踪影。

马英年每天起床第一件事就是晨跑。这是他唯一的健身方式。

界首是汉族人聚居地。作为甘肃内迁的回民后裔，马英年独来独往、沉默寡言，除非招揽清真卤肉店生意，一天说不了五句话，但他常年坚持健身，练就了一副好身板，除了不被人欺，他心底还藏着更大的理想和抱负。说起来，他并不孤单，整个沈丘散居着不少回族兄弟。每到月初，他们穿着长袍、头戴毡帽，到沈丘城东的至元清真寺做礼拜。年轻、年长的围坐在一起，谈天说地或交流生意经，然后十几个年轻人，在至元寺后花园骑马善射舞枪弄棒。

这天，马英年像往常一样起床，出门右拐踩着青石板一路向西，仿佛三两步就到了西湖岸边。天刚放亮，湖中水面上飘着白雾，堤坝两边的野草都已枯黄，地上的柳树叶子有些碎烂变黑，空气中混合着水草的腥味和烟火气味。除了自己的脚步声，四周一片沉寂。

马英年一上湖堤步态轻盈脚下生风，环湖灌木丛呼啸而过。拐弯处，迎面遇到了同样跑步的任清泉。

"四哥，怎么是您呀！您啥时候回来的？"

两人都有一些意外。

"昨晚。"

马英年干脆调转头，跟随任清泉的脚步。

"商会很久没有召集开会，见面机会越来越少了。月初至元寺礼拜，去了趟商会，也没遇见个熟人。"

"你去沈丘，怎么没找我？"清泉问。

"四哥，您是大忙人，哪儿敢打搅您呀。"马英年停了停，说："

其实，还真有事向您请教呢。"

任清泉鞋里进了一粒沙土。他停下脚步，靠在一棵粗大歪斜的柳树上，一边脱鞋一边问："啥事？你说说看。"

"跟四哥讨生活呢。我那个小店一直半死不活的，这日子也没什么盼头，以后不知道怎么办？四哥您见多识广，给出出主意？"马英年喘着粗气。

任清泉浑身燥热，解开衣襟，说："你可给我出了个大难题。现在兵荒马乱的，能养家糊口就已经很好了。"

"是呀、是呀！"马英年附和着，心有不甘。"我今年刚三十岁。坐在店里，能一眼看到人生尽头，总不能一辈子窝在这个小镇吧，可又不清楚下一步该干什么。有时想想，还挺佩服天笑，可以无所顾忌地投笔从戎，哪儿像我总是瞻前顾后。"

任清泉闻听此言，暗暗吃惊。他没有想到，在界首，竟然有人理解、赞赏儿子的行为，那个一度让他伤透了心的儿子。

马英年接着说，鬼子炸花园口，淹了咱大片良田，才导致咱人不人、鬼不鬼的。有仇不报非君子，要是哪天能上马杀贼，也算是快意恩仇了。

任清泉越听越震惊。一个小小卤肉店老板，竟然如此地壮志凌云！在乡下这么多年，他极少与人往来，马英年顶多算是点头之交，偶尔街头或商会见面而已。他早已放下了心中所有牵挂，无视外界异样的目光。马英年的话，还是勾起了他助人的意愿。

"那你有什么打算？"任清泉问。

"在至元寺，我们也经常讨论这个问题，大家都不知道未来会怎样。小日本欺负到咱家门口，再往前半步就进咱家门了，也没见谁站起来反抗，每个人都事不关己，都像没事人一样，个个都是苟且偷生的怂包软蛋……"

任清泉见他越说越激动，赶紧把话锋往回扯："上阵打仗，那是国家的事。你一人之力又能改变什么。咱小老百姓过好自己的日子，就是支援国军抗敌。少管那些身外事！"

马英年欲言又止，脖子扭扭的，满肚子不服气。

沿着湖堤往前走，初冬的晨光打在他们脸上。湖中央的薄雾已经散去，微波荡漾。田野里有人开始了一天的劳作。

对了。任清泉扭头对马英年说，沈丘很快就有大发展，到时候有不少生意机会，好好想想怎么把卤肉店做大做强积攒家财吧。

哥哥终于来信了。

方向北回到宿舍，一见任天骄就嚷嚷："传达室有你的信。哪个帅哥写来的呀？"

听说有信，任天骄心中狂喜，推开方向北，挤出宿舍门，一路小跑直奔学校大门口的传达室。小黑板上果然写着她的名字。

浅黄、精细牛皮纸信封上，贴着一枚青天白日邮票，落款地址是：第五战区（许昌）一九五三部队。是哥哥！任天笑终于来信了！她掩饰着内心波澜起伏，快速签了字，双手抱着哥哥的信匆匆离去。她躲到操场，在一个无人的角落，小心翼翼地慢慢撕开信封，一股油纸的清香扑面而来。

天骄：

你和奶奶都好吗？上次，老爸来许昌，回去有没有乱发脾气？

半年来，一直不敢给家里写信，因为没有取得半点儿成绩。不过我喜欢军营，每天出操、拉练、射击，甚至拼刺刀，每天斗志昂扬激情四射，比啃那些书本强多了。上周射击比赛，我拿了全连第一！连长夸我是神枪手呢。现在一天不摸枪，我就浑身不自在，好像丢了魂似的，呵呵。

我们驻扎在魏晋名城——许昌，这里不仅有很多文化古迹，也有很多著名小吃，包括你喜欢吃的小笼汤包和胡辣汤。等你过来，哥请客，咱一家一家去品尝哈。

哦，对了，春禾哥被安排进了厨师班。他现在蒸馒头包子，还会烧很多菜呢。

信看到一半，任天骄已无法控制自己。当读到小笼汤包和胡辣汤时，早已泪流满面。哥哥没事，哥哥成了男子汉，成为了他自己想要的样子。这半年来，那些担心和埋怨顷刻间烟消云散。应该替哥哥高兴，替奶奶和老爸高兴，可是越想到这一层，越是止不住眼泪。

半个月后，沈丘的冬天正式来临。池塘里开始结起薄冰，浅水滩头常常能见到几粒白鸭蛋；田野里冬麦已经绿郁葱葱，偶尔会有夺路狂奔的野兔；树枝上光秃秃的，偷懒的鸟儿在抓紧筑巢；马路上人们抄着手缩头走路，脚下的枯叶被风卷着原地打转。

任天骄的英语学习进展顺利。她很努力，跟凯文也更加熟悉。好奇心驱使她想进一步接近凯文，美国是什么样子？跟中国有哪些不同？他为什么来到中国？可是除了那句"帮助更多的人"外，凯文一直没有明说。这反而促使她更想得到答案。加上凯文跟其他老师不同，他风趣幽默，平易近人，一点儿架子也没有。他把操场的一角开辟成英语角，鼓励大家张口说话，帮助同学们成立英文读书会，组织大家做游戏和秋游，"要多看外面的世界，不要拘泥在书本里"。

一天课间休息时，他问任天骄："你知道陈州吗？"

"知道呀，戏文里包青天放粮的地方嘛，沈丘三岁小孩都知道。"她漫不经心地回答。

"可你知道陈州在现在的什么地方吗？"

"什么地方呀？"这个问题还真难倒了她。

"今日淮阳，就是宋时陈州。书上说，淮阳是中华姓氏起源地，那里的天地庙已历经千年风雨，如今仍香火旺盛呢。"

任天骄以为凯文显摆，白了他一眼道："说这个干吗？"

凯文察觉到她有些不高兴，赶紧补充说："这么悠久的历史，那里一定藏着很多不为人知的故事。我想去看看，可不可以邀请你一起？"

"谁要跟你一起去呀！"天骄心里欢喜，却假装生气，扭头就走。

凯文追上来，说："别生气呀。要不，我告诉你一个秘密。"

"没兴趣。"天骄边走边说。

"前些天，我看见一个人在操场那边哭，好像还很伤心呢。"

凯文说完，抬高下巴，头也不回地离开了。留下任天骄一个人傻傻地站在那儿，一脸错愕。

艾青的讲座，不知什么原因被一推再推，直到寒冬腊月才姗姗来迟。

方向北依旧念念不忘热情似火，一大早催促任天骄起床洗漱。

"冷死了，我再睡一会儿。"任天骄赖在床上不想动弹。

"有很多布置呢，还要检查缺什么物料。你快一点儿！"说着，她一只冰手往被窝里伸。

任天骄只好投降。

她们赶到礼堂时，主席台深蓝色背景墙已经布置完毕。魏碑体的"还我河山"下面，深蓝色背景墙正中央是一个红色正方形边框，框内白底红字写着大大的"华"字。台下座椅已摆放完毕，刚搬来的物料，几个男生正在拆箱。

"方向北，快过来帮忙。"平头兄在喊。

两个人应声过去开始忙活。装饰灯笼、交叉的彩带、张贴的海报，前排座位牌、迎宾红丝带以及欢迎牌。

"糟了，还缺一样。"平头兄突然想起了什么，"演讲结束，安排了给艾老师献花，大红花还没剪呢。"

"天骄，你平时喜欢剪纸，今天终于有用武之地了。"方向北替她抢到了任务。

任天骄却兴奋不起来。尽管她喜爱文学，但艾青不是她的菜。他的诗，意境宽阔气势磅礴，但悲怆有余悲悯不足。她更倾向于不带任何政治立场的纯粹文学，因而喜欢李白胜过杜甫。艾青的到来，她远没有方向北那样激动，几乎是被好友连拉带拽才过来的。

"那好吧。"她懒洋洋地答应着，着手准备红纸和剪刀。

一切准备妥当的时候，同学们和老师陆续到来。人越来越多，过道的两边都挤满了人，靠后几排都掂着脚跟。任天骄被人群挤到了后门边上，只能透过人缝才能看到半个讲台。礼堂里突然掌声雷动。

一个三十出头、高大帅气的青年，出现在讲台左侧。

平头兄照例登台一番客套美言。

艾青登场了。

"同学们好！辅仁中学的老师以及沈丘同仁大家好！……"

艾青讲他的童年少年，讲他第一次到杭州读书，第一次到法国留学，第一次发表作品，第一次参加文学活动，以及加入上海作家联盟、创作《大堰河》和《北方》的心路历程。

"……同学们，如今山河破碎，国家正遭受日本帝国主义侵略，我们的民族正遭受苦难。用眼睛发现悲苦，用心灵感受不屈，只要我们跟劳苦大众站在一起，就一定能写出震憾人心的作品。文学，是另一种看不见的武器，它的子弹直达人心，它开辟的战场是其他武器无法比拟的。拿起你的笔，记录你眼中的世界，用文字书写历史，让文字穿越时空吧。"

掌声响起，经久不息。方向北冲上台去，给艾青献花，并合了影。

应该说，艾青是一个富有激情的演讲者。他饱含深情的话语，加上低沉磁性的嗓音，感染了现场的每一个人。任天骄也不例外，一度深受鼓舞热血沸腾。有那么一刻，她也想冲上讲台，不知是含羞还是胆怯，她终究还是站在原地远远地观望。进入提问环节的时候，她竟然从后门悄悄地离开了现场。

下午，当方向北再见到她时，劈头盖脸地一顿抱怨："我到处找你。你跑哪里去了？"

"找我干吗？"

"艾青老师，新出版的诗集，还签了名呢。"方向北晃动着手里的书，掩饰不住地兴奋，"本想多要一本送你的，结果被别人抢去了。"

"亲爱的，谢谢谢谢。"任天骄拍打着方向北的肩，急切地说："我要去上英语课了。"

八

艾青走后没几天，沈丘下了今冬的第一场雪。

任清泉温了壶酒，难得坐在窗前赏雪，目之所及一片茫然。这半年来的往事，在他脑海里一页页翻过。儿子的重重一击，颠覆了他多年坚守的人生信条。人，趋利避害有错吗？鸡蛋碰石头有意义吗？儿子的选择给了他答案。天下没有免费的午餐，雪崩时没有一片雪花无辜，岁月静好也有代价，不能再这样逃避下去了！他告诫自己要振作起来，积极面对人生，儿子前脚刚走，此事不能再传导给女儿。

雪，纷纷扬扬。只一会儿，树枝、屋顶铺就了一层白霜。很快，地面已白茫茫一片。

门"吱呀"一声响，院子里闪进一个人来。是王效义。

"效义，快进来。你咋来了？"

"四哥，第五战区成立了界首警备司令部，部队正往界首开拔呢。"王效义很兴奋，"这么大的雪，我寻思着咱们是不是应该做些什么。"

任清泉起身，脑子飞快地转动着。

"叫二狗通知商会理事，立刻到花戏楼召开紧急会议。"

王效义答应着，转身出了门。

出任界首警备司令，在吕公权意料之外，更出乎意料的是：天气，雨雪交加，原本风和日丽一夜之间变了脸。

吕公权，浙江湖州人，毕业于黄埔六期，台儿庄杀出一条血路、武汉会战又屡屡建功，这次官升一级派驻界首。早上，许昌出发时大雪突至，仿佛老天也为他壮行。一路上漫天飞雪，士兵们在深一脚浅一脚地前行。

"兄弟们！"吕公权站起来，车子颠簸得根本无法站稳，"这是老天考验我们，大家加紧脚步，滚烫的羊肉汤锅在界首等着咱们呢。"

"羊肉汤锅"迅速在士兵中传播开来。他们受到鼓舞，加快了行军步伐。

其实，哪里有羊肉汤锅，连晚饭吃什么都不知道呢。吕公权只是一时兴起想到曹孟德的"望梅止渴"，临时借用以鼓舞士气。

傍晚时分，部队抵达界首。为了避免扰民，吕公权下令临时驻扎在颍河以南、界首以东三公里的一座明代废旧砖窑场。砖窑原本五座，明朝开国之时整日整夜炉火通明，烧制城砖供奉南京修建城防。清初被废，只留下散碎砖块瓦砾，生出半人高茅草和粗大树木。

　　距此不远有座北照寺，相传是朱元璋年少出家修行之寺庙，明朝时期一度成为皇家寺庙，虽历经沧桑至今香火不绝。

　　在临时营帐内，吕公权冻得跺脚，朝手心里哈着热气。勤务兵弄来个破铁锅，割了砖窑茅草，又寻到几根打湿的枯树枝，蹲在帐内生火取暖。拨弄了半天，搞得帐内乌烟瘴气。

　　副官挑帘进来，在吕公权耳边低语。

　　"人在哪儿呢？快快有情！"

　　帐外，风停了，雪依然鹅毛。朦胧冰雪中，一队人马由远及近缓慢走来。三驾马车里装满了徽子粉丝、白菜萝卜、羊肉和酒，另有十几个脚夫挑着木炭，喘着粗气紧随其后。

　　吕公权出了营帐。

　　"四哥，您这'雪中送炭'，连及时雨宋江都要自愧不如了。"吕公权他乡遇故人，自然十二分欣喜。

　　"吕团长，真是没想到呀！这是五百年才修来的福分吧。"任清泉也倍感意外，哈哈大笑，帽子上的雪花纷纷散落。

　　"盛夏一别，转眼已是寒冬。四哥瘦了很多呀。"吕公权牵着任清泉的手，步入营帐。

　　"前一阵子肠胃不好，现在没事了。谢谢吕、司令关心！"任清泉不知该如何称呼，拉长了声调，扯了个谎。

　　"四哥，别司令司令的了，生分得很。你比我年长，以后就叫我公权吧。"

　　任清泉认真地看了看他，见对方丝毫没有说笑的样子，便爽快答道："好！公权。那我恭敬不如从命了。"

　　两人在砖块堆砌的土凳上坐下来，火盆早已支起，红红的木炭已点燃。吕公权把手伸到火盆上方，翻转着双手问道："天笑的近况你可知道？"

　　任清泉一丝苦笑。

"这个臭小子确实倔，不过还挺有主见。调他到我身边做警卫，人家不干；调他团部当参谋，人家又不干；解释说就想留在作战连队里，后来就随他了，对不住四哥呀。不过，跟着欧阳步也好，那个川娃子虽然愣了些，做人做事靠谱得很咧。"

任清泉没太听明白，只觉得儿子不识抬举，别人还巴结不上呢。

"这次调职，只允许带一小部分原班人马，大部队仍驻守许昌呢。"吕公权解释道。

正说话间，王效义走进来叫声："吕司令好！"然后贴到任清泉耳边说："四哥，事情都已办妥。"

任清泉点点头，给吕公权介绍说：" 我师弟王效义，沈丘商会会长。"

吕公权抬头，见王效义健硕结实的身板，问道："练过？"

"学过几天花拳绣腿。"王效义挠头，有些害羞。

任清泉起身告辞。吕公权也不挽留，起身相送。

"四哥，以后常来。我初来乍到，还有很多事跟你请教呢。"

"请教不敢，常来一定。界首是我老家，天笑从小在这里长大呢。"

几个人站在雪地里，拱手告别。

夜幕拉开，白茫茫的大地，朦朦胧胧映照出不远处的树木和村庄。一行人在雪地里行走，"咔咔"的踏雪声引来一阵阵狗叫。

转眼已近春节。

隆冬的黄泛平原，屋檐下结满了长长的晶莹剔透的冰凌，小孩子们用竹竿敲落它，拿在手里把玩、追逐，泥土路被冻得僵硬，河沟里早已冰冻三尺，水边的鸭子们也不见踪影。原野上，却呈现出一丝生机，绿油油的冬麦积蓄力量，几只乌鸦在田间觅食，成群的麻雀在树梢聚会，只有那棵跨越几个世纪的白果树不畏严寒，傲然面对四季交替的世事沧桑。

从最初一个连，到陆续增派三个营，界首警备司令部建制逐渐完善。吕公权只是打个前站，随后不久第五战区临时指挥部迁移界首。吕公权把营房基建一股脑儿地交给沈丘商会，指派一个后勤部长协助跟踪。这既是信任，也是责任，任清泉不敢有半点儿松懈，亲自出马组织协调，密集开会征地拆迁、设计施工、竣工验收都由王效义督办。

界首，被翻天覆地改变着。每天天不亮，嘹亮的军号声、士兵出操的脚步和呐喊声刺破寂静的夜空。街上行人一下子多起来，天南海北各种腔调，士兵多了、马匹多了、汽车也多了，田野里修起一排排整齐的营房和围起的篱笆。一个安静平和、与世无争的小镇，面对突如其来的嘈杂变化，由最开始的无所适从，到慢慢地被动适应，最终只能无奈接受。

腊月二十三，中国小年儿。

白果树四合院，马英年在厨房里忙活，二狗收拾桌椅板凳、茶叶酒壶，王效义去司令部接人，任清泉在院中耐心等待。

日子，是任清泉精心挑选的。小年儿，是春节预热，是亲人团聚的起始。他早早跟吕公权敲定今天，生怕有变又郑重递上请柬。

上次雪夜一别，虽然心有戚戚，但大家各自繁忙，竟再无往来。营房建造等诸事，由商会对接安排，两人都不必出面。此时，吕公权已经从北照寺砖窑场搬出，住进新建成的警备司令部，接到邀请自然十分高兴。在他的家乡，家宴是待客的最高礼仪，一般交情，街边一个馆子打发了事。他精心收拾一番，理发、剃须、又找来平时极少穿着的珍藏便装，等一切准备就绪，王效义已在门外等候。

"四哥家，就在前方那棵白果树下。"王效义指着两公里外，一棵高耸的树冠。

吕公权顺着手指方向远远望去，一棵高大突兀的树干像一只向上伸出的手掌，张开的手指遮盖了半个界首。沃野千里竟有如此神奇的参天大树，吕公权想一探究竟。两个士兵背着长枪紧紧跟在身后。

任清泉站在落日里，远远看见，赶紧迎上来。

"这是风水宝地！难怪你生意做那么大，原来背靠大树呀！"

"年轻时不懂事，胡乱置办的。"

任清泉一边介绍，一边往院子里让。他年轻时四处闯荡，挣些钱就回乡置办田产。这座宅子，就是那个时候买下翻盖的。北上亳州，请来风水先生勘测宅基，确定房屋方位朝向，又东进颍州，请来高人设计房屋图纸，参照江南徽派建筑元素，修建了这座名满颍河的四合大院。

"听说，你以前发达得很咧，这半个界首都是你的。"吕公权半似玩笑地说。

任清泉耸耸肩，尴尬地笑了笑："那时候，挣几个小钱净想着显摆，名为光宗耀祖，实乃无知短视。让公权见笑了。"

"那为啥又卖了呢？"吕公权笑着追问。

"后来年岁渐长，也逐渐知道自己能力边界，有些事情做得，有些却做不得。原本世事多变，一念天堂、一念地狱，贫富就在一念之间，有啥好显摆的。"

吕公权依旧好奇，眼前之人，三十出头就看淡人生，躲到老家闲云野鹤，浑身上下透出一种洒脱和超然。但见对方低调、温和、谦逊，也不再为难于他。

绕过屏风，两人一前一后来到院落中央。院子整洁干净，东西两侧院墙下，几株竹子光秃秃的，东窗下一盆梅花开得正艳。吕公权很是喜欢，凑上前闻了闻，做出一副陶醉状。跟四哥相处轻松内心舒坦，他一点儿也不客气，像走进自家大门，在堂屋大方桌后面坐下来。

"再后来受人抬举，霸王硬上弓被推举为沈丘商会会长，能力笨拙加上分身无术，就把那些土地贱卖了，只留下这座宅子。这些年马放南山，在家坐吃山空，快破产了。"任清泉自我打趣道。

"打住！别在我面前叫穷啊，我可不是来搜刮民脂民膏的。"

两人哈哈大笑，坐下来接着私聊。

吕公权说，沈丘商会很不错，这寒冬腊月的，工期非但没有耽误还能提前完成，底下的弟兄们都很满意。你们做事靠谱，接下来还有很多工程呢。

经过几个月的接触和了解，吕公权对沈丘商会已十分认可。两个人在堂屋喝茶，王效义在厨房里帮闲，二狗跟门口士兵扯淡。

吕公权说，还有一事请四哥帮忙。随着驻军增加，以及高校、报社等陆续迁来，界首流动人口快速增多，各色人等蜂拥而至，社会治安越来越复杂，上峰已明确要新成立一个保安团，协助军队维护地方治安。我们正在物色一个合适团长人选。四哥，我想请您出山，帮我把这块管起来，如何？

很显然，吕公权做足功课，有备而来。在界首，的确没人比任清泉更合适。任清泉也没想到，吃饭闲聊的宴席，竟然天上掉这么一块大馅饼。一般人碰到这等好事，肯定连滚带爬、千恩万谢地接住，但他无功不受禄，加上多年采菊东篱，应了怕耽搁公权正事，婉拒又太过唐突，因此左右为难，一时不知如何作答。

吕公权早已看出几分，便说："四哥，您别为难！我也就随口一问，您来呢就是帮了我大忙，不来呢公权也十分理解。此事暂时搁置咱俩改日再议。今天过年，最重要的是兄弟聚会，吃肉喝酒。"

二狗进来，点燃条几上两根粗大红蜡烛，红红火苗闪烁着，房间里顿时明亮起来。二狗低声说，酒菜已备好。

任清泉看着吕公权问道："先放烟花，咱再开席？"

"入乡随俗，一切听四哥安排。"

大家移步院门外看烟花。天渐渐黑了，远远近近的鞭炮声此起彼伏。小孩子们围上来叽叽喳喳地叫，左邻右舍也挤过来凑热闹，指指点点窃窃私语，一条白耳白尾的黑狗，在暮色里东闻闻西嗅嗅。二狗把磨盘大鞭炮放在门口，又把烟花摆在远离白果树的池塘边。所有节日，燃放的都是希冀。飞上天的，不是烟花，而是人们对未来的美好憧憬。那飘散的硫磺味儿，将团圆的氛围瞬间拉到眼前，钻进每个人的心底。

"年味越来越浓了。"吕公权自言自语，"我老家，小年儿也放烟花的。"

"噼里啪啦"一阵过后，众人归位，酒菜上桌。

任清泉一边斟酒，一边低声问："公权想家了吧？"

"没有没有。"吕公权欲说还休，"我妻小虽在重庆，独留老母一人在家乡湖州，老人家念及故土不愿离开。"

气氛一下子沉重，王效义、二狗默默坐下，不说话。任清泉赶紧转移话题。

"我师父是绍兴人，最喜欢吃的家乡菜是松子鳜鱼。今天，特意让人做了，等会儿您点评点评，也解解公权思乡之苦。"

任清泉的精心安排，让吕公权感到温暖。当松子鳜鱼端上桌时，那股久违的香气钻进鼻息，吕公权仍然有些意外，主动举杯。

"吕某戎马半生，早已忘了家乡的味道。这道菜，也是家母的拿手菜，让我想起千里之外的母亲。感谢四哥，费心了！"

想起母亲，吕公权目光潮湿，内心波澜起伏，举杯一饮而尽。

"我年少时到杭州读书，最喜欢去的是，西子湖畔栖霞岭下的岳王庙。后来，在南阳武侯祠，见到岳飞当年手书的《出师表》，实话说感慨万千。山河破碎，靖康未雪……"。

自古忠孝不能两全，这种忧伤的情绪感染了大家，气氛有些凝固。任清泉见状，一边宽慰，一边举杯相邀。王效义、二狗紧跟着站起身来。一阵推杯换盏之后，任清泉吩咐今晚主厨马英年前来。

马英年围裙擦着手，进到屋来。

"吕司令夸你厨艺呢。赶紧敬司令一杯！"任清泉说。

马英年照办。

任清泉接着介绍：马英年，回族人，不仅厨艺好，骑马善射样样精通，在界首经营一家清真卤菜馆，也是我们商会会员。

吕公权一向惜才，听到骑马善射更感兴趣，说："今天辛苦你了！改天再看你表演马上功夫。"

"随时听候司令召唤！"说完，马英年退去。

如果说界首，是上天遗失的一颗珍珠，那么西湖，就是上天垂下的一滴眼泪。而那棵，不知何故受罚的白果树，历经数百寒暑的苦苦修炼，不知何时才能修成正果呢。

九

春节后，王效义就任界首保安团长，任清泉重出江湖，接任商会会长。与此同时，第五战区边区军政学院开学。

有人说，是任清泉推荐了王效义；也有人说，是任清泉挤走了王效义。在陆庭筠看来，后一种说法明显没脑子。每个人经历不同，现实情况各异，做官和经商，孰轻孰重，各人自有判断和选择，子非鱼，安知鱼之乐？那些说法明显不靠谱。

王效义临走前，到陆庭筠处辞行。两人站在廊下说话。

"师傅，您还有啥吩咐的？"徒弟问。

陆庭筠欲言又止。

在王效义看来，出任保安团长，是自己商而优则仕，也是商会木秀于林，师傅理应满心欢喜全力支持。按说，徒弟出任地方治安官员，于人于己都是一件大好事，可陆庭筠却十分淡然，甚至表现出几分忧虑。王效义有些失落。

其实，陆庭筠的忧虑不无道理。适逢乱世，社会治安远比做生意复杂凶险，商人无论怎么奸猾，无非是图个钱财，而治安却关乎牢房，甚至取人性命。王效义勇猛果断有余，表面看维护一方治安倒也十分合适，但隐忍内敛不足，总担心他关键时刻用力过猛。见徒弟跃跃欲试，一时找不到合适机会开口。

"以后，界首就是咱们的天下了。"王效义兴致勃勃地说，"我会全力以赴，绝不给商会丢脸！师傅放心吧。"

界首，正经历摧枯拉朽式的改变。老旧的房屋被推倒，狭窄的街道被拓宽，多年的臭水沟被填埋。

胜利路延长线没完没了地修，房子一排一排地起，人群一波一波地来，街道两边不仅新开了客栈、当铺、茶馆、胭脂店和旗袍坊，还新增了戏院、歌舞厅和咖啡馆。老街的青石板路也被整修一番，移栽上树木，新置了盆景。

马英年卤肉店，生意一下子变好了，每天刚过晌午，菜盆子就见了底。他增加了牛肉、鸡蛋、花生、海带和豆腐干的采购量，总是天不亮就起床忙活，中午日头老高就售卖一空，偶尔还落得馋嘴老顾客抱怨。这种抱怨却给了马英年希望。他把门头、门脸重新装修，又挂上两个喜庆的红灯笼。

这天，任清泉过来，恰好各个盆子都已见底。马英年不好意思，一个劲儿地道歉，下次提前打个招呼，我给您送家去。

任清泉笑着说，生意这么好，该雇伙计干活了。这句话，既是说给马英年的，也是说给他自己的。

开春以来，界首业务规模迅速扩大，连续多月超过沈丘，这在以前是不可想象的。现在的界首已今非昔比，到处是朝气蓬勃、热火朝天的景象。沈丘商会乘机呼风唤雨，在这股淘金浪潮中游刃有余，除了警备司令部的业务，又承揽了大批拆迁、建房及修路军政项目。沙土、砖窑、泥瓦、门窗、路基、青苗农田赔付、树木砍伐移植，再加上门面售卖及招租，从沈丘调来的人手，远远不能满足需求。

商会张贴告示，开始招兵买马。十里八乡的壮劳力得到消息，蜂拥而来找活干。任清泉有意历练二狗，把招聘面试的事交给他，手把手传授秘籍：跟庄稼地里找长工差不多，一要脑子灵光，二要强壮有力、本分勤快。

啥叫灵光？二狗不解。

灵光，就是眼里要有活，是自己主动找活做，而不是等着分派等活去找他。二狗似懂非懂，点点头，走开了。

铁蛋，来商会求职，指名要见任清泉。

"任叔，我是八里辰的铁蛋，大名张正义。"一天，一个皮肤黝黑、身体壮实的小伙子，没头没脑地找到任清泉。

"八里辰？"任清泉有些意外。

铁蛋说，他爹是八里辰铁匠老张，看到招工告示，才过来碰碰运气。任清泉去李夫子家时，跟铁匠铺老张见过几次面，是李家隔壁的隔壁邻居。

"你都会干什么？"

"俺会打铁，平时在铁匠铺。农忙时下地干活，农闲时偶尔去乡公所帮忙打杂。"

任清泉见他身强力壮、能说会道，又听说他在乡公所打过短差，就让二狗先带一带，等熟悉了各方面情况，观察观察再安排做事。

任天骄的英语进步神速。

她现在满脑子都是英语词汇，无论看到人，还是碰到事，脑子里那些单词和句子就往外冒，这个人的五官、头发、衣服、鞋子、笑容、动作，那件事的前因、后果、过程和进展，她都想着用英语该如何表达。有时候，她会突然没头没脑地冒出一个英语句子，把方向北吓一跳，骂她中了魔。任天骄丝毫不在意，反而内心有些骄傲：哼，你个俄毛不行吧？

春天总是悄然而至。春姑娘的身姿在人们不知不觉中已留在了原野、树梢和操场。

界首，一日千里的热闹景象，早已传遍辅仁中学，各种消息满天飞。有人说，边区军政学院即将开学，不知明年是否面向社会招生？又有人说，应届毕业生有人到《前线日报》社做了实习记者；还有人说，一些出版社也迁到了界首。同学们三五成群，交头接耳，蠢蠢欲动。原本一个寂寂无名的小镇，时来运转，一夜之间成了万众瞩目的明星。

任天骄和方向北，也被这种躁动气氛感染。明年就要毕业了，毕业后干些什么呢？她俩躺在操场草地上，对着蓝天一起畅想，一起迷茫。

"再想也没个头绪，烦死了！到时找个人嫁了得了。"方向北有些不耐烦。

"那是明年的事，着什么急呀！"任天骄一本正经地回答。

"咱俩一起，我嫁俄国人，你嫁美国人呗。"方向北没个正经。

"要嫁你自己嫁，我才不嫁呢。"

嘴上那么说，任天骄的脸瞬间就红了，好像心事被人无意间拆穿。两个好朋友在校园里追打、嬉笑。

转身就跑的方向北，一头撞在一个背着行李的军人怀里，她赶紧赔礼道歉说对不起。当兵的笑着问：你俩谁是任天骄？

任天骄觉得他面熟，一时记不起哪里见过，仰头说："我！"

当兵的把行李搁在地上，从背包里掏出一封信："你哥，托我带来的。"

任天骄一下子想起来了，眼前这个当兵的，是去年夏天界首征兵的头头。

"我叫欧阳步，去边区军政学院报到，顺道给你当一次邮差。"欧阳步笑着伸出手。

"我哥，他好吗？"任天骄想起去年夏天的事心中不悦，不咸不淡地问。

"好着呢！一顿能吃仨馒头。任天笑最厉害的不是肚皮，是枪法，现在射击已经全团第一了。"欧阳步似乎很得意。

"哦。"任天骄嘴上应付，心里却有些不情愿。她根本不在乎那些成绩，任何第一还不是靠勤学苦练、风吹日晒。但转念一想，这总归是一件值得高兴的事。于是歪着头问："我哥每天都干什么？"

"正常训练呗。幸亏当了兵，天生的兵胚子呀！"欧阳步赞不绝口。

"可他的信太少了！"天骄流露出一丝抱怨。

欧阳步看着她，笑了。任天骄的话听起来有些胡搅蛮缠。

"那你写信告诉他呀。"

"我才不呢，谁要他知道自己多重要呀。"她似乎仍在赌气。

欧阳步哈哈大笑，觉得这对兄妹有意思。

"军政学院招收什么人？我们可不可以报名呀？"方向北见缝插针。

"你们？"欧阳步重新打量着二位，摇着手说，"不行不行！首先得是军人，其次要部队推荐。"

方向北顿时像泄气的皮球，转瞬又眼睛发亮，追着问："我们先当兵，到时候你帮我们推荐呗。"

欧阳步收起笑容，认真地说："小妹妹，那是军事院校，我哪有这本事？不过只要当了兵，机会总还是有的。"

方向北低下了头，用脚尖狠狠踢开一块碎石。

任清泉重回商会之后，沈丘、界首两头跑。女儿在辅仁读书，平时住校，周末总要有个去处。儿子远走，他更想多一些时间陪伴女儿。

开春的时候，老太太嫌界首老家太吵，一天到晚尘土飞扬，叮叮当当地响，主动要求搬来沈丘。任清泉求之不得，赶紧欢天喜地接来嘘寒问暖。任天骄更是喜笑颜开，奶奶来了，不仅有好吃的，而且再也不用独自面对父亲那张扑克脸。有时，还可以拉上奶奶一起批评父亲，偶尔祖孙合起伙儿来捉弄他，父亲也不生气，还会露出少有的笑容。

周末，任天骄迫不及待说了哥哥来信，一家人喜上眉梢。任清泉让天骄陪奶奶，坐在院子里说话，自己撸起袖子，下厨给全家做葱油饼。那是任天骄从小最喜欢吃的食物。他先把面粉倒进盆里，放一小勺麻油，撒上适量的盐，然后加水将面粉搅拌成絮状，再上手和面，等面剂光滑不粘手了，放在盆子里盖上盖子醒着，又顺手把新鲜小葱清洗干净，切碎收在盘子里备用。再回头把醒好的面，切成大小均匀的面剂，最后才一个一个擀薄、抹油、撒葱、打卷，再擀薄入锅。

天骄在院子里闻到了香味，冲进厨房，拎起一片就跑。

"烫、烫呀！"父亲在后面喊。

天骄变换着手，把葱油饼递到奶奶嘴边。奶奶开心地笑了。

春天，万物复苏。街道两旁的梧桐都发了新芽，长出了新的枝叶，一个绿郁葱葱、充满希望的季节已经到来。

十

　　八里辰村口，一条长毛黑狗摇着尾巴，在路边东闻闻西嗅嗅。它抬起头，瞅了瞅眼前的陌生人，转身跑开了。

　　绿油油的麦田一望无际，不知不觉中已有一尺多高。燕子已经北归，在空旷的原野里上下翻飞。一簇一簇的野草疯长着，争抢着挤上路面。蔷薇枝头刚刚冒出嫩芽，小院里的孩儿已蹒跚学步。

　　"姨夫，您咋来了？"秦晋喜出望外。小孩儿见来了生人，蹒跚着往妈妈身后躲。

　　"你大呢？"任清泉问。

　　"到菜园里去了。他整天去摆弄他的菜园。"秦晋指着远方菜地里的身影。

　　李夫子弄他的菜园已经有一段时间了。儿子走后，他同样经历了天塌地陷，自我疗伤之后，等慢慢缓过劲来，才想着一家人如何填饱肚子。黄泛平原庄稼就是一年两季，再怎么折腾也变不出花样，思来想去把几十年前的一点儿种菜手艺捡起来，也许能换些钱补贴家用。主意打定后，四处张罗蔬菜种子。韭菜最贱，泼点儿尿水就肆意疯长，而且割完一茬又一茬，是必不可少的。辣椒和茄子不易生虫，只要不缺水，也很省心。黄瓜和豆角需要搭棚子，挂起来果实才长得起劲儿，那就搭个棚子吧。再种一些南瓜和冬瓜，等到秋天日子就会好过了。左邻右舍、前村后垸知道他家情况，都慷慨相助。

　　任清泉找到他时，李夫子正聚精会神地给青苗培土。他停了手里的活，两个人坐在田埂上说话。

　　"韭菜都长这么高了！那是辣椒苗吗？"任清泉指着青苗问。

　　"是的，辣椒籽下地早。茄籽还没露头呢。"李夫子搓着手上的泥。

"我现在五谷不分了。"

"你有大本事，又不靠这个吃饭，分不分五谷有啥区别。"

两个人家长里短，有一句没一句地闲聊。

"天笑托人，带信到天骄学校，说俩小子都好得很，叫咱们少挂念。一个枪打得准，一个饭做得香，战友们都喜欢着呢。"

秦晋坐在家门口蔷薇藤前，远远地望着田野里杵着的两个小点。小蔷薇咿呀学语，蹒跚着走来走去。

风，带来了天外的消息，像雨露滋润着干渴的禾苗。风，轻抚女人的脸庞，然后一刻不停地奔涌向前。

知了再次鸣叫的时候，它知道凯文到沈丘已有两年。

雅礼医院，已经被沈丘人接纳并信任。最明显证据是：沈丘达官贵人也把患病亲属往这里送，床位紧张时有人塞红包贿赂医生，以求能得到及时救治。这是凯文没有料到，也是绝对不能接受的。他为此开除了一个医术优秀的医生。

作为基督徒，凯文深信：上帝爱着所有人，因而注视所有人，好的坏的都瞒不过他的眼睛，好的会得到奖励，坏的会受到惩罚。所做的一切，既不是要给上帝看，也不是要给别人看，而是要给自己看。奖励或处罚你的，不是上帝，是你自己。

一次，临近下班，几个壮汉抬进来一个危重患者，几无生命特征，主治医师摇头示意拒收。在家属苦苦哀求之下，凯文点头才入了院。全院上下一通忙活，最终患者仍然撒手人寰。死者家属不依不饶，一口咬定是院方失职所致，哭闹不已追究医方责任。最后只好赔钱了事。

吃一堑长一智。贿赂事件之后，凯文修改了医院接诊规章制度，将贿赂惩处条款增补进来。医闹赔钱，又进一步制度更新，纳入重症和急诊患者接诊新规，明确了重病患者收治，必须由主任医生跟副院长共同做出决定，必要时由院长亲自参与决定。可是，凯文并没有因为这些规定，拒绝或放弃救治任何一个重症病人。一个医生，怎么能看着患者病危而袖手旁观呢？这样的事上帝不会答应，即使有风险，上帝会帮我渡过难关的。他安慰自已并说服内心，一次次救死扶伤。

所幸，没有再出现医生受贿、医患纠纷事件。雅礼的名气越来越大，又因为疗效显著，乡亲们口口相传，求医的人越来越多。不仅是县城，附近乡镇，甚至临近的其他县城也有病人送来。这不，任天骄就从界首送过来一个病人。

来者二十出头小伙子，结结实实的，可是腹痛得直不起腰，一进医院就蹲在地上。凯文赶紧让人扶他进急诊室。

"怎么回事？"凯文问。

"不知道呀！中午我们一起吃饭的，大家都没事。"任天骄也是不明就里。

"你饭前吃了什么？"他问小伙子。

小伙子疼得额头冒汗，咬牙蹲在地上，说不出话。

"铁蛋，你快说呀！"任天骄急了。

"我……街边，臭豆腐，吃过两块。"铁蛋说。

凯文让他躺下来，摁压他的腹部。铁蛋疼得杀猪般乱叫。检查完毕，任天骄跟着凯文到诊室外。凯文让她放心，开副药吃吃，下午休息一下就该没事了。然后问：

"这人是谁呀？还要你陪着。"

"我爸新收的徒弟，他们一起来沈丘办事的。"任天骄答。

"哦，难怪呢。跟我去拿药吧。"两人一前一后向药房走去。

沈丘城里住着一位保定陆军军官学校退役教官。

任府家宴过后，吕公权一直惦记这位浙江老乡，要登门拜访虚心请教。庙堂虽高，往往不接地气。他所到之处，喜欢交结当地乡绅、名流，高手在民间，更何况南征北战、戎马半生的前辈呢。跟任清泉约了几次，都被杂事耽搁了。今天阳光明媚，吕公权从界首赶来专程拜访。

两人来到陆宅时，大门虚掩着。任清泉也不敲门直接推门而入。陆庭筠正在堂屋休息，听见门响，赶紧迎出来，一边赔着不是，一边将二人引至悠然亭坐下，师母将茶水、点心一并端上。

"一直听四哥介绍您。今日才前来拜访，请陆老见谅！"

"吕司令，使不得、使不得！"陆庭筠见对方甚是客气，心里好感陡增，"您是一方诸侯，理应老朽前去拜望呢。"

"咱俩老乡见老乡。您年长，又是前辈，按咱家乡习俗，我叫您陆伯，您还是直呼我公权吧。"

陆庭筠扭头望着徒弟。

任清泉说："公权是湖州人，书香门第，又小我两岁，也算是您晚辈。"

"那我就恭敬不如从命了。"陆庭筠满心欢喜地说。

两人一见如故，改用家乡话继续聊着。任清泉似懂非懂，忙着一旁添茶。一只黄鹂鸟飞落枝头，从墙外机灵地向亭内张望，转瞬间又消失得无影无踪。风早已不知去向，知了仍在一刻不停地鸣叫，透过枝头，天上的白云高远飘逸。

"陆伯，您是陆军前辈，走过、路过的桥多。公权有些困扰之事，这些年又不便与外人道，今日特来打扰讨教。"

"讨教不敢当。既是清泉朋友，我自然有一说一，不作半点儿隐瞒。"陆庭筠十分爽快。

"我跟随汤长官，南征北战已有十多年。卢沟桥事变以来，我们从上海到苏南，再由苏北到中原，一路且战且退。如今中华半壁江山尽失，战事陷入长期胶着。不知您如何看待当今国事？"吕公权问。

人，一旦上了年纪，说话做事往往瞻前顾后，逢人只说三分话，不可全抛一片心。从见面到此刻，统共也就半个时辰，陆庭筠已对吕公权另眼相待。他为人低调、谦和、礼貌、文质彬彬，不像那些一身匪气、鼻孔朝天的军痞，倒更像他陆军学院的学生。陆庭筠打定主意卸下伪装，坦诚相待。

"我虽闲居闹市，但久不出门，所得信息有限，就简单说几句，若说得不好不必当真，就当给你解闷。在我看来，如今国土，七虎相争，眼下看不出胜负优劣，最终鹿死谁手，结局难料呀。"陆庭筠放下茶杯缓缓说道。

吕公权不解，从目前战局看，明明只有中日，何来七虎？便说愿闻其详。

陆庭筠说："明面上看，的确只有中日两方交战，可背后却是四虎相争，即：满洲、南京、重庆和延安政府。为何这样说呢？其一是它们各自有自己的武装和货币，其二是它们又分别获得国际三虎日本、英美和苏联的支持。其实，七虎分食中国的局面已持续多年，至今依然难分高下，所以我说目前局势不明。国外三虎不提，单说国内四虎，依然强弱有别。满洲地处偏远，虽实力相当但距离较远，隔山不打鸟，咱暂且不管。剩余三虎里，延安较弱，且明面上已归顺重庆，也按下不表。说到底，眼下最重要的就是：重庆和南京。"

"陆伯有何高见？"

"自华北事变始，这仗陆陆续续已打六年，早已民不聊生。打仗，是权力争夺，是政府之间的事。谁输谁赢，谁坐江山，跟老百姓没啥关系，他们才懒得管呢。中国百姓愚钝、短视，只顾眼前，谁让他过上好日子或者许诺他过上好日子，他就跟谁走。前两天，街上还有人说，东边的颍州，每亩只上缴公粮二点五升，沈丘却要上缴三升，他们还羡慕呢。很多人当兵，也仅是为了混口饭吃。像任天笑那样的，单纯只为报效祖国者，少之又少快成绝版了。”

茶水已泡白，任清泉起身去换新茶。

“刚才仅仅是说民生。”陆庭筠继续说，“在国力方面，其实重庆、南京实力均衡、骑虎相当。南京占据富庶江南，从经济上看略微占优；重庆拥有大片国土，又得到英美盟军支持，军事力量进一步加强，所以短期内难分伯仲。”

“在您看来，这种局面还要持续多久？谁又将取得最后胜利？”

“平衡，都是暂时的，天下所有的平衡，都终将被无情打破。重庆、南京也一样。眼下比的是耐力，这种耐力已经比试六年。还要比多久？这取决于很多因素，比如：国际形势、某些偶然事件等，我不敢妄加猜测。至于谁将赢得最终胜利？我认为是重庆。因为耐力之外，比的是人心。南京二点五，重庆三点零，为何？还不是南京在收买人心。这反过来说明，南京政府不得民心，钱买来的能叫民心吗？古往今来，政权更迭都存在一个合法性问题。三国演义传唱至今，就是因为刘皇叔是汉室宗亲。重庆，是正统中华民国政府。跟重庆相比，南京连曹操篡汉都算不上，最多是董卓祸乱朝纲。千百年来，中国人最讲究正统和不屈服，这两点重庆都具备，接下来就看运势了。”

吕公权觉得句句在理，起身给老爷子续茶。

“满洲和延安，目前都不足惧，终局仍然在重庆、南京，而且重庆赢面更大。日本前几年来势汹汹，其实国外三虎里数它最差，一个弹丸岛国能有多少资源，能长期养一支这么庞大军队？人口和资源都是它的软肋。长远看，即使不抵抗，每个乡镇派一人来管理中国，它都无法做到。挑起珍珠港事件，打响太平洋战争，说明小日本的好日子到头了，这是我不看好南京的根本原因。英美虽然太平洋、欧洲两线作战，目前战事胶着，腾不出手给予更多援助，所以重庆日子难熬。我还是那句话，最终还是比耐力，比谁活得久，而不是一时逞强，很显然日本已是强弩之末。至于苏联，被德国搞得焦头烂额，自身难保呢。”

吕公权仿佛到了桃花源，复行数十步，豁然开朗。遂连忙起身，鞠躬行礼："陆伯果然不凡，受教、受教了。"

陆庭筠说："谢谢你呢，耐心听我这么一通胡说八道。再说了，即使重庆果真胜了南京，但螳螂捕蝉也未可知哦。"

三人哈哈大笑。

那个受贿医生被除名，引起雅礼医护人员好一阵窃窃私语。凯文觉得，有必要把这件事给大家讲清楚。

他希望得到所有医护人员的理解和支持，从而达到自觉维护工作环境，而不仅靠规章制度和监督管理。所以，每到周末或诊所不忙的时候，凯文便分批把他们召集起来，轮流给大家上课。

他认为，医生是一个神圣的职业，应该像神一样爱护、救助万民，而护士就是守护万民的天使。他把箱底的《圣经》小册子翻出来，分发给大家，逐字逐句解释。

"行为完全遵行耶和华律法的，这人便为有福！遵守他的法度、一心寻求他的，这人便为有福！"

"我今日所吩咐你的话都要记在心上，也要殷勤教训你的儿女。无论你坐在家里、行在路上、躺下、起来，都要谈论。"

凯文很快发现，大家对他所讲内容给予了热烈响应。他们饶有兴趣地听讲，积极发言参与讨论，这情景跟他在河堤寒风里完全不同。每次下课，他跟大家一样意犹未尽。

"要孝敬你的父母，这样你的日子，在耶和华所赐的土地上才能得以长久……不可贪恋他人的房屋，也不可贪恋别人的妻子、奴仆、牛羊，以及他所有的一切。"

渐渐地，那些住院患者家属，也躲在窗外偷听。凯文干脆把他们请进屋来，整个屋子很快被人填满，但窗外的人不但未见减少，反而越来越多。

听课的人，也不都是真的喜欢，也有人藏着私心。医院的名气越来越响，求医和住院越来越难，谁也无法保证不生个病啥的，混个脸熟总不是坏事，再说，有故事听，有茶水喝，有时还有糖果和点心。

酒香不怕巷子深。小十字街西路，原本一条偏僻、无人问津的小巷，因为雅礼医院和《圣经》讲座名声大振。小商小贩也随之而来，水果摊、副食品店、卖烧饼油条的、风味饭馆陆续开业，甚至那些卖菜的也来凑热闹。一到周末，巷子里更是人来人往、络绎不绝。医院已失去往日的宁静，信众的日渐增多，已经影响到医院患者的日常治疗。凯文意识到，教堂迁出的时候到了。

秋天来临时，二狗站在路口，被拥挤的人群吓了一跳。他在界首忙了几个月，没想到小十字街西路已今非昔比。他有些纳闷，在各种摊贩之间，见缝插针地往前挪步。

凯文一脸喜庆地迎接了他。

"好久不见！界首那边怎么样？"凯文急切地问。

二狗迅速忘了刚才的拥挤，开始眉飞色舞地介绍，说界首简直像女大十八变，已经没人记得她当初的模样了，四面八方的人潮水一般涌来，街头巷尾每天人声鼎沸、操着天南地北的腔调。四处乱跑的吉普车，军营里的大卡车；扛长枪的士兵，挎短枪的军警；戴着眼镜、夹着书本的教授，佩戴丝巾、穿着裙子的女学生；不仅有警备司令部，还有军政大学、报社和出版社；胭脂巷新开五花八门的店铺，还有茶馆、剧院、旗袍坊和按摩城，到了夜晚灯火通明，报纸上说是小上海呢。

紧接着，二狗又是一番老王卖瓜自卖自夸。等瓜卖得差不多了，他才想起问：

"门口这条街，啥时候变得这么热闹？"

这，也是凯文急于给二狗分享的。今年的变化，也令他始料未及。半年时间，雅礼医院和基督教会，已经变得如此人潮涌动、蒸蒸日上。

人，需要一点儿运气，仅有知识和机会是不够的。无论是时来运转，还是厚积薄发，反正在颍河河堤时，几乎无人问津，如今人们却不请自来，人数与日俱增。周末，楼道里挤满了人，黑压压一片。

"周末教友的活动，已经影响正常的医务工作了。我正想迁出教会、筹建教堂呢。"

有人敲了敲门，探进一个头来。凯文出去，跟那人在走廊里交代几句，回来说："你来得正好，快帮我出出主意。"

二狗沉思了一会儿，说："医院和教会，我是外行，就说说我们商会的事吧。现在我们主要业务都转到界首了。师叔当了保安团长，师父接手后业务后重心放在界首。新业务都在那边，经商能手也都调了过去，沈丘就剩一个空架子。界首业绩早就超过沈丘，而且差距还会进一步加大。"

门又响了，凯文再次出去、进来。二狗接着说：

"界首代表着沈丘的未来，是方圆百里新兴之地。凡事要跟着趋势走，顺势而为才能四两拨千金。"

"绕了这么一大圈。"凯文说，"是暗示我把教堂迁往在界首？"

"不是暗示，是明示。不仅教堂，界首更急需的是医院。"二狗收起笑容，一本正经地说。

对凯文而言，迁址界首是一件战略转移的大事，必须慎之又慎。二狗的建议听起来很美，但需要大量人力、物力和财力，他一个人不具备这种能力。因此，他还需要征求更多的人，倾听他们的声音。

正事聊完，两个年轻人开始天南地北、没正经地扯起闲淡来。

二狗说，界首来了很多涂脂抹粉、打扮洋气、穿着旗袍的女人，前突后撅的，旗袍开衩到大腿根儿，白皙撩人，大街上一走，晃得人眼晕，你啥时候过来，哥带你见识见识。说完，一脸坏笑。

凯文不接这个茬，在他看来这很无聊，马上转弯说："哪阵风把你吹来的？"

"哦，师父让我给师爷送茶叶，吕司令老家的茶。"

凯文这边犹豫不决，欧阳步那边去向已定。

半年干训期即将结束，他就要返回部队了。临行前，找老领导道别，恰好任清泉也在。吕公权吩咐食堂多加几个菜，中午要开怀畅饮。芹菜肉丝哦，他特意吩咐后厨。两个人也不客气，有饭就吃、有酒必喝嘛。

"这次干训有什么收获？"吕公权问。

"旅长，收获可大了去了！"欧阳步放下茶杯，掩饰不住地兴奋。

"说说看。"

"之前吧，我认为做事要专心认真，跑步时专心跑步，打靶时认真打靶就行；听了几天课，又觉得跑步时要想着打靶，打靶时也要想着跑步；现在我只想跑步是跑步，打靶仍是打靶。"欧阳步答道。

"我看你呀，来了没几天，弯弯绕学了不少，话都说不直溜喽。"吕公权调侃他。

"没有呀，旅长。"欧阳步赶紧进一步解释，"我的意思是，以前做事，只知把事做好，经过这次干训，我懂得了为什么要把事情做好。"

"就是知其然，还要知其所以然呗。"

"旅长您说的是。比如吧，以前对士兵大小便必须报告一事，不理解心里就反感，只是服从和机械执行，现在懂得这是强化训练，让士兵养成习惯。若上厕所不报告，行军途中部队开拔，无人知晓就会掉队、失踪或被消灭了。再比如：以前打靶，只要打中就行了嘛，何必非得九环十环。现在知道实战中，不仅敌人会移动，子弹、视力还会受到环境，比如风力风向、气温光感、雨雾冰雪，甚至噪音等影响的。"

吕公权很满意地说："你这个连长，回去该升职了。"

"谢谢旅长夸奖！"

"咋还旅长呢，该叫司令了。"任清泉跟着玩笑。

"没事，我听着亲切。"吕公权给他解围。

"任会长，要说打靶，那可是任天笑的强项，人枪一体百发百中。"欧阳步一边摇头，一边感叹。

"他能有那本事？"

任清泉嘴上这么问，心里却欣喜得很。每个人，都是独立的个体，都有权选择自己想要的生活。这是陆庭筠的原话。正是这句话，帮助任清泉走出生命里那段灰色的日子，走到云开雾散的今天。尽管如此，欧阳步刚才所言，还是让他高兴，就像风筝，哪怕断了线不知所踪，一旦听说它重新升空，依然会为之兴奋、为之祝福。

"欧阳，天笑今后就拜托你了！"

任清泉一本正经，以茶代酒，先干为敬。

第三章 雷 鸣

十一

三月，许昌，春寒料峭，天气阴沉得能拧出水来。

任清泉一个人低头走在大街上。他来许昌看儿子，却连个鬼影子也没见着，无奈、无力、悲凉、悲怆，纠结在一起一并袭来，令他猝不及防，心情差到极点。

两个月前，吕公权调回许昌，出任新编二十九师师长。他在师部热情地接待了任清泉。从柜子里取出明前白茶，沏好推到任清泉面前，又亲自拨通几个电话，最后无奈地告诉四哥：任天笑抽调到叶县，去参加第五战区狙击手集训营，一周后才能回来。

任清泉可等不了那么久，原本也没有特别的事情，母亲整日在他面前念叨孙子，他半推半就前来探营，结果竟然这样。造物弄人，跟儿子真就少那么一点儿缘分。

"四哥，别着急！在我这里住几天。"吕公权看出他眼里的失望，"天笑现在是团里的宝贝，也是二十九师里出了名的狙击手，身不由己呀。"

任清泉也是鼓起勇气，才动身许昌的。两年来，儿子改变了他的人生轨迹，他不再躲避乱世，被儿子牵引着重出江湖。既然做不了陶渊明，就任那田园将芜，好在江湖未远，一切还那么得心应手。外面的世界很精彩，他的生活重新焕发活力，可一旦安静下来，独自面对内心里的那道坎，却又是那么的无奈。母亲一次次催促，一半是迫于压力，一半抱有一丝惊喜，小心翼翼地主动来跟儿子和解。上一次许昌，跟天笑说了什么，哪一句说重了？这一次又要说什么，怎么说，都在他脑海里一遍又一遍地预演。人，都是命贱，对上挣脱反抗，对下委屈求全，一代代莫不如此。人算不如天算，儿子不在，所有设想和编排都白搭了。任清泉强颜欢笑，说茶不错，就是这天气有些沉闷。

吕公权见他心不在焉，说："要不，我送您去叶县？"

任清泉连连摆手。吕公权懂他，见他跟之前判若两人，有心陪他多聊聊。

"四哥，心结还没解开呀。"

"不是！不是！解不开，就不会来许昌了。"任清泉被人看穿了心事，躲闪着对方目光，"天笑在你这儿，我哪儿还有什么结？就是老太太那里不好交代。"

吕公权不再打听。两人又扯了一会儿闲话，任清泉起身告辞。吕公权执拗不过，只好随他。

拐过三孝口街头，任清泉心情颓废到无以复加，悲伤像潮水一浪高过一浪，一个人信马由缰朝四牌楼晃悠。长江路上，梧桐树东倒西歪，曾经茂密的枝桠上孤零零挂着几片枯叶。独善其身已被改变，田园牧歌已成过往，挺身而出江湖再现，熟料却是如此这般。儿子改变了他，他原本要跟儿子解释这一切，可上天不给他这个机会。

行人不多，街边商铺门上的春联已残缺不全，客栈门口的红灯笼倒是崭新如初，自下而上一溜烟儿串成一条红线，楼顶的旗杆上青天白日满地红随风飘扬。

一辆吉普车急刹停在马路中间。

"嗨，看路呀！"司机大叫。

任清泉正抬头看天，不知不觉已踱到马路中间，被刹车声吓了一跳。他抱歉地摆摆手，示意汽车离开。

"四哥！怎么是你呀？"车上跳下一个女子。

任清泉倍感意外，在这陌生的城市，竟有人认识自己，凝神细看，赵紫嫣仙女下凡一般笑盈盈，婷婷玉立在他面前。

四牌楼，是许昌城的繁华街心，三面被高楼围绕，东南区域有一个街心公园。悠闲市民在这里下棋、说唱、喝茶、遛鸟，空气中飘来阵阵咖啡香气。

赵紫嫣推开咖啡馆木质厚重的门，气流吹动了风铃，发出"叮铃铃"的声响，温热的空气顷刻间扑面而来。吧台后面的侍者正在整理咖啡豆，每一种都拿出几粒，在手里拨弄几下，放到鼻尖闻一闻，再把它放回密封的玻璃罐里，写上标签。听到风铃声响，侍者赶紧迎出来。

"紫嫣姐，早！"

赵紫嫣已脱下风衣，一袭浅蓝色旗袍将身材包裹得凹凸有致。两人被领上二楼，在靠窗的沙发里坐下来，整个街心公园尽收眼底。

"紫嫣姐，老规矩？"侍者问。

赵紫嫣微笑点头。

"先生呢？"

"我……"任清泉不知如何作答。他第一次到咖啡馆，转脸看着紫嫣。

"蓝山拿铁吧。"女人替男人解了围。

整个屋内弥漫着咖啡的香气。咖啡就像女人，来自不同的山川，经过不同的雨淋日晒，往往有着不同的风情风味。

"屋子真香。"任清泉说。

"这是牙买加蓝山咖啡的香味。"赵紫嫣说，"很独特对吧？我就喜欢它的香型，幽幽的沁人心脾，恨不得随身携带，比爪哇咖啡、哥伦比亚咖啡好闻多了。咖啡呢，就像你们男人的香烟，不同的产地，抽一口就知道优劣。"

一个迷恋咖啡的女人，总是散发出独特的魅力。任清泉有些恍惚，盯着赵紫嫣，听她轻声细语。眼前的这个女人，白皙精致的脸颊略施粉黛，柳叶眉下忽闪着一双清澈的大眼睛，高鼻梁，比例匀称的嘴唇，尖尖的下巴，修长的脖颈被高高的旗袍领口包裹着，一头乌黑的秀发滑落双肩。舞台上，那个雄姿英发的花木兰已经远去，此刻变得柔弱娇小，惹人怜爱。

"咖啡分很多种。"说起咖啡来赵紫嫣如数家珍，"不仅是产地，同一种咖啡烘培程度不同，口感也不一样。若论价钱，世界上最贵的咖啡产自印度尼西亚，叫猫屎咖啡。"

"猫屎？"任清泉以为自己听错了。

"是呀。在印尼有一种野生动物叫麝香猫，它们喜欢吃那些咖啡豆，可吃进肚子消化不掉，那些咖啡豆又跟着粪便排出来。当地人就到森林里捡拾那些咖啡豆，再经过洗净、晾晒、烘焙加工，形成口味独特的咖啡，如今它已经风靡全球。"

任清泉被她讲的故事吸引，觉得又新鲜又离奇。

"四哥，要不要尝一尝？"赵紫嫣问。

任清泉赶紧摇头。啥新奇事都有，听说过高价吃肉，竟然还有人高价吃屎，这世界真的变了。

"我尝过一次，口味太淡喝不习惯。可能我心里有个结，受那个字影响放不开，太循规蹈矩了。"赵紫嫣咯咯地笑起来。

窗外，雨终于落了下来，砸在玻璃上噼里啪啦地响。街心公园的游人四散逃离，报童躲进亭子里，人力车夫加速狂奔。一阵儿狂风吹过，湿漉漉的树枝在窗前摇摆，早归的燕子在细雨里翻飞，一把绛紫色油纸伞从远方飘过来，不慌不忙地从窗下又飘去。

咖啡屋香气四溢，温暖如春。太阳出来了。

十二

任天骄和凯文在八十七团部门口，被卫兵拦截。

这之前，他俩去了陈州天地庙。任天骄向来对庙宇没啥兴趣，答应一起去陈州只是个幌子，她的目的地是许昌。

"我找欧阳步。"任天骄一副满不在乎的神情，令凯文颇感意外。

"找我们团长？"卫兵见来者直呼其名，立刻矮了声调。

"团长，他升团长了？"任天骄心中大喜，继续狐假虎威，"对！就找他，跟他说界首的任天骄来了。"

卫兵摸不清状况，赶紧进去报告，不一会儿出来，面带微笑地说："不好意思！请吧。"

任天骄有些得意，转过头对凯文说："学着点儿，在中国办事找领导最高效。"

两人在团部的长椅子上坐下来不到十分钟，任天笑喘着粗气冲了进来。自小朝夕相处的兄妹二人，两年来第一次见面，久别重逢的喜悦洋溢在脸上。妹妹已经亭亭玉立，眼睛里透出欢呼雀跃的欣喜，她扑过来抱着哥哥，眼泪却不由自主溢出眼眶，滑落在哥哥肩头。哥哥挺直了腰身，鼻子也酸酸的，任由妹妹喜极而泣，不哄、不劝，也不说话。

半晌，任天骄才反应过来，赶紧介绍："这是凯文，我的英语老师。"

任天笑朝这个美国小伙第一次伸出了手。

三个人出了团部，经过一小段碎石路面，就上了城北大道。北大门进城百米右手边，就是许昌城百年老店——魏府老面馆。三人点了清炒小白菜、腐竹烧五花肉，外加一人一碗羊肉烩面。

"老爸头发白了。"天骄低头吃面，冷不丁地说。

任天笑夹五花肉的筷子停在半空，半张着的嘴慢慢合上。他不知道该如何接话，停了好一会儿才问："他现在怎么样了？"

任天骄想起那个压抑得喘不过气来的夏日，想起西湖边父亲孤寂冷漠的背影，刚刚见面的喜悦里突然蹿出来一股怨气。

"当初，你为什么不跟爸回去？"任天骄话语里满是责备，"他步行整整一夜，天亮时找到项城袁寨，求爹爹告奶奶才跟你见上那一面。"

"开弓哪有回头箭！我同学去亳州，被日本人摁在地上暴打，到最后连个说理的地方都没有。这里还是中国吗？日本人凭啥在我们这儿横行霸道？他们抢占亳州、颍州，再往前半步就踏进咱家门了。我不能继续岁月静好，假装什么都看不到、什么都没有发生、什么都不做！"任天笑越说越激动，仿佛要把这两年的委屈一股脑儿全倒出来。

"天底下那么多不公平，哪里轮得到你管？你就是一个路人甲，别整天给自己加戏。再说了，就凭你又能改变啥？你这样做有意义吗？"想起父亲，任天骄把满腔怨气、怒气全都撒了出来。

"我做自己力所能及的，尽自己的责任和义务，不问结果和意义。"被妹妹训斥，哥哥只是低着头小声辩解。

天骄被哥哥的辩解堵了嘴，竟不知如何作答。她只想着父亲，心疼父亲，替父亲鸣不平，却忘了哥哥的委屈和理想，哥哥也有哥哥的难处、他有自己的追求和抱负。昼思夜想、期盼很久的见面，刚开场竟被自己弄成这个样子，那个陪他疯跑、玩耍，为她拼命、为她挨打的男孩子，此刻温顺得像只绵羊。她有些懊悔和心痛，平复了一下心情，才把这两年父亲的变化，一五一十地细说一番。任天笑紧皱的眉头慢慢由阴转晴。

"一切都会好起来的！哥，我支持你！"任天骄端起茶杯，心底里早已转过了弯儿。

兄妹二人相视而笑。

饭后，他们登上许昌北门城楼。护城河外，一望无际的麦田绿郁葱葱，风吹过来在阳光下闪着光芒。田野里有零星的树木，远处散落着几座大小不一的村庄。八十七团部隐藏在绿野里。

"这里是瓮城，"任天笑指着两道城门之间的空地，"古代主要是用于军事防御。你看这里内外两道门，外面那道门是第一道防线，若被攻破，敌军才可以进入二道门，在这里四面埋伏弓箭手就可以瓮中捉鳖。"

任天笑做起导游，似乎得心应手："垛口都是单边朝外，供瞭望和射击使用。城墙宽度一般是四米，也就是四匹马并排奔跑的间距，打仗的时候可供快速传递信息或物资。"

任天骄发现，哥哥的确变了，一般人看城墙最多看看年代和造型，只有他还关心建造目的以及背后的防御体系。

凯文听得很认真，时不时地插话。三个人有说有笑，沿着城墙缓步西行，妹妹不由自主地挽起哥哥的胳膊。

"马上毕业了，有什么打算？"哥哥侧脸相问。

"我想做记者。"妹妹脱口而出。

"记者很好呀！听说界首现在很热闹，报纸都有好几份。"

"有《边区时报》，还有《长城月刊》和《重建导报》呢。"妹妹如数家珍。

"面试不能空着手，最好带上自己的作品。"哥哥生怕妹妹出错。

"还是哥哥最关心我。"妹妹嬉皮笑脸，"我发表的作品，都留着呢。"

西北方向，传来轰隆轰隆的声响。不一会儿，一条冒着白烟的巨龙奔袭而来。

"哥！那是火车吗？"任天骄第一次见到火车，像发现了新大陆般激动得大喊，甩开哥哥往前冲。

火车在城西的麦田间穿梭，留下一缕白烟，直奔西南而去。白烟散尽，一座青色山峦映入眼帘。

"那边有山，咱们去爬山吧？"任天骄很兴奋。平原长大的孩子，哪怕见到高拱土堆也会兴高采烈。

"那不是山，是思故台，是曹操想家时喝酒写诗的地方。"天笑边走边笑着介绍。

任天骄才不管它呢，一溜烟儿地跑在了前头。

"天骄说，你在沈丘有家医院？"直到此时，任天笑才顾得上问候客人。

"雅礼医院，那不是我的，是教会的。我只是负责管理。"凯文很谦虚地说。

"你是传教士？"

"耶鲁传教团的。"

"当年山东闹义和拳，听说杀了一些传教士和教友，其中还有外国人……幸亏后来去了袁世凯，才阻止了更多灾难。"

凯文十分惊讶。山东教难，尽管在耶鲁广为人知，但在中国从来无人提及，没想到第一个跟他谈起的竟是任天笑。两个人瞬间找到了共同话题，拉开了话匣子越说越近乎。任天骄在前面一个劲儿地催他们俩快点儿。

思故台，位于许昌城西南三公里处，是一座高高隆起的小山，高百余尺，几棵孤零零的大树，被茂密的荒草和成片的竹林包围着。汉朝开国大将灌婴，曾在这里检阅兵马，后来逐渐演变成了达官贵人及文人墨客弹琴歌舞、吟诗作赋的场所。东汉末年，曹操迎汉献帝还都许昌，在这里广结贤才。每逢佳节，曹操便带着文武官员到此饮酒抒情、思乡感怀，思故台从此名扬天下。

沿着雕栏玉砌的石阶而上，两旁的竹子被风吹得飒飒作响。山顶是一片宽阔平地，几朵铜钱大小的野花撒在浅草丛里，四周被竹林包围，中间有一个大型八角亭，亭下有石桌、石凳，亭外东、南、西各连接着一个小亭，亭与亭之间用红砖铺着路面，路面里有瓦片嵌入的梅花造型。正北方位是一大片碑林，高矮不一、字体各异的石碑，雕刻着跟此处相关的不同朝代的诗词歌赋。

三人一鼓作气登上山顶。

任天笑沿着亭台转了一圈，最后在碑林前停下脚步，望着长满荒草的北坡和空旷的田野若有所思。

"这是打狙击的好地方。"他心想。

凯文见到竹林、青草、野花、八角亭和石桌石凳挪不动脚，左观右看十分喜欢，以为很中国，打趣说："早知是这么好的去处，拎一壶青梅酒，可以煮酒论英雄了。"

"论啥英雄？只要对酒当歌。"天笑附和着。

"一对酒鬼！"天骄抢过话来。

三个人哈哈大笑。

回望来处，许昌城尽收眼底。此刻，西门楼却显得那么矮小，旗杆已经看不见，只有巴掌大的旗帜在风中摇摆。南北城门楼依稀可见，东门楼早已淹没在雾霭里。

四月的天空，瓦蓝瓦蓝的，不见一丝云彩。

回到沈丘，凯文直接来到东郊的至元清真寺。去许昌之前，至元寺老阿訇捎话请他过来一叙，说有事相托。

至元寺始建于唐朝，后被蒙古骑兵焚毁。明朝时，由西北内迁的回民重修。位于沈丘东郊颍河北岸，坐西朝东，殿前一对石狮，两侧石柱上雕刻：参造化非高远惟一理在心，认真主无影行凭万物作证，横梁悬挂四个大字：普慈今世。

大门紧闭。叩了几次，才有人探出头来。凯文说明来意。大门又闭上，再次打开时，老阿訇亲自出门相迎。

寒暄过后，经正门、过殿、大殿，凯文随老阿訇登上望月楼。窗外，后花园水塘边，十几匹膘肥体壮的骏马在低头吃草。

"今天做礼拜，很多人骑马过来的，闹乱了一些。"老阿訇语气里有些抱歉。

"阿訇遣我前来，所为何事？"

老阿訇叫人沏了一杯大麦茶，递到凯文面前。

"求你相助呢，凯文医生。你可能知道，我们回民擅长骑射，靠农商结合养家糊口，所以家家饲养良马，农忙时靠它耕种，农闲时靠它跑运输赚零花钱，偶尔也集结一起打猎玩耍，有时难免会跌打扭伤，甚至刀伤枪伤。您是本地最知名的医生，所以我有一个不情之请：能不能劳烦给兄弟们讲一讲如何紧急处理伤口的事。"

凯文一听这是好事呀，答复说助人为乐的事理所当然，便问何时方便。

"择日不如撞日！正好今天大家都在。"老阿訇真是满心欢喜。

"我没有半点准备，只怕……"凯文担心疏漏，误了别人所托，故面露难色。

"今日事，今日毕。"老阿訇快人快语，拉着他走进了讲经堂。

讲经堂内，已坐了一屋子跟凯文一样年纪的青壮男子。见有生人进来，大堂内迅速安静下来，齐刷刷地目光投向这个美国人。

"这是雅礼医院的凯文医生。我请他来，给大家传授医疗紧急救护知识。请大家认真听讲！马英年，你负责做笔记和维护课堂纪律。"

许昌，二十九师师部门口，吕公权跟妻子告别。结婚十多年聚少离多，这一次，他竟然多了几分儿女情长，主动上前拥抱了她。

妻子有些意外。丈夫平常在众人面前拘谨得很，就问怎么了，别人都看着呢。

　　吕公权掩饰着自己内心的离情别绪，两只手更用力了，贴在妻子耳边说："我抱自己老婆，谁爱看谁看呗。"

　　吕公权闻到妻子秀发里散发的香气，深吸一口气，松开妻子说："这次来的时间太短，下次多住一些日子，我陪你在附近多走走。"

　　妻子端详着丈夫，以为他担心家里的老少，就说："你放心吧！家里的事有我呢，你就甭操心了！"

　　吕公权朝妻子敬了个军礼。吉普车一路烟尘消失在视野里。

　　其实，吕公权没有跟妻子说的是：要打仗了。最近，日本人屡屡偷渡黄河。昨天，八十六团已奉命调往郑州协防。为阻止日军，国军已经炸毁京汉铁路郑州大桥，但日军的进攻有增无减。一场恶仗即将打响，郑州一旦失守，许昌首当其冲。徐州会战之后，吕公权随部队由苏北撤到皖北，一路向西再到河南。六年来，一直在后方迂回，再也没有正面硬碰日军。养兵千日，终于要派上用场了，这感觉让他兴奋。

　　第二天，前方传回消息，说中牟县城经过一夜激战，失而复得被抢了回来，但国军伤亡惨重。八十六团仍在镇守花园口，尚未遇强敌。二十九师所属四个团兵力，八十五、八十六、八十七三个步兵团和一个补充团。补充团是壮丁团，尚未训练完毕，基本没有战斗力。吕公权召集三个团营以上幕僚开会商讨防守许昌。

　　"欧阳步，你先说！"吕公权开门见山，直接点将。

　　自从八十六团调往郑州支援，欧阳步知道一场恶战近在眼前。八十七团驻扎在许昌城北武店镇，那里地势平坦开阔，除了河流、村庄，既无山可依，也无险可守。如果敌军自北向南进犯许昌，武店首当其冲。这两天，他没闲着，带人把团部驻地，方圆五公里村庄、树木、沟渠、河流等地形地貌仔仔细细勘查一遍，哪里挖沟、哪里设伏、哪里架炮、哪里突袭，甚至哪里撤退都做出图示，并反复推演做到心中有数。

欧阳步摊开自制作战地图，开始一五一十作备战报告。最后，他总结发言："武店是许昌北大门，八十七团是二十九师的看门狼。我们的战略是'以守为攻'，战术上采取'品'字形排兵布阵，由一连担任尖刀，二连、三连侧翼跟进。小日本胆敢来犯，八十七团定让敌人有来无回！"

吕公权也听着提劲。欧阳步的备战方案在他意料之中，如此细致又在意料之外。界首干训辞别时，他已对欧阳步另眼相看，如今更加断定这个川娃子非等闲之辈。他很满意，便问欧阳步还有啥需求。

欧阳步一听，反而变得腼腆起来，说请求师部把狙击小组留在城北协防。

"你小子可真敢开口！"吕公权提高了声调，"不过我喜欢。军人打仗就是要善于动脑，整合各种资源和优势歼灭敌人。但是，狙击小组嘛不能给你，我另有重用。你既然开口，也不能让你空手而归，给你一个骑兵队吧。"

两天后，日军渡过黄河，郑州沦陷。

一九四四年四月三十日傍晚，残阳如血。许昌城炮火连天，危如累卵。

<h2 style="text-align:center">十三</h2>

消息传到界首时，任清泉手里的茶杯轻轻抖了一下，茶水溅到脚下的石块上。

王效义第一时间赶过来通知四哥，说日军南下，郑州沦陷，许昌危矣。马英年带领沈丘回民骑兵队，前天深夜已秘密调往参战。

"四哥，现在怎么办？"

此时，任清泉正坐在颍河边一块巨石上，看鸬鹚捕鱼。一条瘦长的渔船在水面上游走，捕鱼人两脚踩在船舷上，一根竹竿像舞台上的指挥棒，四五只鸬鹚在他的指挥下轮番表演，时而潜入深水，时而浮出水面。

任清泉不说话，一时没了主意，便示意王效义先坐下。是福不是祸，是祸躲不过。他一直担心的这一刻终于来了。

中国这么大，小日本哪有那大胃口？吞不下去还不是像鸬鹚一样吐出来？许昌在河南腹地，沦陷区边缘的界首反而平安无事，鬼子千里奔袭攻打许昌做什么？上个月见吕公权时，一切还风和日丽。他想不明白。

"保安团已抽调一些人，联合雅礼医院的医生护士，准备出发许昌抢救伤员。"王效义欠着身子说。

二狗急冲冲赶来，说老太太有急事，叫任清泉赶紧回家。

第二天一早，北照寺门外，晨雾正浓。

任清泉陪着老太太门外静候。礼佛，礼的是自己的内心。所谓心诚则灵，心在哪儿，佛即在哪儿，必须一心一意，容不得半点马虎。为了赶上清早的头香，老太太天不亮就起床，沐浴、更衣、斋戒，执意要儿子陪同。

这两年，随着界首人口急剧暴增，北照寺的香火也随之兴旺，不但庙宇被重新修缮，僧众也有所回归。小和尚开了门，老太太双手合十鞠躬致谢。院内，花香四溢，鸟鸣声脆。焚香台插上香火，拐了个弯儿，迈过圆形拱门，大和尚早已在大殿外等候，老太太再次鞠躬。任清泉跟在母亲身后静默随行，点头致意。

梵音响起，任清泉在观音前面跪下来，闭上眼睛，满脑子都是许昌的军营和街道。灰暗的天空，一群白鸽像流星一样快速闪现又消失，突然间万籁寂静，阳光洒下来，许昌城一片春光。这一刻，那颗原本飘忽不定的心，有了温暖和依靠，有了片刻安宁和纯净。三叩九拜之后，双手合十跟随母亲悄然起身。

"师傅，今天能否求一串佛珠？"老太太问。

"施主，请到偏殿稍候。"大和尚前面带路。

三人移步，朝北照寺偏殿而去。

让人不安的消息陆续传来。传言说，许昌城已被日军攻破，滚滚浓烟十几里外依然可见，城池变成一片废墟。守城国军被打得七零八落溃不成军，死伤不计其数。

任清泉再也坐不住，打马前往沈丘一探究竟。王效义说过，回民骑兵队被调往许昌，至元寺应有第一手的战况信息。

推开虚掩的大门，便听到有人痛苦呻吟声，绕过屏风，长廊下歪斜坐着两三个头或手臂受轻伤的人，再往里走，院内地上躺着五六个重伤员，沾满血迹的绷带胡乱扔在地上，几个衣着白大褂的人在重伤员身边忙活。任清泉紧贴着墙角继续往里挪步，礼拜殿里灯火通明，殿内中央停放着三具遗体，浑身血渍已被擦洗干净，脸部露出清晰的轮廓。

老阿訇见任清泉到来，知道他所为何事，说天亮时刚刚接回的，然后看向一具横卧的尸体。任清泉靠近些，才看清楚竟然是马英年。马英年像睡着了，英俊的脸庞依然棱角分明。任清泉并不意外，平静后退两步，朝遗体三鞠躬。

两人踏上旋转楼梯，登上望月楼。至元寺四周安静如常，似乎一切都未曾改变。

老阿訇说，上周末接到吕师长驰援急信，骑兵队星夜兼程赶往许昌，跟随八十七团防守许昌北大门，埋伏在一片小树林里。四月三十号深夜，战斗打响后，马英年带队冲锋，几十个人、几十匹马从树林里突然冲出，在刀光剑影的炮火中厮杀，杀了个鬼子措手不及，迂回包抄再次冲锋时胸部中弹。

"后来呢？"任清泉问。

"几次冲锋之后，骑兵队跟部队失去联系，拖着伤员和遗体向东回撤。敌人火力太猛，有备而来，终究力所不及呀。"老阿訇边说边摇头叹息。

"最后呢？"任清泉穷追不舍。

"到最后，国军都被打散了，到处是受伤、死难的官兵和百姓，河沟里也漂浮着尸体，很多村民的房屋被烧被毁，太惨了！"

"许昌怎么样了？"任清泉刨根问底。

"天亮退守十余里外时，许昌城一片火海。"

任清泉意识到，再追问下去也得不到心里的那个答案，只好作罢。

傍晚，任清泉赶回家时，王效义正在屋里等他。两人使了个眼色，正要挪步出门详聊，被母亲拦着。

"别背着我！我知道许昌在打仗。"老太太很倔。

两人只好站在原地。

"吕师长殉国了。"王效义说。

尽管知道许昌战况惨烈，任清泉仍然不相信自己耳朵。吕公权是中将师长，如果连他都以身殉职，那整个二十九师岂不被打得稀烂！

王效义继续说：二十九师坚守了三天三夜，誓与许昌共存亡。由于北门久攻不下，日军改变策略，由强攻改为迂回包抄。五月一日凌晨，许昌西门、南门先后被日军攻破。巷战打响后，吕师长带人边打边退，从枪声较弱的东北方向突围。撤退到郭庄时中了敌军埋伏，随行人员全部遇难，吕师长身负重伤，跌落马下时仍用手枪射击，最终为国捐躯。

任清泉心里凌乱，故作镇定不让母亲看出来。吕公权待人谦逊随和、知书达理，是他接触的人中少有的刚柔相济、文武双全的君子。两个人惺惺相惜、相见恨晚，谁曾想人生壮年竟遭如此劫难！

"那天笑岂不是凶多吉少？"老太太终究忍不住，颤抖的手捻着胸前佛珠。

"天笑的消息我一直盯着呢。"王效义抢着回答，"现在许昌被日本人占领着，消息很难送出来，我正在托人想办法。"

老太太说："难为你了，效义。"

三人都陷入沉默。任清泉和王效义就那么僵硬地站着，老太太一遍又一遍礼她的佛珠。

"对了，八十七团不是镇守北大门吗？"王效义想起什么，"北门一直未被攻破，天笑应该没事。一有消息，我第一个回来给您报告，老妈您就放心吧。"

第二天，任清泉带人到北照寺附近挑选墓园。五大砖窑旧址北侧是颍河的一湾浅滩，临水岸边几棵百年松柏，南侧一块高坡地面阳背水。他让人捡了散碎砖头，除去灌木、杂草，铁锹挖好四个墓穴，又叫人在墓园入口处竖起一块牌子，上写三个大字"忠烈祠"。

第三天一大早，派人从至元寺迎回马英年三人的遗体。界首百姓和地方官员，已知吕师长和马英年的事迹，纷纷涌向忠烈祠。下葬之前，任清泉站在一堆瓦砾上。

"今天，我们怀着悲愤的心情，在这里安葬我们的朋友和兄弟，告慰英烈的灵魂。他们是界首子嗣，用生命守护着这里每一寸土地，每一株青草，每一棵树木，每一湾湖水。他们就像风一样，像阳光和空气一样，与我们生生相依。"

"吕公权师长在咱界首任职一年，为界首发展设计了宏伟蓝图，是界首的规划师。他为人礼让谦和、知书达理，一直称我为兄长，此刻想来愧不敢当。我为失去这样一位兄弟、老师、朋友，而万分痛惜。我们在此为吕师长立个衣冠冢，以慰藉将军和我们的灵魂。生当作人杰，死亦为鬼雄。我们的亲人为了抵御外敌，牺牲在保家卫国的疆场，他们是界首的守护神。愿他们安息！"

现场气氛悲悯，有人哽咽无语，有人默默流泪，有人号啕大哭。

任清泉从忠烈祠回来，前脚刚迈进家门，后脚二狗便闯了进来。

"师父，刚刚在百乐园门口，我看到了赵紫嫣。"二狗慌里慌张地说。

"人呢？"任清泉瞪着他。

"在大门口呢，不愿意进来。"

任清泉夺门而出。

大门外，赵紫嫣怯怯地站在花坛前，头发凌乱，眼里布满血丝，右脸颊下方一道伤口，衣服上沾满泥土，极近处才喊了声："四哥。"

任清泉疾步上前，张开双臂拥抱了她。赵紫嫣在他怀里颤抖。任清泉顾不了那么多，牵着她的手往里走，回头吩咐二狗：

"快去！打盆水，弄些吃的来。"

进了屋，赵紫嫣未语泪先流。四哥递上毛巾，一边安慰："好了，到这里就安全了。"

一听这话，赵紫嫣到眼泪更是喷涌而出，越哭越伤心，也不知哭了多久，仿佛要把今生的眼泪都流干了为止。

二狗送吃的进来，又悄然退去。

"四哥，许昌城没了！我师父他们好惨呀……"

赵紫嫣吃不下，又接着哭泣。任清泉坐近了，揽她入怀，轻声安慰。

赵紫嫣说，四月三十号下午，日军出动飞机，开始轰炸许昌。

前两天只是零星的枪声，城区的国军都在积极备战，她和师父们就躲在剧院里，以为战事很快过去。三十号傍晚，枪声、爆炸声越来越近。临近半夜，一颗炮弹落在剧院里，炸毁了整个剧院，师父他们都被炸死。她躲在角落里逃过一劫，只是受了一些皮外伤。熬到天亮，国军已不见踪影，街头到处都是血迹和一些无人掩埋的的尸首，整个许昌城一片废墟。

任清泉倾听着她的诉说，一直握着她的手，一起感受她的悲伤、痛苦和无助。许昌，这座跟他有着千丝万缕的城市，接下来不知道还会带来多少悲伤呢。他深吸一口气，紧紧地握着她的手说：

"现在到家了，四哥在呢。"

自从知道许昌沦陷，老太太每天都要到北照寺上香，之前都是铁蛋陪同，现在又多了赵紫嫣。

孙子生死未卜。老太太表面上却若无其事，每天吃斋念佛，内心里万分着急。她有一个执念，每天清晨要上第一炷香，祈愿孙子平平安安。即便回到家里，她的心也留在寺庙里，佛珠再也没有离开手心。她相信佛祖一定能听到她的心声，感受到她的赤诚。

有了赵紫嫣，铁蛋就轻松多了。只要老太太和赵紫嫣进了寺庙大门，铁蛋就解放了。他在寺庙外的空地上溜达，清晨的露珠还留在草丛里，无聊地踢上几脚，鞋子湿漉漉的。他跺着脚走上砂浆路面，一个留着平头的年轻人在河堤上迎风奔跑。

早晨的太阳升起来了。

方向北回到宿舍，不见任天骄，嘟囔一句："这个鬼人，又死哪里去了？"说罢，把手里的信往床头随手一扔，倒头睡觉了。

晚饭时，两个人一边吃饭一边闲聊。临近毕业了，工作的事还没有着落。

"界首那边还没有消息吗？"方向北问。

"没有呀，连个回信也没有。"任天骄抱怨着。

回信？方向北想起来了，说下午有一封南阳来的信，我扔你床上了。

南阳？任天骄扔下饭碗，拔腿就往宿舍跑。她急冲冲地推开宿舍门，把方向北的被子翻了个遍，什么都没有。方向北气喘吁吁地追进来，上气不接下气地说："你床上。"

任天骄一回头，那封信正乖乖地躺在自己床头。她紧张得不敢看上面的字迹，生怕是陌生人写来的。方向北推开她，一把扯过信来，递到她眼前："给！再丢别怪我哈。"

是哥哥的字迹！她抱住方向北又蹦又跳："不怪不怪！爱死你了。"说罢在她脸上亲了一口。

哥哥还活着。刚刚还欣喜如狂的任天骄，突然间变得安静，掩面而泣。

六月三十日傍晚，敌人发疯似的一轮又一轮猛攻许昌城。任天笑和战友们已经在思故台潜伏两天两夜。从这里俯瞰，城北的炮火时疏时密，时而一片寂静。由于久攻不下，日军改变战术两侧迂回包抄，调集飞机、坦克和步兵军团，猛攻东门、西门。思故台因为扼守西大门，也成了日军攻城的拦路虎。太阳落山时，思故台上的亭台楼阁早已被炸飞，碑林损毁殆尽，竹林被炮火点燃浓烟滚滚。飞机像苍蝇一样没完没了的一遍遍飞过，日军像潮水一般退去，又似潮水一般再次涌来。再来时比前一次更加凶猛。任天笑手握一把美制M1903A4狙击步枪，炮弹落在身边，泥土纷飞。

"弹尽粮绝时，已是午夜，我们被迫撤出思故台。夜太黑，队伍很快被打散了，预先约定的集合点根本没有人，大伙只好跟着逃散的国军继续南撤……就这样一路逃到南阳。欧阳团长在这里集结队伍，二十九师失散的弟兄陆续抵达，昨天春禾哥也归队了。我们暂时在南阳休整，下一步不知去向。不过，春禾哥和我都没有负伤，请你们放心！"

<h1 style="text-align:center">十四</h1>

半个月后，任天骄和方向北同时收到了实习通知，一个《重建导报》，另一个《边区时报》。两个人很高兴，可以一起读书，同一个地方一起工作。

"你的凯文，是不是也在界首？"方向北挑逗着。

"谁的凯文！"任天骄羞红了脸，追逐着要打她。

方向北跑累了，赶紧求饶："我的，我的行了吧。"

两个好朋友嘻嘻哈哈，一路说说笑笑。

一方心花怒放，一方愁容满面。

此时的凯文，正为计划中的教堂发愁。界首雅礼分院已营业半年，正逐步走向正轨，教堂筹款却迟迟没有进展。

二狗也跟着犯难。动员凯文来界首，结果事与愿违，雅礼先开了分院，可教堂的事八字还没一撇。跟师父详细介绍过教堂和筹款，希望得到商会支持。师父不表态，他不敢擅作主张，只能等待时机。后来，许昌战事起，牵动了所有的人和事，此事就被一拖再拖。现在好了，天笑终于有了消息，他尝试着再次努力。

"师父，之前说过的那个教堂筹款……"

"哦，这是积德行善之事。明天，你以商会的名义发个倡议书，自愿捐助，多少不限。"任清泉今天很爽快，"只是基督教嘛，大家都不了解，连我自己也稀里糊涂的。要不你明天把那个谁……"

师父仿佛猜透了二狗心思，连倡议书都跟他想的一模一样。

"凯文。"二狗赶紧接话。

"对，你请他过来，给我大致讲解讲解。"

　　第二天，凯文来到商会，在任清泉办公室，从创世纪，到出埃及，再到迦南地；从基督诞生，到基督受难，再到新教发展。

　　"新教在美国生根发芽，是美国最主要的宗教，影响着今天的整个西方文明世界。"

　　任清泉听来听去，还是搞不明白。最后他交代，说这样吧，只要教人从善向好，我们都支持。然后吩咐二狗发倡议书。

　　"我们北照寺有佛祖，至元寺有先知，你们基督教有上帝，大家各说各话，都说自己是唯一的神。我在想，要是哪天他们三个见了面，会不会打起来？"临了，任清泉终究没忍住，说出了心底的疑问。

　　凯文随二狗已走到门口，听到任清泉的疑问顿时面露难色，不知如何作答。他从未想过这个问题，上帝就是上帝，还有什么质疑的？

　　任清泉不忍年轻人犯难，赶紧递个台阶，说道："对不起、对不起！不是故意难为你，我只是自己一直想不明白。"

　　二狗在一旁也听呆了。教堂募捐就是钱的事，能把教堂盖起来，有人来听经文，能帮助人就行，师父还考虑那么多干嘛？见凯文被难倒的怂样子，二狗赶紧解围，说：

　　"也许，他们原本就是一个人，只是在不同的时间、不同的环境下，有不同的喜怒哀乐，所以表现出不同的情绪而已。"

　　两个人眼睛齐刷刷地看着他。无心之语，往往是真知灼见。

　　"怎么啦？我说错了？"

　　任清泉和凯文互相看了一眼，会心地笑了。

　　有了商会的倡议书，筹款的事进展十分顺利。人，一旦不愁温饱，乐善好施的本性就会尽情展现。任清泉带头捐了钱款，那些商户见是积德行善，也不好驳了会长面子，纷纷踊跃掏钱。保安团也出面帮忙，向路人派发倡议书。更多教友走街串巷在沈丘、界首两地积极募捐。雅礼医院的医生、护士、住院或出院病人也都慷慨解囊。大家分不清谁是佛祖、谁是上帝，也不认得他俩，但大家认识凯文，觉得这个美国小伙救了那么多人的生命，简直就是活菩萨，人要知恩图报嘛。

　　方向北到报社找任天骄。毕业实习之后，两人各自忙活，她有很多新鲜事，急需跟好朋友分享。

　　"师傅带我去了几天颖州，昨天刚回来。"方向北言语里有几分炫耀。

　　"你还有师傅？"

　　"就是平头兄，他现在在报社外联部。你实习，没有师傅吗？"

　　任天骄摇摇头，问："找我什么事？"

　　"想你不行呀？！"方向北白了她一眼，"周末有个读书会，一起去？"

　　"我才不要呢，读了这么多年书，我都快读吐了。刚出校门又参加读书会，有病吧？"任天骄一副满不在乎的口气。

　　"很私密的，限制人数，没有人带是不能参加的。"方向北神神秘秘。

　　任天骄的好奇心被吊了起来。读书就读书嘛，搞得这么神秘，她想一探究竟，便说："那就给你个面子呗。"

　　"一言为定！周五下班，我过来接你。"

　　两天后，方向北、任天骄穿街过巷，在一个高门楼前停下脚步。从外面看，这是一座极为普通北方院子，紧闭的普普通通的院门，门梁上方是一个芭蕉扇大小的通风口，一个镂空的青色瓦片梅花造型嵌在风口中央。方向北叩门三声，不一会儿院内传来脚步声，门吱呀开了，又关上。两人一前一后闪身进来，院子分为前后两层，穿过前院，后院东厢房的条凳上五六个小伙子随意而坐，铁蛋竟然也在里面。任天骄有些意外，铁蛋更觉诧异，两个人没有说话，只用眼神短暂交流示意。平头兄迎面站着，背后的黑板上写着两个字：海燕。

任天骄在后排的条凳上坐下来。

"《海燕》是苏联作家高尔基的作品，来自短篇小说《春天的旋律》，创作于1901年。它呼唤即将来临的革命风暴，准确预言了1905年的俄国革命，是高尔基早期代表作品……"平头兄表情严肃，一板一眼地讲着课。

任天骄十分失望，分明就是课外补习班，却故弄玄虚说什么私密一加一，又上方向北的当了。课间休息时，她借故溜了。

第二天，任天骄去八里辰看姐姐。

秦晋正在做饭，看到天骄进来很是高兴，连忙解下围裙擦了擦手，问："你咋来了？"

小蔷薇从外面跑进屋，看到外人愣了一下，扑到妈妈怀里。

她们坐到院子里。任天骄把辅仁毕业和界首工作的事跟姐姐大致说了下。姐姐连声说：还是回来好，街坊邻居都熟悉，有事大家也有个照应。

"蔷薇，到小姨这里来。"天骄伸出手。

小蔷薇忽闪着眼睛看着她。

"小姨这里有糖。叫小姨，就给你！"天骄逗她。

"小姨！"小蔷薇稚嫩、清脆的喊声，逗得小姨和妈妈哈哈大笑。

说话间，东南王庄的二姐来了："老远就听到笑声，还真有贵客呢。"

"哪有贵客？在哪儿呢？"任天骄故意东张西望，"我咋没看到呀。"

三个人又笑作一团。

　　小蔷薇只顾吃糖。放进嘴里，又把它抠出来，抓在手里反复端详，一会儿嘴角、手上、衣服上都沾上了糖浆。

　　任天骄带小蔷薇洗手，然后牵着她出了院门。

　　田里的麦子早已收割完毕，麦茬裸露着，一排排通向远方。阳光下，几只喜鹊、乌鸦在田间觅食。小蔷薇的手特别的柔软、细腻、光滑，任天骄不忍放手，看她深一脚浅一脚地紧跟自己，忍不住将她抱在怀里。小蔷薇仰起粉嫩的小脸，眼睛忽闪忽闪地盯着小姨。四目相对那一刻，任天骄想起了姐夫和哥哥。他们现在在哪里呢？

　　此刻，任天笑正躺在水面上。

　　他喜欢这种漂浮感，无拘无束，就像天上的云可以无拘无束地游荡。太阳火辣辣，可是湖水冰凉，他闭上双眼，四周寂静无声。突然，一阵疾风吹来，平静的水面泛起涟漪，湖水被什么东西搅动起来，旋涡由小变大越搅越快，他被裹在旋涡里越裹越紧，就在这危急时刻他听到妹妹的呼救声。循声望去，妹妹的手在水面上拼命挣扎，人却往旋涡里越坠越深。他惊恐万分拼命游动去抓住妹妹，可他的四肢不听使唤，僵硬得任凭怎么努力都无法靠近，眼看妹妹就要坠入深渊了，他想喊却无论如何也喊不出声。

　　"天骄！"发疯似的挣脱束缚、喊出声音的同时，任天笑从噩梦中惊醒。他一跃而起，惊魂未定地看了看四周。太阳高挂头顶，芳草依依，一切安然无恙。他深吸一口气，一股凉意从后背袭来，才发现自己已浑身汗透。

　　满堂走过来，说团长找你。

　　许昌一战，二十九师伤亡殆尽。师团长一级，欧阳步硕果仅存。他带领八十七团坚守许昌北大门，由于积极备战，充分利用天时、地利、人和的优势，与敌周旋狙击了两天三晚，迫使敌军放弃强攻策略，改用迂回包抄战术。日军进城时，北大门狙击任务已经完成，欧阳步按原计划向伏牛山撤退。借助夜色，冲破几道日军封锁线，在天亮时分突出重围，进入伏牛山区。

南阳休整一个多月，死里逃生的二十九师残兵陆续抵达，却凑不齐一个团的兵力。欧阳步想起那些一起厮杀失踪或殉国的国军将士，时常悲从中来，感慨壮志未酬世事多艰。二十九师幸存者中，能说上话的已所剩无几。

"最近，射击练得多吗？"他问任天笑。

天笑耸了耸肩，说："比较少。场地太远，而且子弹少又贵，舍不得练，还要留着打鬼子呢。"

"我托人给你搞到一箱狙击子弹。"欧阳步指了指桌子后面，"一会儿你拿走。别的可以节省，吃饭的本领可千万不能丢！"

"是！团长。"任天笑立定敬礼，咧着嘴笑。

"家里怎么样？"欧阳步问。

既然问到家事，就说明公事已办完，任天笑也不再拘束。妹妹天骄来信，说毕业去报社实习了，老爸还在管商会的那些破事，奶奶常去寺庙烧香礼佛。信里还说界首已今非昔比，不但有军营、保安团、报社，还有剧院、当铺和咖啡馆，被称作"小上海"呢。

临了，他问团长："你家乡怎么样？从没听你说起过呢。"

"我们钓鱼城嘛，"提起家乡，欧阳步立马来了精神，"听说过'老不出关，少不入川'吧？知道啥意思不？"

任天笑点点头，又摇摇头。

"就是说，年纪大了不要闯山海关外，年纪轻轻就不要来四川。为啥子咧？因为四川人吃喝玩乐样样扎实，特别是川妹儿温柔多情、漂亮迷人，年轻人来了就掉进了温柔窝，消磨了斗志，就只顾享受生活，就再也不想走喽。"

任天笑露出一副艳羡的表情，听欧阳步四川话抑扬顿挫地继续摆龙门阵。

"我家乡钓鱼城，是川东门户，有'一夫当关、万夫莫开'之美誉。当年，蒙古大军横扫欧亚大陆，比现在的日军强他妈百倍，可到了钓鱼城还不是束手无策，不仅被钓鱼城官兵击败，连蒙古大汗都被我们打死了。"

"铁木真？团长你诓我的吧。"任天笑不信，觉得团长在吹牛。

欧阳步急了："你个瓜娃子咧，我诓你做啥子嘛！那时铁木真早死了，新大汗叫蒙哥，就是被我们钓鱼城官兵打死的。蒙哥一死，蒙古军队群龙无首无心恋战，就撤军了撒。此后三十六年，钓鱼城官民一心继续坚守，直到崖山之战陆秀夫携幼帝跳海，南宋灭国第三年才开城投降。"

任天笑一脸狐疑，觉得团长编故事的本事倒是一流。

欧阳步见他不信，被他烦得不行，把手一挥："看你一副没见过世面的样子，不信算球！拿着你的东西滚，快滚！"

十五

眼前的界首，早已今非昔比。这里不再是一个日出而作、日落而息的宁静偏远小镇，转眼间已变成一座因为战争而兴起的新城，它就像一个渴望长大的少年，每天都不顾一切的向前奔跑。

王效义站在十字街头，胜利路笔直宽广，胭脂巷灯红酒绿，沿河路商贩云集。他看着东奔西跑的过客，听着南腔北调的语言，有些恍惚，一如他即将扑面而来、变化莫测的人生。保安团早已鸟枪换炮，从最初的几十人已发展壮大到近两百人。界首，发展得太快了，各种势力在他眼皮子底下交易、纠缠。

王效金死了，裸死在胭脂巷春风旅馆的床上。

二狗在旅馆房间门口，探头朝里张望，只见床上之人脑袋已经变形，四肢叉开、仰面朝天，枕头下面一摊血迹。他哪里见过这种血腥场面，紧张得说不出话，突然胃里有一股东西往上翻涌，连忙后退转身一阵干呕。

平复片刻，二狗想靠近再探究竟，被保安拦着不让进门。平日里，二狗在保安团走动，跟大家也混个脸熟，赶紧掏出"老刀"牌香烟套近乎。

"王团长命令，任何人不准进入！"小保安接过烟，口气软了不少。

"这咋回事咧？"二狗犹疑着，仍不愿离开。

"锄奸呗。人家明人不做暗事，床上留有'汉奸'条子呢。"小保安继续说。

二狗问："啥时间的事？"

"旅馆早上发现就报案了，说昨晚还有一个女人。"

"女人抓住了？"

"没有，旅馆没人看到女人出门，说遇到鬼了。"

二狗知道，出大事了。

中午时分，王效义差人到商会找他。二狗问啥事，来人不耐烦，答去了就知道了。二狗心里发虚，转念一想：去就去，有什么了不起，不做亏心不怕鬼敲门。

王效义坐在桌子后面，见二狗进来，示意其他人出去。

"昨天，你跟效金在一起？"

"是呀，我请他在醉三秋吃的饭。"

"还有谁？"王效义追问。

"穆楚。"二狗说，"就我们仨。他俩一起从颍州回来，我给他们接风。"

"然后呢？"

二狗说："饭后三个人去了'夜上海'歌舞厅。那时天还没黑透，歌舞厅里也没几个人。他俩又是唱又是跳的。我坐了一会儿，觉得没意思就提前走了。"

"仔细想！舞厅里所有的人、所有的细节！给我一一交代清楚！"王效义突然情绪失控，对他咆哮起来。

二狗吓了一跳。按辈分，王效义是师叔，平日里对他多有关照，从没发过这么大的火，那口气分明把他当成犯罪嫌疑人。二狗傻站在那儿，开始仔细回忆歌舞厅里每一个细节，每一个张面孔，穿着、体形，甚至声音。除了收银员、服务员、电工，歌舞厅的角落里有三个男人一直坐着，还时不时朝这里张望。离开歌舞厅时，守门人好像也鬼鬼祟祟。

王效义听二狗嘟嘟囔囔说了半天，除了角落里三个男子和守门人，几乎都是垃圾信息，不耐烦地摆摆手：

"他俩啥时候混到一块的？"

"师叔，我真不知道。昨晚我回家倒头就睡了。"

王效义看榨不出油水，只好作罢："最近不许离开界首！滚滚滚！"

二狗点着头，很委屈地离开了。

王效义坐在原处余怒未消，弟弟惨死在自己眼皮底下，身为保安团长竟然一头雾水。这不是普通凶杀案，分明有人借此向他挑衅。旅馆里的女人是谁？穆楚为什么突然消失？挖地三尺，也要首先找到穆楚。

陆庭筠很清闲。

任清泉重掌商会之后，陆庭筠就卸甲归田了。文有清泉，武有效义，对商会一百二十个放心。他落得清净，每天到颍河大堤上慢跑、练剑或打太极。

任清泉隔三差五地来，大包小包的礼物，管也管不住、说也没有用。每次来，师徒二人在悠然亭里坐而论道，到最后都是对酒当歌。老爷子一生戎马，膝下无子嗣，遇到清泉是上天赐予的缘分。他心里温暖、满足，喝醉了，跟老太婆反反复复地说：这沈丘呀，是天下最美的地方。

一大早，穆楚不请自来。好长时间不露面，丫头笑着说路过沈丘就过来看看干爹干娘。像往常一样，趴在老太婆肩上撒撒娇，给老爷子捏捏肩捶捶背。一杯茶没喝完，又说工作繁忙急着赶路，就一溜烟儿不见了。老爷子知道她一向来无影去无踪，也不作挽留。真正的亲人，都给对方留有足够空间，相互尊重来去自如，大家都省心、舒服。

穆楚走后，老爷子左思右想，总觉得哪里不对劲。

"这丫头，今天有些怪怪的。"他自言自语。

"哪有呀？风风火火的，还不是老样子。"老太婆听到了，在一旁接话。

"反正跟以前不一样。"陆庭筠心里嘀咕。

这天傍晚，王效义匆忙赶到，站在院子里询问穆楚是否来过。老爷子一看他脸色铁青，就知道有事。

"早上来过，坐了一会儿就走了。"陆庭筠如实回答。

"往哪里去了？"

"没说呀。怎么啦？"老爷子追着问。

王效义顾不得回答，转身出门，留下一脸茫然的老两口。

穆楚是重庆方面的人，原本就神龙见首不见尾。王效义动用各种资源，翻遍沈丘城，也翻不出穆楚的影子，这条线索暂且作罢。他带着满腔怒气回到界首，把歌舞厅角落里那三个男人挖出来逐一审问，又把旅馆老板和伙计拉过来轮番轰炸，一番折腾之后仍是徒劳。

　　几天后，任清泉看望师父，才把王效金在春风旅馆的事，一五一十给陆庭筠讲清楚。师徒二人合计来合计去，虽觉得此事蹊跷，但不应是穆楚所为。王效金留学日本，在颍州开一间日式料理店维持生计，难免穿梭于日本人之间，虽然很容易让外人误解，但穆楚和他平日多有往来，除非另有隐情，断不会做这种杀人取命的事。

　　"有人说，料理店是幌子，效金是日本特务。"

　　老爷子不信，说留学又不是卖身。

　　"消息乱得很。也有人说，是共产党干的。"

　　无论何人所为，此事对王效义的打击都是致命的。在保安团长眼皮底下，弟弟发生这样的事，搁谁都是难以接受的。世事险恶，表面平静的日子，实际上暗流涌动咧。

　　两个人在悠然亭喝茶，由王效金说到马英年，再到吕公权，感叹这世间复杂、荒诞和贪婪。任何人，妄想改变他人，无论善念、贪念都是邪恶的。很多人狂妄不自知，打着给人幸福和自由的幌子，肆无忌惮地改变别人，可结果常常事与愿违。所以，有人婉拒谢绝、有人武力反抗，甚至以命相博。其实，人人生而平等，大家各行其道、各安天命，不打扰别人、不被人左右，安稳自在地活着，就是天底下最美的世间。

　　正说话间，街上响起"噼里啪啦"的鞭炮声。推开院门，街上一群人拉起横幅，由东向西游行。有人高喊：

　　日本投降了！

十六

那年秋天，界首由镇升格为县，脱离沈丘跨省划归颍州管辖。民众兴高采烈，仿佛光宗耀祖一般。

王效义升职转正，由保安团长晋升为警察局长，并被授予中尉军衔。保安团也更名为界首警察署。

有人欢喜有人忧，那些因为躲避战乱，临时搬来的院校和媒体陆续回迁，教授教员大多回迁庐州，出版社和《边区时报》《重建导报》回迁南京。报社说，现有记者编辑可以随迁，界首暂时仍保留办事机构，处理一些遗留问题。

方向北决定留下来。她来找任天骄，询问她接下来的安排。

"我不去南京！"任天骄态度坚决。

"为什么？南京首都哦，百废待兴，大把机会呀。"方向北不解。

"机会多，人才也多。咱去算个啥？"

"我的大小姐！太阳从西边出来了，你也有不自信的时候？"

"谁不自信了？"任天骄提高了声调。

"那是为啥？"

"你不懂！"任天骄语气很冲，转头又解释说，"我哥还在部队，我再一走，家里就剩我爸和奶奶了。"

面对好朋友的刨根问底，任天骄明显不耐烦。妙龄少女，谁还不能有一点儿秘密呢。方向北知道她在敷衍自己，调侃道：

"还没见过你这么孝顺呢。"

"你为什么留下来？"任天骄反戈一击。

"我嘛，"方向北一愣，急中生智道，"为了陪你呗。"

"不想说算了，少拿'坟头撒花椒'——麻鬼的话哄我。"

方向北欲言又止："反正我俩还在界首，不是很好吗？今朝有酒今朝醉，何必考虑那么长远呢。"

就是呀！日本已经投降，战争已经远去，亲人尚在身边，朋友近在眼前，大好青春可以挥霍，还有什么比此情此景更让人着迷沉醉？人生得意须尽欢嘛。

"走，逛街去！"两个人迅速找到共同话题，勾肩搭背地出了门。

一叶扁舟在颍河逆水而行，年青艄公在水面上舞蹈放歌。

凯文，坐在河堤白杨树下若有所思。不远处，圣约翰教堂在一片青灰色建筑群里格外醒目，红砖外墙足有五层楼那么高，外三内五式建筑结构，白色钟楼更是鹤立鸡群，两扇窗户紧闭着，甚至窗格子都依稀可见。

耶鲁师兄得知教堂已完工十分欣慰，不仅在信里连番称赞，而且不日将亲自前来界首祝贺访问。"我要搬迁南京了，顺路。"他说。

人的一生，总能遇到几个贵人。告别纽黑文港后，史蒂夫是凯文第一个贵人，现在已成为他的精神导师。二狗便是第二个，如今已亲如兄弟。所谓贵人，就是在你需要帮助时及时出现，在你走上正轨无欲无求时悄然退出。要不是二狗至少不会那么快有雅礼，他也不会来界首，说不定就错过了这蓬勃发展的良机。在他们的帮助下，开医院、建教堂，纽黑文港登船时的两个心愿皆已完成，跟眼前的一切相比，一路走来的那些艰辛已不值一提。他闭上眼，默默感恩神的指引和关爱。

"谁呀？"凯文的眼睛突然被一双温暖的手蒙着。

对方不说话。空气中弥漫着一股淡淡的清香，这是他熟悉的味道。

"天骄，你怎么来了？"

任天骄松开手问道："你傻看什么呢？"

凯文睁开蒙眬双眼，见方向北也在，说："我在想，预定的苏绣壁画，这两天该到了。"然后问方向北："你去南京的事，决定了没？"

"她不去！她要留下来陪我。"任天骄抢先回答。

三个人在阳光里，沿着河堤散步。界首的秋天，漫长而温暖，青草尚绿，垂杨柳的叶子刚刚泛黄。

"教堂我还没去过呢。快带我去看看！"方向北催促道。

圣约翰教堂正门前方，是一片宽大的半圆形草坪，几只白鸽在草坪上觅食。半圆外，几棵新栽法国梧桐昂首挺立。迈上三层台阶，殿堂呈倒"伞"字形结构。进入圣门，左右两边是宽大厚重的祷告长椅，再往里走，就到了扇形大殿中央，祷告大厅被分成左、中、右三块，三条通道的连接处就是牧师讲台。

"真大！比我们学校礼堂还大呢。"方向北手掌抚过一排排椅背，不由感叹。

他们登上钟楼，推开玻璃窗，界首的景色尽收眼底。欲穷千里目，更上一层楼，果然有一种俯视众生的感觉。

"天骄，这里能看到你家呀！"方向北很兴奋，指着远方那棵欲盖苍穹的白果树。

她说着，一股脑儿把东、南、西、北四面的窗户全部打开。自由的风，顷刻之间在钟楼里跳舞欢唱。

宽大的颍河，此时变成了一条的小溪，弯弯曲曲地向东而逝。

离开教堂时，正遇上二狗迎面过来。几个人寒暄两句，挥手告别。

"今天，高门楼有个分享会，你跟我走吧。"方向北说。

高门楼，就是上次读书会，任天骄不告而别的地方。她对那里没兴趣，被方向北挽着胳膊，执拗不过只好跟着她走。傍晚的阳光照在小巷里，拉长了两人的身影。

高门楼，还是那座普普通通、不显山不露水的市井院落。进了门才发现，前院刚刚被整修过，原先那些杂乱的物品已被清理一空，脚下墙根处摆放三两盆花花草草。后院也被粉刷一新，白色墙壁、红色门窗映照在落日余晖里。

院子里，平头兄和铁蛋站着抽烟，见任天骄过来，很是热情，好一阵儿嘘寒问暖。教室里坐满了人，有船员、码头工人、佃户和小商贩，任天骄一个也不认识。方向北十分热情，像主人一样逐个打招呼，又把任天骄推到前面，使劲儿跟人介绍一番，最后才拉着她在靠窗的长凳上坐下来。

铁蛋走上讲台，有些害羞地挠挠头：

"平老师叫我今天做分享，我也不知道说什么，要是说的不好，请大家原谅和指正。"

大家都正襟危坐。任天骄觉得铁蛋变了，不仅不紧张，反而多了几分自信。

"下面正式开始。大家好！我叫张正义，小名铁蛋，　是咱界首本地人，目前在界首商会跑腿做事。认识平老师之前，我是卖苦力的，只知道挣钱养家、将来娶媳妇生娃，从来没想过人为什么活着，人生的意义是什么。参加读书会以后，才逐渐明白一些事理，比如：我为什么贫穷？它是怎么造成的？是我偷懒不卖力，还是其他什么原因；比如：我父母生了病，该由谁出钱、护理和治疗，我被人欺负了，该找谁、到哪里去说理；再比如：有的人，生来就吃穿不愁、荣华富贵，我们为什么穷困潦倒、受人剥削。"

大家被他一连串的话给问住了。

任天骄也觉得新鲜，第一次听到这样的话，跃跃欲试想插嘴。她扭头看了看方向北，见她全神贯注地注视讲台，只好暂且作罢。

铁蛋清了清嗓子，接着说："读书会使我脑洞大开，就像黑夜里照进来一束光，照亮了我的世界。我们贫穷、看不起病、被人欺负和受人剥削，归根到底是不公平的社会制度造成的，是通过地主和资产阶级剥削来实施完成的。”

台下，人们开始交头接耳，有人点头、有人叫好、有人举手。

铁蛋掌控全场，并不给人发言机会。他停了停，提高了声调：

“我们老祖先说：穷则独善其身，达则兼济天下。独善其身，是完善自我；兼济天下，是接济他人。但即使兼济天下，也只是给别人鱼吃，而不是教别人如何结网、如何捕鱼，这并不能从制度上改善别人。我们该怎么办？在我们中国的北边，有一个国家叫苏联，已经解决了这些问题。在苏联共产党领导下，建立了苏维埃共和国联盟，不仅创立了社会主义制度，实行了土地公有制，消灭了地主和资产阶级，而且实现了人人平等，人人拥有选举权，再也没有贪污、腐败和欺男霸女。

“读书会让我认识到：我们也可以像苏联一样，创建一种人人平等、人人有衣穿、有饭吃、有选举权的社会主义制度。这个制度会激发每一个人的潜能，去创造和完善自己，让每一个人主动结网、捕鱼、完善和创新捕鱼技能。但天上不会掉馅饼，建立这样的制度、这样的国家，需要我们每个人挺身而出。苏联可以，中国也可以。”

大家的热情被点燃，教室里热闹起来。

任天骄也被这种热烈的气氛感染。要是早有这样的制度，哥哥同学就不会被打，哥哥也不会当兵。她觉得今天来对了。

有人站起身，抢着发言：“听说共产党打土豪、分田地。我们界首有共产党吗？怎么找到他们？”

平头兄走进来，举着双手示意大家安静。

“没想到大家的积极性这么高，讨论得十分热烈哈。今天是分享会，是我们读书会的深度交流和延伸。在这里，我们所有问题都可以探讨，畅所欲言、百无禁忌，真理越辩越明，道理越讲越清嘛。”

平头兄说，共产党在哪里，我也不知道。这里只负责读书和分享，只是教大家读书、识字，并展开讨论，让大家多了解外面的世界。

“不过，”他话锋一转，“只要你用心，我相信总有一天能找到他们。”

第四章　闪　电

十七

三月的雨，淅淅沥沥。

王效义却郁郁寡欢。弟弟的案子至今毫无进展，警察局长的脸被打得啪啪响。头号嫌疑人穆楚，黄鹤一去不复返。传言中的共产党，更是难觅踪迹。即使二狗，被盯梢这么久也未见异常。一条条线索都发霉发臭，他觉得愧对王效金。

共党活动时隐时现日渐增多，但警察局至今一无所获。王效义一心要抓几个共党，来告慰弟弟在天之灵。走在街头，看那些路人个个贼眉鼠眼，叫过来盘问几句又无奈放行。街上的人也都用奇怪的眼神偷瞄他，仿佛在指责、嘲笑，弟弟案子都破不了，你这个哥哥还有什么用。他每天被这些幻想折磨，再这样下去整个人都要崩溃了。

这天，王效义拎上两盒明前毛尖，到白果树下找四哥。

任清泉正准备出门，见王效义前来便问：事情急不？

效义答：没事，找四哥聊聊天。

"那就跟我走吧。"任清泉说着，前面带路。

王效义也不问去哪儿，就跟着四哥走。两个人一前一后直奔东南方向而去。

忠烈祠，静静地躺在颍河南岸，两年前栽下的松树，已如健壮少年守护在墓园四周。河堤上野草顽强地钻出地面，不知名的白色野花微风里摇摆。墓园里新添几座未知坟茔，有人新培了土，坟头散落几粒纸钱。

门框上的字已被人刷新，吕公权墓碑被人刚刚擦洗、清扫过，四周的杂草已铲平，坟前一把尚未枯萎的野花。

"公权，今天清明，我和效义过来看看你。"任清泉单膝跪地，"时间过得真快！你这一走两年了，小日本投降也快一年了。"

说着，把带来的卤菜和绍兴加饭摆上来，又点燃一根香烟放在坟前，盘腿坐在地上。

"如今哪，太平了。界首警备司令部撤了，学校、报社和很多机关都搬走了。现在的界首寂寞得很咧！"

任清泉解开绳子、撕开封纸、打开那坛酒，把两个杯子斟满，说英年你也过来吧，大家一起热闹热闹。

王效义蹲在旁边不说话，内心几分愧疚。吕公权提携了他，是他生命里的贵人，反倒是四哥记得这里。

"效义当初得你赏识，提携保安团长，如今是咱界首警察局长。你高兴吧？就知道你会高兴，所以我们一起过来给你汇报。英年啊，你也不能少，咱们一起喝两杯。"

任清泉像是自言自语，又像是对面真的坐着两个人。停了停，他接着说："孩子们都长大了，天骄也上班了，就在咱们界首报社。整天疯跑不着家，偶尔回来也不喜欢跟我们老家伙交流。"

"天笑呢，还在部队。从许昌撤到南阳，前不久被调往山东，如今在济南呢。哦对了，跟那个欧阳步在一起呢，还继续做你的团长你的兵咧。我在想呀，日本投降了，和平了，以后也不会有战事，养那么多兵干什么，是不是？按理说，快回来了。等他回来，我带他来看你。"

"我、效义、师父、二狗，还有商会的那些老朋友，我们都挺好！大家时常说起你、想念你……就是你走得太早了，四哥我再也找不到一个可以说话的人。”

任清泉表情平静，自说自话。王效义点燃纸钱，将鞭炮抛向高空，噼里啪啦的声响在颍河两岸回荡。

燕子北飞，小麦抽穗，油菜花开。

凯文到报社找任天骄。报社的人说：她最近很少来，也不知道在忙啥。再问，便说好像在高门楼或者那附近见到她。

凯文沿着小巷寻到高门楼，"嘭、嘭、嘭"地敲门。

好一阵子，里面传来脚步声。那人先在瞭望口看了一眼，才打开一条门缝，探出半个脑袋问："你找谁？"

复又关上，脚步声渐远。

又过了一会儿，任天骄才出来，低声嗔怪说我在开会呢。见凯文欲言又止、面露难色，赶紧转弯儿莞尔一笑说，已请了假，找我什么事。

两个人并肩西行。一路上，总是有人跟凯文不停地打招呼，几乎说不上两句完整的话。这座新城对凯文太熟悉了。一个年轻、帅气的白人小伙子，既办了医院，又盖了教堂，是如此与众不同，吸引着整个城市的目光。

漫步闲聊，直到路人渐渐稀少，不知不觉间西湖已近在眼前。

眼前是一片少有的浅滩，静静地躺在西湖臂弯里，不知被谁开垦出来，种植了满满一湾的油菜。四月，正是油菜花灿烂的季节。微风吹过，金黄的花儿在风中摇曳。一只蜜蜂在花丛中采蜜，时而落入花蕊，时而飞入花间。

"忙啥呢？最近一直没有见到你。"

"咋了？你想我了？"天骄瞪着眼睛，呵呵地笑着。

凯文躲避着她火辣辣的目光，假装很平静地说："就是随便问问。"

任天骄心里很是失落，这不是她要的答案。她以为凯文会大胆表白，没想到他只会瞎扯。

"干嘛告诉你？"天骄头发一甩，径自往花田里走。

油菜花香扑鼻而来，空气中竟有一种甘甜的滋味。凯文赶紧跟在后面，心中百般后悔，干嘛自欺欺人说随便问问呢，明明自己想她，着急地想见到她，却没有勇气承认。每次话到嘴边，却总是无法说出口。不知道什么时间，他喜欢上了这个中国姑娘。她漂亮、阳光，每天朝气蓬勃，似乎永远无忧无虑。有时刁蛮冷若冰霜，有时温柔热情似火。

凯文追上去，要牵天骄的手。那只手，温热、光滑、柔软，还未抓入手心，片刻间便是逃离。

任天骄一口气跑到湖边。夕阳西下。揉碎的阳光，长长地洒在荡漾的水面，落日余晖映照在两个年轻人生机勃勃的脸上。

"我小时候，跟哥哥经常来这里玩。那时，这里是一片青草地。每到春天，开满了黄的、红的、白的花朵，还有五颜六色纷飞的蝴蝶。湖面上，时常飘渺着一层薄薄的雾，像仙女一样随风舞蹈。有时，荡起的渔船上，渔夫抡开双臂撒下浑圆的白色的网。天边，是红红的落日和晚霞。"

天骄沉浸在童年回忆里，清澈目光里透出满满的幸福。凯文静静地听着。

"有一年春天，我们躺在草地上，数天上北飞的大雁。一只蝴蝶飞过来，是那种少见的大大的、翅膀镶满金边的黑色蝴蝶。我一下子就被它迷住了，爬起来追着它跑。"

天骄说到此处，不由自主地紧紧抓住凯文的手。

"蝴蝶飞呀飞，我就追呀追，根本忘记了脚下，一个趔趄跌落水中。冰冷的湖水，一瞬间漫过我头顶，来不及呼喊就呛了水。我拼命挣扎呼喊，双腿使劲地踩，双手使劲地划，而岸边遥不可及。

水太冷太深了，我已经精疲力尽，四肢不再挣扎，我要放弃了……我醒来时，哥哥一脸恐惧呼喊着我的名字，抓住我的手，坐在地上浑身颤抖。很多人围在四周，七嘴八舌指指点点，一头老黄牛摇着尾巴。"

天骄手心里都是汗，她死死地抓住凯文。凯文顺势拥她入怀。这一次，天骄没有反抗，反而紧紧地抱住了他。

"从那以后，哥哥再也没有带我来过这里。"任天骄喃喃地说，"西湖，成了我俩不能说的秘密。"

回首往事，此刻的她是那么的孤独无助、柔弱伤感，在他的怀里颤抖。凯文有些慌乱，不知如何是好，只有给她一个温暖、坚强、可以依靠的怀抱。那一天，他们就那么紧紧相拥在西湖岸边，任凭落日映红天边的晚霞。

语言，有时是多余的，即使文字，也有无法到达的地方。凯文犹豫再三，终究没有说出那几个字。他不想乘人之危，在天骄孤独无助时占便宜。

太阳下山时，他们手牵着手，穿过那片油菜花田，任天骄突然问：

"美国，有共产党吗？"

二狗，这两年过得很郁闷。

王效金离奇死亡，让他背上嫌疑人标签，从此直不起腰板儿。他跟王效金年龄相仿，都喜欢热闹也聊得来，原本可以成为很好的朋友。王效金每次回来，他都热情招待，鞍前马后不辞辛劳，万万没想到竟为此惹得一身骚，弄得里外不是人。被王效义派人盯梢，到警察局聆讯，因此被商会的人指指点点。

二狗觉得此事蹊跷。按说，穆楚跟王效金从颍州返回，亲亲热热一起吃饭喝酒，两人之间不应该有什么过节。可王效金平白无故死在旅馆，穆楚怎么就不声不响无影无踪了呢？是谁犯下这命案却害得他成了背锅侠？警察局也是一帮窝囊废，快两年了也没能帮自己洗清白。靠人人会跑，靠山山会倒，他只有自己想办法找到真凶。

案子迟迟没破，二狗心有不甘。没做亏心事不怕鬼敲门，再说效义既是师叔，又是效金的哥哥嘛。他主动到警察局找师叔套近乎，王效义不冷不热，三言两语就打发他，很明显刻意疏远。二狗不明白的是，为什么有些情感，即使源于一场误会，一旦伤害就再也无法复原。他常常为此自寻烦恼，郁闷时就在文化街瞎逛。

文化街，以前叫胭脂巷。前些年，达官贵人们在这里寻花问柳。日本投降后，虽然萧条很多，仍是失意孤独之人解愁消遣的好去处。二狗是这里的常客，伙计们都知道这个"薛哥"出手阔绰，对他也就格外热情。

一天，走到"天指道"扬州足浴城门口，便被人连拉带拽地扯了进来。搁平时，二狗看不上这地方，总觉得空气里飘着一股臭脚丫子味，今天半推半就进了二楼"赤脚大仙"包房。

洗脚妹进来叫了声大哥，问洗哪一种。

"就是洗脚，不干别的！快快快。"他有些不耐烦。

"大哥，您可真是急性子。既来之，则安之嘛。"洗脚妹走到他身后，按摩他双肩，"听我说嘛，我们这里有盐焗、生姜、秘制，以及小鱼。大哥您要哪一种？"

二狗有一阵子没来，竟然花样翻新了这么多，洗个脚还有这么多讲究，立刻来了兴致："都有什么不同？"

洗脚妹说，盐焗是盐水泡脚后，再用纱布包裹滚烫的大块盐颗粒搓按脚心、脚背，可以祛除风湿；生姜则是切片拿来放入水里泡脚，可以祛除脚气；秘制嘛，是我们老板家传秘方熬制的膏汤，融化于水后浸泡，可以强身健体；至于小鱼嘛，就是让小鱼在水里亲吻你的双脚呀。

二狗想了想，说盐焗吧。

洗脚妹把水端来，让二狗试试水温，又忙着推销："我们天指道注重手法和手指力道，不仅脚部按摩一流，修脚和采耳也是一绝。昨天，几个亳州来的老板还夸，方圆百里找不到第二家呢。大哥等会儿也尝试尝试？"

"亳州？你们这还有亳州客人？"

"瞧大哥您说的。我们这里南来北往的人多了去了。"洗脚妹是个话唠。

"哦，你怎么知道他们不是本地的？"

"这还不简单，一听口音，二看谈吐呀。比如，昨天那几个说是做药材生意的，我一看就不像。他们亳州话不地道，再说他们根本不谈药材，神神秘秘地谈路线和特派员。"洗脚妹口不遮掩。

二狗表面上不动声色，稍停后问道："什么路线和特派员？"

"我没听清楚，还说高门楼什么的。"

二狗如获至宝，以为探听到了共党机密情报，脚也不洗了，扔下钱，马不停蹄去找师叔。王效义让他坐下来，慢慢说把所有细节说清楚，安排下属在一旁做记录。临了交代二狗：不要打草惊蛇，盯住洗脚城，一有消息立刻禀报。

二狗心里高兴，若真的抓个共党，他跟师叔之间的结也算解开了。

第二天，王效义带人突袭高门楼。

前后院搜查完，院子里总共四人，其中两个他认识：任天骄和铁蛋。王效义十分失望。任天骄解释说，读书会经常在这里学习讨论，今天报社无事就过来了。

弄了半天，一点儿有价值的信息也没有。狗日的，情报不准嘛。王效义心里责骂，把另外两个人带回警局审问，结果也一无所获。

王效义的突袭，让任天骄认识到问题严重性。那会儿，平头兄、方向北和几个亳州人前脚刚走，警察局长带人后脚赶到。

这里一定有问题！任天骄左思右想，也理不出头绪，只好来找凯文。

"你们在高门楼干什么？"凯文问。

"就是读书会，分享一些文学名著读后感。"天骄停顿了一下，说，"偶尔也讨论当今社会和政治。"

"都是什么人参加？"

"有小商贩、河工、船工，还有农民，偶尔会有外地人。不固定，大多我也不认识。"

"你们讨论苏联和共产党吗？"

天骄点点头说："他们说，苏联是老大哥。中国应该像苏联那样，建立一个没有阶级、没有压迫，人人平等的社会，还说现在的社会被统治阶级占据，他们仅仅维护资产阶级、地主阶级的利益，垄断了各种资源，穷人才没衣穿、没饭吃、没钱花，所以全世界无产者要联合起来，要夺回属于无产阶级的东西，只有砸烂旧世界，才能建立一个崭新的中国。"

"你呢？你怎么看？"

"我觉得这个社会挺好的，至少没有他们说的那么坏。哪能说砸就砸了？砸烂很容易，但重建可不是说说那么简单。"她在《重建导报》这么久，对"重建"二字有着切身体会。

凯文大致听明白了。读书也好，讨论也罢，任天骄被人当枪使，充当掩人耳目的工具，自己却浑然不知。教堂里没什么人，凯文拉着天骄沿着旋转楼梯爬上钟楼。

"你知道摩西十诫吗？"

天骄摇摇头。

凯文说，以色列人因为在埃及受奴役，因此神指示摩西将以色列人从埃及带出来，带他们去流着牛奶和蜜的地方。埃及法老阻止，神就十次降灾给埃及，法老只好同意放行。在抵达自由新世界之前，神在西奈山指示摩西，给以色列人制定十条戒律要他们必须遵守。以色列人同意后，神帮助他们过了红海，历经磨难，最后才抵达耶路撒冷。

"高门楼的戒律是什么？"凯文问。

天骄被问傻了。她完全没想过此类问题。在高门楼，她们除了读高尔基、托尔斯泰，还会读马克思和鲁迅的作品，偶尔才会有上次铁蛋那样的讨论课。有时，平头兄和方向北也参与讨论，有时还有外地口音的人。讨论时大家群情激昂，天骄也跟着壮怀激烈，可过后又觉得那些都不切实际、言过其实。

"他们有时避开我，神神秘秘地商量事情，我也懒得打听。实在不行，以后少去就是。"天骄很坦诚，但语气里透出几分不服气。

一会儿光景，竟然下起了雨。雨滴重重地砸在窗台上，发出噼里啪啦的声响。窗外，街上的人在奔跑，地面泛起雨雾，薄薄的随风起舞。远处，颍河两岸的树木摇摇晃晃，一艘扬帆的货船在风雨中逆流而上。

夏末，深夜。

任清泉朦朦胧胧中听到了声响，他刚准备点灯。

"别动！"有人压低嗓音，但口吻严厉不容置疑，"老乡，我们借个宿，天亮就走。麻烦您行个方便！"

任清泉一个激灵，睡意全无。家里院门紧闭，何时进了外人，竟然全然不知。借着朦胧月光，看见窗下站着一个人，窗外也有人影晃动，院子里似乎有更多的人。赵紫嫣此时已醒，紧紧地抓住他的胳膊。

任清泉躺着不动，脑子转得飞快。来者既不谋财，也不害命，哪有仅仅借宿的歹人？看来真不是为钱财而来，管他何方神圣呢，是福不是祸，是祸躲不过，一群借宿的过路客而已。他前半生行走江湖，自然懂得一些江湖规矩，忐忑不安的心才渐渐平静。他轻轻拍了拍她的手，放心睡去。

再次醒来，天刚放亮。屋里屋外的人已悄然离去。他匆忙起身，院门紧闭，院子里物品井然有序。夜里发生的事，仿佛是旧梦一场。

他满心疑惑地走出家门。邻里们三五成群，窃窃私语，纷纷讲述昨晚的咄咄怪事。

"奇怪得很！说是土匪吧，又一不偷二不抢的。"

"就是呀，他们啥时来的、啥时走的都不知道，家里什么都没少，也没听到狗叫，不会是天兵天将吧？"

"四哥，你家呢？"有人问任清泉。

任清泉没有回答，低着头走开了。昨晚，屋里屋外多少人，他也没弄明白，哪有心思跟邻居们闲扯。这是一群什么人，来无影去无踪的？整个界首，似乎每家都有人借住，他们想干什么呢？

"天兵天将"借道一事，纷纷扬扬传了两个月。在尘埃飘散之时，警察局得到可靠情报：明天凌晨，共党分子将在庙岔举事。庙岔，位于豫皖边界，是界首西南二十里外一个三不管小镇。

王效义准备大干一票，共党幽灵仿佛遍布界首，每一桩案子背后都少不了他们的影子。如果将他们一网打尽，除了替效金报仇，还能还界首一方安宁，似乎他对共党越凶狠，弟弟就会越满意。因此决定亲自带队，全副武装出城。

天黑时分，一行人在中途黄岭一处小学院内歇脚。王效义命令任何人不得外出，今晚养精蓄锐，随时等候号令。大家啃了各自带的干粮，倒头睡下。

二狗挤在大通铺最里面，直勾勾望着黑乎乎的屋顶难以入眠。他下午到警察局扯闲篇儿，正巧赶上师叔集合队伍准备出发，顿时觉得跟共党切割、证明自己清白的机会来了，便强烈要求加入剿匪行动。王效义起先坚决反对，见他一副不分四六的劲儿，到最后只能点头应允。

很多人徒有其表，平时看起来吆五喝六，在真枪真刀面前立马现了原形。此时的二狗紧张得大气不敢出。看这副荷枪实弹的架势，不撂倒几个是不会无功而返的。子弹不长眼睛，这可不是闹着玩儿。他自幼跟师父经商，舞枪弄棒也都是假把式，哪里经历过这阵仗，为自己一时鲁莽后悔不已，但覆水难收，此时只能硬着头皮躺下来假装睡着。

四周一片漆黑。有人已经鼾声如雷。

"起床！出发了！"

二狗刚眯上眼睛，就听见有人低声催促。众人纷纷起身，拎起靠墙的枪械迅速出门。二狗躲在角落里，一动不动地装睡。片刻儿工夫，脚步声渐远，门外已没了动静。

他蹑手蹑脚溜到窗前。

窗外，满天星斗，一弯残月爬上树梢。天地一片沉寂。

凯文躺在床上。这段时间，他有些得意。

雅礼医院已经走向正轨，无论界首还是沈丘，几乎不需要操心。他相信，好的制度能激发人的潜能，释放出美好、善良、公平和正义。因此，他的工作是制订规则，重点放在如何激励医生、护士活出更好的自己。他把管理权下放至院长，由院长全权负责，自己只参加月度经营管理会议。

当然，他需要集中精力，做好教会的规划和发展。

前不久，耶鲁师兄由重庆迁往南京，专程绕道界首前来看望。参观完医院，史蒂夫又围着教堂转了几圈，对凯文所取得的成绩赞不绝口，称赞凯文真正体现了传教团的使命："以善意的无教派精神，在中国创建、开展教育与医疗工作。"他征求凯文意见，要他把这些年的经历整理成册。

"这是你的一小步，却是耶鲁中国的一大步。我以耶鲁中国的名义，向校董会申请对你进行奖励。"史蒂夫最后说。

得到耶鲁师兄的夸赞和认可，凯文十分激动。史蒂夫是他的前辈，也是他内心尊敬、敬仰的人。屈指算来，从纽黑文港口登船至今已六年有余，一路走来的艰辛和思乡之苦，在这一刻涌上心头。他乡遇故知，只有过来人才明白个中滋味。无论多么艰难，只要心怀希望，总会看到曙光。

"嘭"！宿舍的门被重重撞开，把凯文吓了一跳。

铁蛋满身血渍，气喘吁吁地闯了进来，一只胳膊缠着带血的绷带。他十分警惕地朝身后回望，又快速将门反锁。

"出什么事了？"凯文从床上一骨碌儿爬起，十分诧异地盯着铁蛋。

"出了一点儿意外，快帮我包扎一下。"铁蛋喘着粗气。

"我陪你去医院吧！"凯文一边穿鞋，一边说。

"不！就在你这里。"铁蛋语气坚定，一口回绝。

凯文从他慌乱、哀求的眼神里，已猜出几分，这不是普通的伤情。他连忙从床头柜里取出急救医药包，熟练地剪开已经凝固在手臂上的绷带，凝固的伤口被揭开，鲜血一下子洇出来。那是被子弹穿破的伤口，左臂肘关节往下两厘米处。

"万幸呀，没有伤到动脉和骨头。"

凯文一面清理表皮淤血，一面用酒精消毒，然后递过来一个手术棒，让铁蛋咬紧。

"你确定在这儿手术？这里没有麻药哦。"

铁蛋坚定地点点头，满不在乎地说："这算啥？咱皮外伤，关二爷刮骨呢。"

凯文不再详问，抓紧给他手术。

手术并不复杂，淤血清理完毕，就是止血、消炎、缝合，整个过程进展顺利。铁蛋咬紧牙关，额头大汗淋漓。

"你先躺一会儿，我收拾一下。"凯文安慰铁蛋。

正说话间，"砰、砰、砰"有人敲门。

铁蛋一跃而起，紧张地望着门外，又扭头望了望凯文。

门外传来任天骄的声音。凯文长吁一口气，赶紧打开门闩。任天骄迫不及待地闪身挤进屋来，颤抖着声音说：

"城门楼挂了三具尸首，说是庙岔起事的共匪。可是，那个女的像是方向北啊。"

凯文明显感觉任天骄在瑟瑟发抖。几秒钟后，任天骄发现屋里另有他人。她推开凯文，拉开布帘子，看到铁蛋缠着白色绷带的手臂，一切全明白了。

"砰、砰、砰"，再次有人敲门。

"谁？"凯文立刻警觉起来。

"警察！快开门！"来人气势汹汹。

三个人面面相觑。

"稍等！"凯文一面应付着，一面收拾屋子。

"快一点儿！磨蹭啥呢？"门外的人极不耐烦。

"来了，来了！"凯文故意跺着脚，张开手掌将五指插进发丛，将头发弄得散乱。

小警察见是凯文，刚才嚣张的态度收敛了些，说："凯文院长，我们奉命搜查逃犯，请你配合！”

凯文揉了揉眼睛，打着哈欠问："出什么事了？"

小警察甩出一句"执行公务"，推门就要往里闯。

凯文手扶门框，挡在他面前，顺手拉上房门："私人领域，凭手续进入。"

见外国人认真起来，小警察晓得惹不起，不敢再放肆，却仍旧不依不饶。一个硬要往里闯，一个拼死阻挡。两个人争执不下，声音越来越高。

其他警察在教堂内外，翻了一遍一无所获，也都七嘴八舌围过来。

"我们奉命行事！请凯文牧师配合，不要为难我们嘛。"

凯文挡在门口，不让任何人进入。

"你们这是私闯民宅，我有权利拒绝，除非有搜查令。"

正僵持不下，有人小声说：局长来了。

王效义眼睛里布满血丝赶了过来。庙岔剿匪的消息，界首已经传开，击毙共匪三人，击伤两人，其中一人在逃。刚刚得到线报，有人看见一个手臂带伤的人进了圣约翰教堂，即刻命令手下前来抓捕。见凯文挡在门外，疑心窦起。

"凯文牧师好！搜查令回头补给你，行不行？"

局长亲临，凯文料定铁蛋凶多吉少，左右为难之际，身后的门"吱呀"一声开了。任天骄探出头来。

"王叔，您进来吧。"

任天骄的突然出现，超出了王效义的想象。他听说，任天骄跟凯文走得近，无论如何也想不到，偏偏在这种时刻、以这样的方式给撞个正着。

"天骄，是你呀。"

王效义说着，趁机朝屋内撇了一眼，见房间整齐并无异样，便朝弟兄们挥了挥手，边走边冲凯文埋怨：

"你小子也真是！天骄在，咋不早说呢？"

凯文嘴上赔着不是，又跟着出了教堂大门，目送他们走上街道，远去。

十八

任天骄再也没去过高门楼。听人说，那里的读书会早就解散了。自庙岔事件之后，铁蛋、平头兄也失踪了。

这一年，正月十五刚过，平头兄突然来报社找任天骄。寒暄两句之后，平头兄果然无事不登三宝殿，开门见山：

"我想租下你家的房子。"

方向北死后，任天骄跟读书会就断了联系。她原本对共产党、对苏联就无感，富人的钱也不是大风刮来的，谁不是一分一厘挣辛苦钱，有些还是几代人辛苦打拼积攒下来的。只要不偷不抢，凭啥抢过来重新分配？以前，她经常跟方向北争执得面红耳赤，如今斯人已逝。

"我家的房子，白果树的？"任天骄以为听错了。

平头兄认真点头。

"那怎么可能？我们家自己住着呢。"任天骄一口回绝。

"我出钱，贵一些也没关系。"

"那也不行！租给你，我们家住哪里？我爸肯定不会同意。"

"所以才来找你呀。你一定要帮我这个忙。"平头兄态度诚恳地说道。

"不行不行！"任天骄头摇得像拨浪鼓。

至于为什么租房，任天骄不想多问，只是觉得父亲肯定不会同意。所以口气坚决，没有半点儿商量余地。平头兄见一时半会儿说不动她，只好说改天再来，便快速离去。

下午，平头兄再次来访，苦口婆心要任天骄帮忙。

"任会长不缺这几个钱。他的脾气，我多少也了解。所以，此事只能求你。"

"你为什么非要租我家的房子？"天骄还是不解。

"你别问这么多了。"平头兄垂头丧气，不愿多说。

"那我试试吧。"天骄见他一副可怜相，想起他曾经的帮助，勉为其难地答应下来。

晚上，天骄跟父亲说了此事，没想到父亲答应得很干脆。平时，那么一个坚硬、榆木脑袋的人，今天突然变得如此柔软、通情达理，天骄十分意外。

"你咋这么痛快？还以为你会跳脚反对呢。"天骄追着父亲问。

任清泉微笑着，不回答。赵紫嫣在一旁插话：

"你这孩子，就偷着乐呗，还紧问个啥嘛。"

第二天，他们搬到了高门楼。第三天夜里，"天兵天将"突袭界首。到了早上，大街上敲锣打鼓。

任天骄从外面回来，说界首解放了。

任清泉看着女儿，不说话。他并不感到意外。

赵紫嫣不明白，问："啥叫解放了？"

"街上都是解放军。那些敲锣打鼓的，都说界首解放了。"任天骄也一知半解，说不清楚。

任清泉抬起头，望着依旧料峭寒风的天空，自言自语说这都是天意呀。

又过了几天，高门楼来了两个解放军，"嘭嘭嘭"地敲门。

赵紫嫣打开门。

"请问这里是任会长家吗？"来人很客气，"请他跟我们走一趟。"

任清泉不知何事，忐忑不安跟着解放军，回到白果树的家。路上三步一岗、五步一哨。刚进大门，一个个头不高、一身便装的邓政委向他招手。

"你是任会长吧？这次给你添麻烦了，对不起对不起哦！地方同志说租了你的房子，有没有付你租金？"

"给了给了。"任清泉忙点着头。

"去年南下，好像就住在你家，没想到，这次北上他们又安排在这里，看来我们很有缘嘛。"邓政委一面说，一面爽朗地笑，"你这个院子很好，我印象深刻，只是鸠占鹊巢，抱歉抱歉喽。"

"没有没有！"任清泉连连摆手，"为首长服务，应该的。"

警卫员端茶过来。

"你坐嘛，这可是你自己家哦。"邓政委亲自把茶杯递到任清泉手上，"任会长，你是咱界首响当当的人物咧，听说以前这半个界首都是你家的。"

"那都是老黄历，没脸再提呢。后来生意做亏了，都卖了填窟窿了。"

任清泉嘴上这么说，心里却想：好事不出门，这些陈芝麻烂谷子咋传得这么快呢。

"那也很了不起！跟我们打仗一样，哪有常胜将军咧。"

看得出，今天邓政委心情很好。两人像多年未见面的老朋友，一边喝茶一边拉家常。听说任清泉做生意到过涪陵，邓政委说涪陵离他老家很近了，不过他十三岁离家，经重庆朝天门码头登船出去读书，至今也没有机会再回去。

"人在江湖，身不由己喽。"邓政委感叹道。

聊完生意，又接着聊孩子。任清泉说了女儿，又说到儿子。

"投笔从戎，当兵打日本鬼子，你这儿子教育得好！有血性、有情怀！那，他现在在哪里咧？"邓政委唠起了家常。

"在济南。"

"哦，那是王耀武的部队。你写封信告诉他，家乡解放了，已经'耕者有其田、居者有其屋'了，他的理想已经实现，劝他早日返乡嘛。"

任清泉点头说是。

邓政委说，我们共产党打土豪、分田地，就是帮助农民翻身得解放，要人人有饭吃、有衣穿，要实现人人平等。

"这些都是我们党总的纲领。一到具体到基层，执行起来就容易出现偏差，甚至操之过急。所以昨天我就想，你是商会会长，代表界首、沈丘两地商界，我们想听听你的意见和建议，在具体执行细节上，怎么做才能保证去伪存真、少出差错、少犯错误。这也是今天请你来的主要目的。"

任清泉完全没想到，首长派人喊他来，是向他一介平民征求意见和建议。这个问题他之前从未想过，一时面露难色，不知如何作答。

邓政委一看，哈哈大笑："没关系。你帮我一个忙，把这道题好好思考清楚，过两天再回答我。你的大院子我还要再借住一段日子咧。"

回到高门楼，赵紫嫣在厨房做饭，二狗在往炉灶添柴。

见师父回来，二狗连忙起身，追到堂屋，问："没事吧，师父？"

任清泉不咸不淡地说，我没事，你有事？

"效义叔失踪了。解放军进城前一天，他说去沈丘办事，就再也没有回来。现在新政府正追查庙岔剿匪的事呢。"二狗神秘兮兮的，一边说一边偷偷瞄厨房。

"庙岔，跟你有啥关系？"

二狗立刻愁眉苦脸，和盘托出黄岭装睡、半路溜号的事，最后十分庆幸地口吻说，幸亏当时多留了个心眼。

任清泉沉默不语，既然旧案重提，此事不会那么简单。便叮嘱二狗：静观其变，不要再跟任何人再提及此事。然后冲厨房喊：

"可以开饭了吗？今天二狗陪我喝两杯。"

三杯酒下肚，二狗话又多了起来，说最近土改闹得厉害。宋集那个老宋，因为不愿把祖宅分给村民，一把火把宅子烧了，结果以损坏公物，判处现行反革命，公审批斗大会后拉出去枪毙了；黄岭那个老黄，因为土地被充公，上吊自杀了。

任清泉埋头吃酒。他记得老宋，老实巴交一个农民，整个冬天就穿一件破棉袄，扔在长工堆里都砸不出个响声。几代单传，到他这一代绝户了，生了七个"仙女"，那片宅子是他的命根子。

二狗猛灌了一口酒，接着说十字街老郝的铺子，也被政府征用了。他那些药品堆在库房里发霉生虫，一天到晚唉声叹气。商会那些老板人心惶惶，让问问师父下一步该怎么办。

任清泉原以为山雨欲来，不曾想竟已雨打风吹。看来邓政委交代的事，已火烧眉毛，容不得半点拖延。

隔了一天，当兵的又来请。

"任会长，我等着听你的意见哦。"邓政委开门见山。

任清泉思前想后，吞吞吐吐。外面太乱了，几十年来他没见到过。二狗走后，他找人逐一核实，实际情况比二狗所言更甚。但是在大领导面前，话从哪个角度说，说到什么程度，都是学问，要仔细掂量，万一说错话，谁知道会产生什么后果呢。

邓政委说，任会长不要有顾虑，有话直说。我们组建联合政府，就是要联合各个党派、各个团体的力量，让大家共同参政议政，为国家建设献计献策。这里实际情况，你比我们了解，也更有发言权。我们现在需要你出谋划策，将来更需要你这样的人，与我们一起搞好经济建设。只有你们好了，地方经济好了，劳动人民才有饭吃、有衣穿，我们奋斗才有价值，共同富裕才能实现。

任清泉想起老宋的惨状，已顾不得那么多，舍得一身剐，敢把皇帝拉下马。这不是为自己，也不是为老宋，更不是为共产党，而是为天下百姓苍生。他把这两日得到的信息如实反映，个个有名有姓、有理有据。

地主有欺男霸女的，也有勤劳致富的；富商有欺行霸市的，也有童叟无欺的，不能一杆子打翻所有人，应区别对待，走群众路线，到群众中去做深入调查研究。建议成立一个各方参与的执委会，具体案件由执委会讨论决定，而不是某个领导一言堂。总之，人心不能散，散了再聚就难了。

邓政委听到群众路线和执委会时，招手示意任清泉暂停，吩咐秘书叫相关人员过来一起听。

"还有哇，把地方的同志也叫过来！"

赵紫嫣在家里坐卧不安。任清泉第二次被当兵的带走，她不知凶吉，一个上午，在院子里打转。临近中午，任清泉回来了，她才稍稍放下心来。

吃完饭，任清泉终于开口。

"前一阵子，土改工作队太激进，"任清泉说，"搞出了不少矛盾，人们怨声载道。邓政委想听听友好人士的意见和建议，帮助他们更好地改善工作。所以叫我过去谈谈看法。"

"那么大的领导，你可不能瞎说。"赵紫嫣不放心。

"人家客气得很呢！叫了很多人过来，听我讲课。"

赵紫嫣舒展了眉头，问道："你没蒙我吧？"

"没有。不过，我倒是有些担心。"

"担心啥？"赵紫嫣问。

"共产党打土豪、分田地，咱早就变卖了土地，自然无田可分，但同时也提出消灭资产阶级。我们算哪个阶级？"

聊到此处，两口子陷入沉思。晚上，任清泉躺在床上辗转反侧。

日本人走了没几年，国民政府咋就突然变成共党天下？这变化太快，太魔幻，可又说不清哪里出了错。他从未涉及过政治，甚至对经商都意兴阑珊，在人生壮年、生意鼎盛时期隐居乡野，如今又阴错阳差，重归江湖，抛头露面。商海浮沉几十年，任清泉第一次迷茫不知所措。

"我明天去一趟沈丘。"他跟妻子说。

从沈丘取经回来的第二天，任清泉到白果树老家，把肩上的布袋小心翼翼放在桌子上，然后说请首长帮个忙。

邓政委见他不请自来，不知他葫芦里卖的什么药。

任清泉打开布袋，里面藏着十二条金灿灿的小金鱼。前些年经商赚的，他跟邓政委解释，除了置办宅子和家当，就存下这么多。现在，革命形势喜人，大家有钱出钱，有力出力。我知道，咱们部队有规定，不拿群众一针一线。可我也想为革命尽一份力，请首长批准。

"不是给您的，是给部队；也不是拿，是我自愿捐助。"任清泉一再强调。

邓政委微笑着，摇头拒绝。任清泉犯了难，站在那里不知如何是好。

昨天，他去沈丘请教陆庭筠。师父赠四个字：鱼归大海。陆庭筠说：养在家里，早晚是个祸害，说不定哪天就臭了。

"出门老婆有交代，办不好别回来！"他随便扯个理由，一屁股坐下来，"我写个自愿捐赠书，行不行？您要不收，反正我也回不了家。"

邓政委一听乐了，都知道强买强卖，没见过逼人接收财物的。

"算我借给咱部队的，你们打借条给我，还不行吗？"任清泉软磨硬泡。

邓政委沉思片刻，依然摇头。

此时，任清泉已无计可施，突然急中生智叫道："我先带个头，以后沈丘、界首商界参政议政工作，不就好做了吗？"

很明显，邓政委听进去了这句话。他站在那儿，盯着任清泉若有所思，吩咐秘书联系地方同志，交由他们酌情处理。

"任清泉同志，我的头都被你吵昏了。不过吵得好！感谢你支援新政府的建设。"邓政委握着他的手说。

任清泉一块石头落了地。

十九

邓政委在白果树住了三个月，直到麦子快动镰的时候，大部队才离开。

中国历朝历代，农民最底层也最可怜。很多人一辈子窝在村子里，从生到死从没出过远门，除了土里刨食，根本不知，也无法想象外面的世界。

李夫子在院子里磨镰刀。每年麦子熟了，他都会取出屋檐下一把把生锈的镰刀，在青色磨刀石上一遍遍仔细研磨，直到食指轻轻擦试刀口发出"嚓嚓"声。经年累月，磨刀石早已弯成月牙，那是儿子当初从集镇上买回的。

日本人走了，原以为春禾就该回来了。二姐来传消息的那天，秦晋特意烧了几个菜，小蔷薇坐不住围着桌子来来回回地跑。

"这下好了，春禾要回来了。"二姐说。

秦晋不说话，抿着嘴笑，一家人期盼着早日团聚。

天，从来不遂人愿。二姐走了一天、一月、一年，又一年，一家人的期盼慢慢地由热变温，最后只剩下一片凄凉。

后来听人说，前脚外敌刚走，后脚就兄弟相争，跟大戏里唱得一模一样。国民党、共产党争先恐后抢地盘，争了吵，吵完再争，现在又打起来了。

人，有时候连浮萍都不如，随波逐流还有个方向和终点，人啥也不是。想起儿子的归期遥遥，李夫子叹了一口气，继续磨镰刀。

"老哥，忙着呢？"

任清泉不知何时站在绿郁葱葱的大门外。两个老伙计有一阵子没见面了，李夫子连忙起身，一双脏手也顾不得擦洗，赶紧请清泉进来，又招呼秦晋烧水泡茶。

小院还是老样子，五月的蔷薇枝叶繁茂，生出嫩绿细芽。白杨柳站在窗下，默默注视着八里辰的冬去春来。暖暖的东南风吹过来，金色的黄泛平原丰收在即。

"听说，你那屋子被政府占了？"

"不是占，是租，给了钱的。"清泉解释着。

"还不是一样！你缺那几个钱？"李夫子反问。

任清泉见掩饰不过去，尴尬地笑了笑，不再解释。过了一会儿，问："割麦子的人找好了没有？需要帮忙吗？"

"姨夫，您别操心了。二姐前几天就找好了人。"秦晋一旁搭话。

"这次土改，你们分得了多少地？"

"五亩二分，按人头分的。这些年春禾不在家，以前租王老五的统共也就这么多，政府原封不动给我们，到乡政府按了个手印，地就是我们的了。以前给地主的地租，现在减半交给政府，改叫公粮了。"由于分到了土地，又减了地租，秦晋喜滋滋抢着答道。

说到王老五，李夫子一边摇头，一边感叹。说王老五是个厚道人，这么多年不让佃户吃亏，年景好就按章办事，灾荒了还可以协商减租，可惜死脑筋跟不上形势，前一阵子被清算了。唉！你是没看到，那天他那个惨样子。

前段时间的疾风骤雨，任清泉不仅耳闻，而且亲历。他看着李夫子黝黑、布满皱纹的脸，苦笑着不说话，从怀里掏出一封信：

"天笑来信了。他们驻地在济南西郊千佛山。山上风景秀丽，有寺庙，还有梅花园，偶尔还能下山到营部外面溜达，都挺好的叫咱们放心。"

那是一封泛黄牛皮纸信封，贴着一枚孙中山头像的邮票。秦晋接过来，抚摸着上面的文字，缓缓地说："姨夫，这个信封能留给我不？"

"当然，连信一起留给你。"任清泉懂外甥女的心思。

"我也不识字，光信封就行了。"秦晋羞涩地笑，"我留着给蔷薇看。"

秦晋出了小院，去村子里寻找小蔷薇。

"原本还想，日本人都走了，政府还养那么多兵干什么，现在才算看出一点儿门道。你说，国共要是打起来，天笑和春禾咋办呢？"李夫子忧心重重。

"东北已经打了一年多，听说四平都三进三出了。"任清泉说。

李夫子听了，心里拔凉拔凉的。他想起李商隐的诗句，"君问归期未有期，巴山夜雨涨秋池"，不由得叹了一口气。

任清泉见他一脸愁容，起身宽慰说："债多了不愁，虱子多了不痒。这么多年，八拜都拜了，也不差这一哆嗦。儿孙自有儿孙福，别自寻烦恼，咱该吃吃该喝喝。"

说完，辞别李夫子，向麦田走去。

今年春天，黄泛平原雨水充足，小麦长势喜人。从蔷薇小院出来，眼前便是一望无际的金色田野。任清泉沿着麦垄，朝麦田深处走，泥土干燥松软，一脚下去发出细微"沙沙"声，调皮的泥土颗粒便机不可失地钻进鞋子里。

麦子足有两尺高，麦秆枯黄，麦穗像棉被一样铺在上面。清风拂过，麦芒相互交错发出美妙的音响。很久没有听过这样悦耳动听的乐曲，任清泉伸开双臂，十指轻轻地在麦浪上游走，指尖像被小鸡一口一口地轻啄，痒痒的、沉醉的、满足的。他闭上眼，仿佛看见一只春燕拂过麦浪，又轻盈地展翅飞翔，时而扶摇直上，时而俯冲滑翔。他闻到了这片土地甜美的气息，是那种沁人心脾、甜中带苦、苦中有甜的滋味。

任天笑一直认为，黄泛平原一定同根同祖。

当初，从南阳出发，经过豫东、皖北、苏北和鲁南，一路上村里的房子、田里的庄稼、路边的树木，老百姓的衣装、语言、饭菜，甚至骂人方言都一模一样，即使到了济南，口音上略有差异，饮食上包子馒头、烧饼油条，他仍然熟悉亲切，觉得家乡近在咫尺。

经历过生死，才更理解亲情。许昌战役之后，他对父亲逐渐有了新的认识。父亲退出江湖隐居乡野，不是逃避和懦弱，而是对家人的责任和保护。阻止他当兵，也是出于这样的考量，并不是强迫他就范，更不是要求他唯命是从。现在想来有些后悔，不应该那样粗暴、任性对待父亲，既没有认真听他反对的理由，也没有主动沟通自己的理想和抱负。父与子，就像相临的两座山峰，互相注视着、关心着、沉默着。他盼着跟父亲见上一面，告诉父亲那个莽撞少年已经长大成熟，已经理解了父亲的内心。夜深人静时，他的脑海里无数次闪现出这样的画面：白果树下，父子俩对酒当歌，会须一饮三百杯，与君歌一曲，请君为我侧耳听。

有一次，在千佛山下的四川火锅店，欧阳步跟他聊起任清泉。

"你老爸很厉害！"欧阳步端着酒杯，"在界首都成传奇了。"

任天笑愣住了，不明白团长的意思。在他心里父亲胆小怕事，懦弱无为，跟传奇一点儿也沾不上边。

欧阳步看出他的疑惑，晃动着食指，说："不不不，那是你不了解他。"

两人正说话间，房门"咣"的一声被撞开，一个风风火火的女子闯了进来。

"哥！我来晚了哈。好香哦！"女子一边说，一边盯着翻滚着的红汤，抄起桌上的筷子就往锅里戳。

欧阳步起身，拍打着伸向锅里的手："你个死丫头，从来不知道'淑女'二字。这里还有人咧！"

任天笑紧跟着站起来。女子把筷子停在锅边。

"我叫米兰，他表妹。"说着，左手臂已搭上欧阳步肩膀，"是吧？"

欧阳步支开她："比男娃儿还野！你这副样子啥时候找得到男朋友哦。"

"我才不稀罕呢。"米兰又赶着从锅里夹菜。

任天笑半天插不上话，静静地看着一唱一和逗乐的兄妹俩。

"这是任天笑，我们团的神枪手。"

米兰主动伸出手，握着任天笑的手左看右看，说："这手也没什么不同嘛，啷个是神枪手咧？"

任天笑听她这么一说，挺不好意思，连忙解释，说哪有神枪手，我就是你哥手底下一个普通的、会打枪的小兵，而已。

"这么低调，我喜欢！"米兰一手指着任天笑，一手端起酒杯，"来来，咱俩走一个。"

　　三个人坐下来，说说笑笑继续海底捞。表妹说，临出门时又来了一个病人，所以来晚了。说着，双手抱拳道："请两位见谅见谅！"

　　刚见面，米兰这一顿砍瓜切菜四川幺妹招牌式的言语动作，看得任天笑赏心悦目。欧阳步怕他不习惯赶紧解释，说我们川东人呢，不论男娃儿女娃儿都是这袍哥性格，说话做事快人快语从不拖泥带水，天笑你不要介意哦。

　　"啥是袍哥？"任天笑一脸懵懂地问。

　　"就是江湖侠客，我哥表扬我呢。甭理他，我俩喝酒。"米兰一口闷了杯中酒，又咯咯地坏笑。

　　任天笑连忙举杯一饮而尽，羞涩的面容里露出一丝憨憨的笑意。

　　"你笑什么？我说的是真的！"米兰以为取笑她，有些急。

　　"不是！"任天笑赶紧解释，"这袍哥性格，我在团长身上咋没看出来呢？"

　　两个人不约而同地看着欧阳步。

　　欧阳步知道他俩在捉弄自己，假装不耐烦地挥挥手："去去去！烦死你俩了。"

　　见对手不配合，两个人觉得无趣，耸耸肩坐下来。

　　"快坐坐，使劲吃，今天财主请客。"米兰反客为主，然后扯着嗓子喊，"老板！毛肚、黄喉、鸭血、肥肠各加一份。"。

　　"老板！二斤熟牛肉，三碗透瓶香。"任天笑跟着起哄。

　　三个人对视了一下，几乎同时笑出声来。

　　开心火锅之后，任天笑经常想起米兰那张阳光灿烂的笑脸。

　　他没有见过这么豪爽泼辣、嘴角几分邪气的女子。碍于情面，初次见面也没好意思索要地址，一下子风筝断了线。有心找欧阳步打听，又一时找不到合适借口。这几天，心里燃烧着一团火，猫抓似的难受。思来想去，干脆到营部找满堂扯一会儿闲篇，逮到机会再电话团部问问清楚。

此时，满堂刚刚升任副营长。任天笑来到营部门口，满堂正好从里面出来。

"天笑，我正找你呢。通知你们侦察班：今晚所有人严禁外出，按时休息。明早八点，山下慈济医院，空腹体检。"

"知道了，营副。"任天笑应了一声，掉头往回走。

"站住！"满堂喊住他，"到营部有事？"

"没有。"

临门一脚时，任天笑改变了主意，打电话的事，实在难以说出口。即使拨通了，跟欧阳步又如何开口呢？

第二天，天降大雾，慈济医院在浓雾里若隐若现。

白大褂儿在大院里来回穿梭。侦察班列队整齐，在医院门口等候。三两个护士见了放慢脚步，在屋檐下窃窃私语、打情骂俏。一个士兵跑过来说，医院已经安排妥当，护士长请大家进去。

上次，米兰好像提到了病人，她不会在慈济工作吧？想到这里，任天笑竟十分惊喜。他整了整衣领，昂首挺胸走进大门，两只眼睛却像探照灯一样，仔细搜索着眼前的一切，院内、屋檐下都没有。他不动声色直奔医护室。

"袖子挽起来，先抽血，再量血压。"一个白大褂儿背对着他，在柜子里寻找什么东西。

任天笑顺从地坐在凳子上，袖口已撸到肩膀。

"任天笑！"米兰转过身，一眼认出了他。

任天笑瞬间乐开了花，咧着嘴傻笑，除了点头竟然一个字也说不出。

"说是山上当兵的，还真有你！"

眼前的米兰，完全换了个人。洁白的服饰里，一张白里透红的笑脸，那双会说话的眼睛忽闪着，目光柔和、亲切温暖，连声音都变得温柔可人。

"看什么看？胳膊！"米兰低着头忙活，突然发问。

任天笑尴尬地笑了笑，赶紧收敛目光，低头看着脚下。他有很多话想对她说，可人在眼前，那些话却逃之夭夭。

"千佛山上好玩儿不？"米兰一边抽血，一边聊天。

"部队有啥好玩的。"任天笑脱口而出，等他意识到什么时话已落地，心里那个后悔呀恨不得抽自己，赶紧往回拉，"我是说，平时没人来不好玩。你要是来，我带你去百亩桃园看桃花。"

"没空。"米兰收拾好血压计，"血压正常，其他项目出门右拐。"

任天笑心里失落得恨不得立刻回山，走到门口时，听见米兰说："要不，我考虑考虑，等我下班告诉你。"

项目不多，侦察班十几个人很快体检完毕。护士长走过来，笑盈盈地说体检结果过两天才出来。任天笑让其他人先回去，自己在院子角落里找了个石凳，坐下来等米兰。大院里很快安静下来。早晨的雾已经散开，千佛山在飘渺的云雾里时隐时现，太阳露出了半张笑脸。

临近中午，米兰走出医护室，才发现任天笑还在等她。

"你傻呀，我随口一说你还真等！"米兰嗔怪的口气里透出满心欢喜。

任天笑尴尬地站着，说："我回去也没事。"

米兰炙热的眼神盯着他："听说，泰山日出很美、很壮观。一直想去，可我一个人又不敢。你能不能陪我？"

"能！"任天笑想也未想，脱口而出。

米兰见他傻乎乎的劲儿甚是可爱，抿着嘴笑："那就这么说定了，你先回吧。我今天好多事呢。"

五月的泰山云雾缭绕。从山脚下向上望，几处巨石裸露着反而显得突兀。

傍晚的阳光，映照着两个年轻人喜悦的脸。第一次约会，就这么奢侈地跑到百里之外的风景名胜之地，米兰和任天笑都有些激动。他们在岱庙转了一圈，就近在山门口不远的一个小面馆里，胡乱对付了几口。两个人十指相扣，并排坐在饭馆角落的板凳上，无视进进出出的游人。天色渐渐暗下来，邻桌的几个人吃完饭也赖着不走，一打听也是泰山看日出的。大家都很兴奋，交换着各自搜集的夜登泰山的信息。

午夜时分，被邻桌窸窸窣窣的声音惊醒。任天笑和米兰跟着冲出面馆大门。店外，月朗星稀，树影婆娑。只一会儿，那几人消失在前方的夜色里。石阶在脚下依稀可见，两个人手牵着手加速前行。

泰山，见证了多少帝王将相的雄心壮志，见识了多少文人墨客的悲悯豪情，始终一言不发看世事沧桑潮起潮落。

米兰，打开了任天笑的一扇窗，就像一片寂静的山林，突然闯进来一只百灵鸟，清脆悦耳的啼鸣，在山谷里百转千回，久久难忘。像一缕清风拂过他的脸庞，像一束光照亮他的内心，让他懂得这世上除了家国情怀，还有小民情感。原来，个人情感也可以如此浓烈，也可以超过宏大叙述的壮怀激烈。他以前只知道八千里路云和月，从来没有意识到这一点。当米兰主动约他登泰山的那一刻，他渴望、等待、焦虑已久的心瞬间融化，就像躺在云端里，整个人都飘了起来。

四周一片寂静，两个人在朦胧的月色下牵着手向上攀爬。回望来处，小饭店已不知所踪，几处灯火忽明忽暗。偶遇同路人，气喘吁吁之余仍不忘相互鼓励加油。一路小跑，过了碧霞宫、中天门、十八盘，终于登上了南天门。南天门的风很大，寒气逼人，米兰右手环抱着任天笑，小鸟依人般靠在他身上。

"冷吗？"任天笑欲脱下上衣，被米兰摇头制止。

南天门外一片漆黑。此时，月亮已经躲起来，而太阳仍无影无踪，只留下满天星斗。爬山的人三三两两地上来，个个掩饰不住地兴奋，有人大声叫喊，那声音在山谷里飘。

"南天门？孙悟空大战二郎神，不会就在这儿吧？"米兰开着玩笑。

任天笑微笑着，微暗的光影下，用戏谑的口气说："你可真是童心未泯呀。"

"你敢嘲笑我？"米兰说着，手指就伸到了他的腰间。

任天笑躲闪不及，被胳肢得直不起腰，赶紧求饶。笑声在深夜里回荡，飘向无边无际的远方。两个人说说笑笑，在石阶处缓缓游走。

有人凑上来，问要不要租棉衣。

米兰摇摇头，拉着任天笑右转，只十几步远就是天街。硕大的牌坊，依稀可见"天街"字样，再往前空旷的街市里，模模糊糊有几个闲散游人。

"不知天上宫阙，今夕是何年？"

任天笑想起苏轼的哀伤咏叹。他抓紧了米兰的手，自言自语："如果真有天庭，这里就是天上人间了吧。"

米兰看着他，两人十指相扣得更紧了。

夜色逐渐退去，不知不觉中树木、山体已变得清晰。日观峰陆陆续续坐满了人。那几个邻桌在日观峰的人海里朝这边招手。

他俩不愿意往人堆里挤，礼节性地摆摆手，便就近选了一块巨石坐下来。清晨的风吹过来寒意连连，米兰坐在天笑怀里，两个人偎依着彼此温暖。

天光大亮，身后不远处是天街和南天门，而眼前是一片云海，洁白的云层铺在一望无际的群山之间，偶尔荡起一丝浪花。云海的尽头刚刚挤出一丝橘红。四周的人都停下了脚步，屏住呼吸，等待旭日东升的那一刻。

红彤彤的朝阳，露出半个额头，天边的朝霞早已羞红了脸。仿佛被束缚太久了，她努力从云海里向上攀爬。那些束缚太多、太久、太过强大，好像长在了她的身上，每挣脱半寸就是撕心裂肺地疼痛，她顾不得那些痛楚，只想站得更高，看到更远的天空，见识更美的风景。她使出所有的力气，不顾一切地攀爬，哪怕斩断所有的亲情。她要走自己的路，过自己想要的生活，不要任何人安排自己的人生。

终于，挣脱束缚，终于，喷薄而出。

任天笑环抱着米兰，静静地坐着。他多想时光静止，凝聚这一刻呀。这些年，他苦苦追求的是什么呢？当初违背父愿投笔从戎，如今楼兰已破，身还几何？曾经丰满的理想，如今已瘦骨嶙峋，现实的路在哪里？该怎么走？没有人知道。自从遇到了米兰，他那颗坚硬的心变得柔软，心底升起了一丝希望，茫然中多了一份牵挂。

胡思乱想之际，一股热流砸在他的手背上。低头刚想一探究竟，米兰正好扭头回望，却已是满脸泪痕。

任天笑吓了一跳，还没等开口，米兰炙热的嘴唇已将他堵住。那嘴唇像一团浓烈的火焰，只轻轻触碰到他，便瞬间点燃了他的身体，他的灵魂。他稍有迟疑，即刻便更加热烈地回应着她，两颗滚烫的心，两团燃烧的火焰交织在一起，追逐着、缠绕着照亮了世界。她的泪水滚下来，滑落进他的嘴里他的舌尖。他停下来，问怎么了。她并不回答，急切地再次堵上了他的嘴唇。

下山时，任天笑才解开心中的谜团。原来，米兰因为逃婚，才千里迢迢从四川来到济南投奔欧阳步。在泰山的石阶上，他们紧紧地相拥在一起。她一定受尽了委屈，吃尽了苦头，才被上天带到他的面前。那一刻他是如此怜惜，心痛得不能呼吸。

二十

快乐，总是短暂的。一转眼，秋天到了。

这一天，米兰像往常一样正在医护室忙活。隔壁的小青岛神色慌张地跑进来，说大门被当兵的围堵了。几个穿着浅黄色军装的人守在门口，不允许任何人进出。护士长说医院被解放军临时接管，未经批准任何人不得擅自离开。

傍晚时分，济南城方向响起了枪声。刚开始枪声很密，后来连着炮声，偶尔还能听见飞机轰鸣声，夹杂着更大的爆炸声。再后来，有伤员陆陆续续送进来，医生护士忙前忙后展开救治。

第二天，又是紧张忙碌。刚刚空闲下来，小青岛又跑过来。

"姐，这仗咋突然打起来了？"

"谁知道呢。"米兰语气里透着茫然。

"本是同根生，相煎何太急嘛！姐你说是不是？"

窗外，枪炮声时断时续，两个人有一搭没一搭地聊天。米兰表面若无其事，内心充满了焦虑，手心里全是汗。她的注意力全被枪炮声吸引，那些声音来自东北方向的济南城，所幸千佛山上毫无动静呢。

小青岛看出她心不在焉，尬聊了几句，撤了。

夜里，枪炮声停了，四周安静得出奇。偶尔，传来一阵儿狗叫，吓得睡梦中的人立刻瞪大了眼睛。

就这样，济南城的枪炮声稀稀拉拉地响了三天，医院接待的多是轻伤员，一波接一波的进来又出去。

第五天，医院院子里摆上了桌子板凳，几个浅黄军装的解放军坐在那里有说有笑，门外哨兵却表情严肃，荷枪实弹立定站岗。

不一会儿，门外进来两个穿绿军服的国军军官。两方的人坐下来交谈，远远地看着，似乎气氛很融洽，走近了观察，就会发现一方气势如虹，而另一方也寸土必争。

米兰走出房门时，隔了几十米，一眼认出其中一个国军是任天笑。她十分惊讶，极力掩饰着内心的喜悦，不动声色地依在门墙，远远观望。任天笑此时也发现了她，朝这边饱含深情地凝视三秒钟，又不得不将目光收回谈判桌。两个热恋中的有情人，就这样近在咫尺，却远隔天涯。

不久，满堂和任天笑离去。小青岛跑过来说，国共两方代表在这里和平谈判，约定这几日和平相处互不侵扰，等济南战役结束，再另行商议。米兰悬着的心暂时落了地，只要不打仗，怎么商议都无所谓。

医院仍然被军管着。又过了两天，陆陆续续送来一些重伤员，医院的床铺快不够用了。送来的人说，济南城里的国军负隅顽抗，前方战斗激烈还处在胶着状态。

"闪开！快闪开！"门口一阵喊叫声，几个士兵抬着一个腿部负伤的小战士冲进院子里。

抬进来的小战士受伤并不严重，小腿被弹片划了一个两寸长的口子，担架上满是血渍。医护人员紧急处理了伤口，并无大碍。

一个腰挎手枪的人一脸怒气，嘴上骂骂咧咧："他妈的！山上国军不讲信用。前天在这儿说好的互不侵犯，竟敢往老子背后捅刀子！回头看我们怎么收拾这帮浑蛋。"

原来，小战士是被千佛山的炮弹炸伤的。

米兰听着心里有些发冷，山上也在剑拔弩张。这两天，医院每天都有轻重伤员进来，也有人死去。她不懂打仗那些事，只是默默祈祷任天笑平安无事。

再后来，听说王耀武跑了，济南解放了。

大门外，人声嘈杂。小青岛溜进来，说千佛山守军投诚了，一会儿在这院子里办理收编手续。

米兰长长吁了一口气，谢天谢地总算平安无事了。

满堂再次走进医院大门时，已两手空空失去所有谈判筹码。院子里，几乎没有变化，还是那张长条桌和几把靠背椅，身后站着几个解放军。他停下脚步，回望千佛山，摇了摇头，山上几天，人间千年。

"过来、过来！"有人冲他喊，"说你呢！上次你不是在这讨价还价嘛？济南城，在我们眼里就是小菜一碟，何况你千佛山？敬酒不吃吃罚酒！"

满堂认出他来，上次谈判就他急吼吼的，没有一点儿规矩。如今人在屋檐下，只能认怂、点头哈腰，心里却一百个不服气：胜败乃兵家常事，关公还走麦城呢。

"不服气是不？不服气咱俩可以单挑！"对方盛气凌人。

"哪有呀？服气服气呢，长官。"满堂嘴上这么说，心里却在骂娘，在一个牛皮封面的本子上签下了自己的姓名、军职和部队番号。

不久，满堂带着漂亮媳妇回到了八里辰。

当兵之前，满堂老家已无至亲，退伍回来没地方去，就来投奔八里辰的外甥石头。乡下的村子寂寞得很，十天半个月见不着一件新鲜事。满堂从外面带回了个白净女人，一下子成了村里的大新闻。

那是一个细皮嫩肉的南方女人，皮肤白里透红，像秋天熟透的桃子，嫩得一掐能沁出水来。八里辰的大姑娘小媳妇哪里见过这么漂亮水灵的女子，纷纷凑过来看稀奇，好一阵儿羡慕嫉妒。那女人简直是人间狐妖，说话叽里咕噜的，整个村子没有人听得懂，连嘟囔带比画外加动作表情，大家才能猜到两三分。

小蔷薇从外面回来，跟妈妈说起满堂和他媳妇的事。秦晋心里"咯噔"一下，傻傻地站在那儿半天说不上一句话。满堂回来了，春禾呢？不会出什么意外吧？秦晋不敢往下想，夜里翻来覆去睡不着。

思念就像灯芯，可以无声无息地被遗忘被掩藏，可一旦被点燃便立即照亮每一寸角落。熬到第三天，秦晋终于忍耐不住，来到找满堂探个究竟。

南方女人正坐在门前板凳上无所事事，见有人来很意外也很兴奋，声音沙哑着招呼秦晋进来，接着便叽里呱啦地诉说一通。

反反复复听了半天，秦晋才听明白，那女人说自己被满堂骗了，才到了这人生地不熟的八里辰。

"我咋骗你了？"满堂从外面进来，一脸的不高兴，"一天到晚胡咧咧，见人就说我的不是。路上，我是说过家里有两座楼。春禾媳妇你说说，这前后两个村子，一个叫前王楼，一个叫后王楼，是不是两座楼？"

秦晋被满堂无耻地解释惊着了，愣了好半天只好尴尬点头。

南方女人"哇"的一声哭出声来，一边哭一边骂：你们全村都是骗子，合起伙来骗我一个外地女人。

秦晋原本心善，被那撕心裂肺的哭声惹得眼泪汪汪。

满堂知道秦晋此番所为何事，便抄起地上的扫帚，冲那女人吼道："别哭了！我看你还是欠揍。"

那女人立刻收了声，乖乖地进了屋。

满堂转脸尴尬地笑了笑，说女人真麻烦，没日没夜地哭，烦死了。

秦晋心里七上八下。真相，往往残酷得像车祸现场，越是接近越不敢直视。她挣扎许久，其实不愿来，可又不得不来；不敢问，可又不得不问。

"大哥，您回来了。我家春禾呢？"她低着头，不敢看满堂的眼睛，害怕他那张嘴里吐出不好的消息。

"春禾呀，他挺好的！千佛山没有打仗，济南沦陷后，我们投降解放军了。"

秦晋一颗原本寒冷的心立刻春暖花开。她抬头看着满堂，不像是骗人的模样，才满心欢喜地接着问：

"那春禾咋没跟您一起回来呢？"

这个问题，满堂不知如何回答。解放军接收时，明面上有三个选择：一参加解放军，二就地转业，三回老家的给开证明、发路费。他战前和平谈判时，态度强硬得罪了人，战后没得选只好退伍走人，至于春禾为啥没有回来，他也说不上来。

"解放军缺人，春禾比我有出息，被留在部队了。"他胡乱扯了个理由。

秦晋不相信。自己丈夫几斤几两，她还是知道的。当初听说春禾在部队做伙夫，她挺高兴的。伙夫学不到啥本事，但跟馒头包子打交道相对安全，她要的就是这一点。

"大哥，你咋没留在部队？"秦晋半信半疑，继续追问。

满堂有些尴尬，勉强挤出一丝笑意，说我这水平人家解放军看不上呢。他没好意思提及收编谈判的事。

知道丈夫无事，秦晋心里欢喜得很。说一千道一万，只要丈夫安全就一切都好，留得青山在，不怕没柴烧嘛。她千恩万谢，起身告辞。刚走两步，听见满堂问：

"春禾是不是有个二姐？"

"是呀，就在东南王庄。怎么了？"秦晋知道他话里有话。

"没什么。"满堂有些难为情，欲言又止。

秦晋听出有事，转过身一屁股坐下："你不说，我就不走了。"

满堂心里后悔，何必多这一嘴呢。见秦晋赖着不走，只好如实相告。

"那年，春禾去乡公所领钱，是他二姐叫去的。"

秦晋如梦方醒。丈夫老实本分，从来不贪图小利，为何误打误撞去了乡公所，她一直苦寻找不到答案。回到家，秦晋一个人坐在屋里生闷气。想起这么多年，把自己当牲口一样使唤，白天忙着锅里还想着地里，晚上照顾完老的还要伺候小的，刮风下雨没个知冷知热的人，原来是听了二姐的话，贪便宜才被抓了壮丁。秦晋多年的疑虑和委屈一起涌上心头，眼泪噼里啪啦地落在地上。

临近午饭时间，李夫子牵着小蔷薇从外面回来，见锅碗冰凉觉得奇怪，转脸见儿媳妇偷偷抹眼泪，也不知发生了何事。小蔷薇小心翼翼靠过来，妈妈一把把她抱在怀里失声痛哭。

李夫子以为春禾有事，急切地问：

"到底出了什么事？你快说嘛！"

"谁出事了？"东南王庄二姐出现在门口。

"你出去！今后不要再进我们家门！"秦晋一跃而起冲到屋外，眼睛里冒着火焰，冲着二姐大吼。

二姐听说了满堂回村的事，满心欢喜地来打探弟弟的情况，被秦晋这么一吼，傻站在原地不知如何是好。李夫子给她递眼色让她先回避。

"你别走！"秦晋揪着不放，语气坚决，"我问你，当初你为什么怂恿春禾去领钱？"

二姐闻言再也挪不动半步，几乎要瘫坐在原地。纸，终究包不住火。春禾的事，一直是压在她心底的一块石头。当年家里穷缺衣少吃，听人说乡公所征兵可以冒名领钱，就鼓动弟弟去试试，谁曾想偷鸡不成折把米。这些年她自知理亏，三天两头过来帮忙，借以减轻自己心理负担。每次来，都提心吊胆不敢正视秦晋的眼睛，生怕她窥探出自己心底的秘密。每每看到家里老的老小的小，春夏秋冬无人帮衬照顾，无比的难受又无人诉说，个中滋味只有自己慢慢咀嚼。这个隐藏多年的秘密，今天终于被捅破了。

"我也是一番好意嘛。"二姐小声嘟囔着。

"你好意？你好意让你男人一走七八年试试？！"秦晋冲着她吼叫，眼泪却汩汩地流。

小蔷薇吓得不敢说话，挪到爷爷跟前紧紧抓住爷爷的手。李夫子听明白了争吵原由，示意二姐赶紧离开。

"从今往后，不许你再踏进这个家门半步！"秦晋朝着二姐的背影，恶狠狠地吼道。

任清泉深居简出，一直住在高门楼。

邓政委走后，新政府一直在白果树四合院临时办公，仍然象征性地付着房租。钱给多给少，自己现在住房大小，任清泉都无所谓，有口饭吃有个睡觉的地方就行了，再有权有势，到最后还不是三尺黄土。高门楼，离原来的街坊远了，出门遇到人也懒得打招呼，他正好也落个清净。再后来，白果树四合院捐给了政府，又被分配给几家贫民，高门楼前院也住进来两家人。赵紫嫣怕他想不开，还一个劲儿地开导。任清泉反倒觉得没啥，他寻思着，女儿反正要嫁人的，儿子回来有地方住就成。人哪，谁不是到什么山头唱什么歌呢。

偶尔去沈丘，跟陆庭筠时常无言以对，师徒二人只剩闷声喝酒。秋天的悠然亭，几片叶子随风飘落，寂寥中透出一丝寒意。

商会的生意一落千丈。他很少去，没了那份闲心，交给二狗任他到处折腾。天骄还在报社工作，平日里很少回家。满堂捎回来一封信，天笑参加了解放军，暂时留在济南，这算是近来唯一的好消息。

初冬的黄泛平原萧瑟无边。任清泉泡了杯茶，躺在椅子里晒太阳。天上的云，变了。以前一团一簇的，什么时候起变成一丝一缕的，有的像野地里的茅草，有的像铁扇公主的芭蕉叶。一只落单的孤雁南飞，叫声凄凉。风，吹过来，卷起墙角几片枯叶。

大门"咣当"一声。二狗急冲冲闯进来。

"师父，不好了！师叔被抓了。"

任清泉不慌不忙从椅子里坐起来。

王效义被抓是意料之中的事儿，任清泉并不意外。早在邓政委来界首的前夜，王效义就不知所踪。他带队围剿过共产党，并把他们的尸首悬挂城头示众，又四处追捕残余。满城风雨的事弄了好几回，可造物弄人风水轮流转，如今自然在劫难逃。这一年来，听说他东躲西藏行踪不定，有人说在亳州中药材市场看见过，还有人说在遂平嵖岈山上遇到过。任清泉放心不下，多次让二狗私下打探接济，但终归徒劳。

"前段日子，师叔一直躲在北照寺，是贼人举报才被抓的。"二狗愤愤不平。

任清泉长叹一口气，摇头感叹："也罢，他命里有此一劫。"

"师父，我们现在怎么办？"

"事已至此，啥也不要做。"

二狗心有不甘，欲言又止。

"记住了！"任清泉再次叮嘱。

二狗点着头，愤愤离去。

晚饭时，赵紫嫣特意准备了几个菜，从柜子里拿出陈年杜康，将酒杯斟满。她知道任清泉的心事，嘴上叫二狗静观，心里还不是挂念。任清泉和王效义，一起共事多年情同手足，如今兄弟落难，岂能袖手旁观？

两个人，烛光下，沉默中，欲说还休。

"昨天，我在街上碰到了铁蛋。他现在在颍州行署特别工作队，下派到界首办个案子，还说要过来看你呢。"赵紫嫣打破沉默。

任清泉明白她意思，不接茬，只顾喝酒。这几年，白天国军，夜晚共军，昼夜轮替，你方唱罢我登台，老百姓见多了，也搞糊涂了，一个铁蛋管什么用？王效义铁定凶多吉少，他当初还亲自带队四处搜捕铁蛋呢。

"要不咱去见见铁蛋，不看僧面看佛面，说不定能帮上一点儿忙呢。"赵紫嫣极力劝说。

任清泉不说话，端起酒杯一饮而尽。

"咱死马当活马医。我陪你一起！"赵紫嫣坚定地说道。

隆冬时节，终于见到了王效义。屋外滴水成冰。这一年黄泛平原出奇的冷，从里到外找不到温暖的地方。

界首监狱，任清泉和王效义见了最后一面。王效义瘦了许多，头发略长，但目光清澈，精神尚可，十分平静的主动打招呼：

"四哥！"

任清泉应承着，表面平静如水。提篮里，有切好的猪头肉、卤鸡蛋、花生米和陈年杜康。

"今天，陪哥哥痛快喝一回。你不在，酒也喝不出滋味了。"任清泉故作轻松。

王效义踢开脚下的茅草，露出一块巴掌大的地面。两人席地而坐。

"这样也好，省得整天东躲西藏，像丧家之犬。我被抓不怨别人，是天命难违、在劫难逃，我抓捕、枪杀过他们的人，算是因果报应。可有一点儿一直想不明白，日本人一夜之间投降了，国民政府为啥也一夜变天了呢？"

任清泉不知该如何回答。三十年河东，三十年河西，可如今他娘的还不到三年。

"都是我害了你，当初要是不去保安团，也不会有今日。"

"四哥，您误会了！今日的事，跟四哥有个毛关系？在北照寺，我把这一生前前后后想了个遍，也不明白错在哪儿了。您说，咱潦倒过、努力过、风光过，每一座寺庙、每一尊佛都拜了，可拜来拜去，到头来还是一场空。"

任清泉看着他，内心里五味杂陈。

"之前，我一直看不懂，曾经无数次去问师傅，现在终于明白，还是四哥有远见，懂得放下贪念，及时止损、放弃，出世、入世，来去自如，不像我入世太深，不能自拔。"

王效义仿佛大彻大悟了。这让任清泉更加难受。帮人，有时也是害人；不帮，往往于心不忍；眼下别人大难临头，该帮大忙、出大力时，却又无能为力。他心怀愧疚。

"效义呀，有什么放心不下的告诉我。"

王效义摇了摇头，说："没了！效金走时，我的确悲愤难平，怨过、恨过、打过，也杀过，如今世事轮回。现在好了，解脱了，我的人生就要结束了。不过没关系，效金在那边等我呢，我们兄弟终于可以相聚了。"

说着说着，像个孩子一样痛哭流涕。

任清泉看着眼前这个哽咽抽搐的男人，心中无限悲凉。为了王效义，他放下师道尊严，去央求自己的关门弟子，甚至掀翻了办公桌，可仍然于事无补。在这个诡吊的世上，总有一些事，心虽所至而力不能及。他想起自己耗尽心思劝阻天笑，想起了拼尽全力为国捐躯的吕公权、马英年。

两个老男人无言以对，到最后抱头痛哭。

二十一

铁蛋，终于衣锦还乡。

由于抓捕王效义有功，他被提拔为县公安局刑侦大队副队长，正所谓志得意满。作为铁匠的儿子，当初厌烦铁匠铺叮叮当当的声响，才离开八里辰去界首谋生，任清泉收留了他。从商会学徒到中共党员，从地下历经艰险到地上枪林弹雨，小心谨慎了这么多年，如今总算出人头地。

村口，老井、柳树、闲坐石都还在，一切都是老样子，一切又都变了样子。一条全身乌黑、尾尖见白的老狗冲过来狂吠两声，被来人犀利的眼神和强大的气场震住，夹着尾巴灰溜溜地走了。狗叫声，引得村民纷纷探出头来寻个究竟。小孩子们见来了生人，呼啸而至。

铁蛋从米黄色公安制服口袋里掏出几粒糖。小孩子们欢呼雀跃地跑开了。

石头和几个小伙子站在家门口聊天，见铁蛋一身制服回来，主动上前打招呼。

铁蛋走过来，掏出洋烟、洋火准备分发。

石头一把抢过去："哥，我来我来！这等小事，哪能让大队长亲自动手呢。"

以往，这洋玩意儿是土财主、官老爷的私货，平时难得一见。石头每人分发一根，大家捏在手里看稀奇，摸着软乎闻着清香，个个舍不得抽。

石头骂他们没出息，嬉皮笑脸地说："以后有咱哥罩着，还愁没洋烟抽？"

铁蛋寒暄了一会儿，起身回家，边走边说：

"晚上都到我家来。我请大家喝酒，一个都不能少哈！"

烛光下，一群年轻人围在铁蛋家喝酒，猜酒划拳声此起彼伏。

"前一阵子，大家都辛苦了！没有你们运送物资，前线部队不知何时才打垮国民党反动派呢。等全国解放了，你们都是人民英雄。"

几杯酒下肚，大家就忘了铁蛋的身份，说起话来越来越无所顾忌。

"英雄个屁！不去等着挨枪托吗？"有人小声嘀咕。

"这话可不能乱说！"铁蛋立刻翻起扑克脸，"都是一块儿光着屁股玩大的，咱们哪儿说哪儿了，这次我就当作没听见。以后谁再口无遮拦，出了事可别怪我哈！"

喧嚣场面立马安静了。

"哥，今天叫我们来，不光是喝酒吧？是不是有啥事情？"石头心里没底，趁大家都还清醒抓紧时间问。

铁蛋放下筷子，环视大家。

"也没个具体事情。都是一起长大的兄弟，我怕大家窝在村子里，看不到外面的局势变化，所以叫大家来，说一说外面的世界。"

众人洗耳恭听。

他说，东北、华北已经解放，淮海战役也以我军胜利而结束，解放军正渡江南下，全国很快就解放了。不久前，大家独轮车运送的物资，都是支援徐蚌前线的。咱们这里虽然解放得比较早，但是我们侦破的案件信息表明，阶级敌人仍然贼心不死，不愿退出历史舞台，随时准备反扑。我们要防止死灰复燃，必须要时刻警惕着、准备着。

"反扑个啥？王老五那样的都枪毙了，到阎王爷那里反扑吧。"有人嘟囔着，惹得一阵窃笑。

"切不可掉以轻心！共产党打天下，是为了劳苦大众都过上好日子。你们每家每户都分到土地了吧？没有共产党咱能有土地？所以呀，既要巩固革命成果，又要提防阶级敌人贼心不死，要密切注意一些人的动向，特别是外来人和地主残余势力，有什么异常及时去县公安局找我。"

大家纷纷点头说好。

"咱们从小一起玩儿到大，说起来也都沾亲带故。谁要是到现在还认不清局势，帮助外人跟政府作对，不要怪我翻脸不认人哈！"

这顿饭，原来是一场"鸿门宴"。众人都低下头。

铁蛋见气氛变得尴尬，又主动弯回来说，事情其实也没那么严重，我只是提醒大家多注意。又随口问道：这段时间村子里有什么变化？

大家沉默不语。

"我舅退伍回来了，还带回一个南方女人。姥姥家那边没啥子亲戚，他就来投靠我，以后就住在咱八里辰了。"石头主动招供。

投诚之后，欧阳步的团部搬到了千佛山。换了副牌子，发了套军装；遣散了几个人，迎来了一个团政委、三个营指导员、九个连指导员。

"欢迎大家来到革命的大家庭！从今天起，我们就是革命战友了。我很高兴成为咱英雄部队中的一员。你们不仅是许昌战役的英雄，更是济南战役的无名英雄，关键时刻选择跟人民站在一起。在这里，我向大家致敬！"

团政委戴了一副圆眼镜，白净、嘴上没毛，开门见山，说出的话很暖人心。大家戒备、紧张的心松弛了大半。

"蒋介石的南京政府已经摇摇欲坠，解放军在淮海战役中正取得决定性的胜利。我们是人民的军队，所做的一切都是为了人民，前线每一次胜利，都离不开背后人民的支持。人民是水，我们是舟，水能载舟，也能覆舟。所以，大家首先要搞清楚'人民军队为人民'的真正含义。"

接下来几天，全团接受政治学习和思想改造，一个崭新的时代就此拉开。只有千佛山面对眼前的一切沉默不语，保持着它的古朴、庄严和神秘。

"我想退伍。"

有一次，任天笑找到欧阳步，试探团长口风。

"怎么了？米兰要求的？"

"不是，是我自己。"任天笑一只脚摩擦着地面，低着头说，"我就是觉得，到了该离开的时候了。"

说这话的时候，他语气软化声音细小。自从恋爱之后，天笑整个儿换了个人，身上的粗糙、棱角一夜之间都不见了。

"被爱情冲昏了头吧？你也不看看这是哪里！"欧阳步收起笑容，一脸严肃。

"为啥嘛？满堂不是走了！别的团也有退伍的。"任天笑十分委屈。

两个人从界首相识，在许昌一起浴血奋战，又千山万水来到济南，再加上米兰，早已不是普通上下级关系，是亦师亦友、朋友加兄弟。欧阳步面无表情，看着任天笑不说话，眼角的余光飘向了门外。

他们出了营房，沿着蜿蜒曲折的青石山路上行，两边是漫山遍野的苍翠松柏和无名山草，不知不觉中来到兴国寺。两人在门口捡个石凳坐下来。庙门台阶处，三三两两的香客进进出出。

"进出寺庙的人，分为两种。"欧阳步捡了片树叶，在拇指食指间反复捻着，"一种是来许愿或还愿的，许完还完就走了；另一种是来修行的，只有修行的，把心留在这里，那些进进出出的都是皮囊。"

"尘世修行也分为两种，即：求变和固我。前者想着改变自身以适应环境，后者则是坚持自我以影响周围。你和我，之所以离开父母参加抗日，就属于后者。说到底，我们是理想主义者，心中有一个美好世界，为了它可以奋不顾身。"

任天笑由着他说，不插嘴，虚幻的视野里，阳光在他身后的枝叶上晃动。

"这兴国寺始建于隋朝。"欧阳步指了指寺庙，说，"千百年来，几经兴衰而屹立不倒，也没有一味地固我，而是随着世道变化而改变。表面上，这是一间独立的佛家寺院，但实质上已兼容并蓄，东院保留了佛家寺院的传统，西院则融合了道家、儒家等各路文化。"

欧阳步更像在自言自语："过去跟日本人是敌我矛盾，是你死我活；后来跟中共是兄弟纠纷，是家族纷争；现在是度尽劫波兄弟在，相逢一笑泯恩仇。时代变了！徐蚌成了淮海，沦陷改叫解放，连北平都改称北京了。和平嘛，当然更好，现在是骨肉一家亲。所以呀，我们也要随之改变，也不能固步自封，要适应环境，不能等着环境适应你，用政委的话说，这叫与时俱进。

"我知道，投诚之后个别弟兄对思想改造、检举揭发有排斥，但这不是重点，重点是大家要学会融合，要包容不同的观点，接受新的思想和事物。不要抵触，只有敢于解刨自己，才能焕发新生。"

"你现在说话越来越像政委了。"任天笑脱口而出，"绕这么一大圈，就是说人在屋檐下不得不低头嘛！"

"任天笑！"欧阳步正色道，"你这种思想很危险，不要再对任何人这样说！"

"我想退伍，也是求变嘛。"任天笑试图辩解，"我就是不明白，济南战役跟我们一起投诚的，有的团随军渡江南下，有的团整体转业地方。为何只留我们按兵不动？"

欧阳步怔怔地望着他，手里树叶早已搓捻成了火柴棍。

"满堂走的时候，我的转业申请就被拒了。上级让我们原地待命，说咱们团已编入战斗序列，又是许昌战役的主力，一个都不会放走以备后用。你又是狙击手，怎么可能放你？此事以后就别再提了。"

"那满堂……"任天笑还想争辩。

"满堂，是因为战前谈判时，锋芒太露得罪人才被遣散的！"

任天笑被最后这句话震惊了，仅存的一丝希望破灭了。他瞅着有些激动的欧阳步，心里却没有一丝抱怨，倒有些替满堂不值得。他想不明白的是：解放军已打下广州，战争已经结束，留这么多兵干什么呢。

第五章　雨　落

二十二

二狗颓废了好长一段时间。

王效义被枪毙，给了二狗极大的震慑。庙岔的事，因为胆怯半途而退，如今回看似有神助。月光，透过窗棂照到床前，犹如那个装睡逃离的夜晚。他每天都活在恐惧之中，那种感觉就像海浪会随时袭来将他吞噬。他整夜整夜睡不着觉，想烧香拜佛，求佛主保佑度过眼前劫难。一个人悄悄溜到北照寺，才发现寺庙已被查封。过路的人说，寺庙窝藏反革命分子，和尚都遣散还俗了。

一个时代的落幕，往往悄无声息；一个时代的开启，常常呼啸而至。这个世界变化太快了，让人无从适应。原有的一切被打破，失去的平衡，反反复复左右摇摆回荡，不知多久才能重新找回支点。

商会名存实亡，几近解散，二狗也失去了依靠。会员们东奔西走七零八落，一些熟悉的生意被公私合营或关门歇业。王效义伏法之后，庙岔之事再也无人提及，时光像流水，悄无声息地打磨着世间万物。时间久了，二狗紧张的神经慢慢地放松下来，只是人瘦成了一道闪电，整天无所事事在界首大街上游荡。

凯文和天骄偶然见到他骨瘦如柴的模样，问其原因终不得解，便请他到教堂帮忙，留他一口饭吃。

此时的雅礼医院已被接管。接管令是突然而至的。

那天，凯文正在办公室跟院长谈事。几个穿绿军装的人，敲门进来告知，雅礼即日起被政府接管，请立即办理交接手续。凯文不知发生何事，追问无果，来人一脸严肃不愿作答。抗议无效，一时又不知找谁说理，双方僵持不下。一个小个子的军人凑过来解释说，只是奉命行事，所有医院都将收归政府，以后不允许私立医院存在。凯文疑惑不解，知道鸡蛋终究碰不过石头，无奈之下只好罢手。

雅礼医院是凯文从襁褓中带大的孩子，倾注了他所有的心血，怎么说收缴就收缴了呢。他不知如何是好，写信求教远在南京的耶鲁师兄，但石沉大海音信皆无。

不久，教会的麻烦也接踵而来。

宗教管理局的领导前前后后来过几回。有时传达文件，有时座谈调研，有时陪同参观。传达宗教管理文件，着重强调鼓励"三立、自养、自传"，即：自给自足、独自传承，减少国外援助和联络。无论座谈调研，还是陪同参观，实际都是对教堂、教会情况进行摸底排查。经过这些年的发展，基督教徒已达数百人，遍布界首各个乡镇。他们中有农民、手工业者、小商贩以及学校、文艺、体育界人士。

虽然在中国生活已近十年，说着一口流利的汉语，但凯文仍然搞不懂这里面的弯弯绕。他把这些视作机会，每次都积极配合耐心讲解，甚至极力展现教会未来十年的蓝图。

领导关心、视察频繁的地方，一般分为三种：一是心腹在此，过来放松心情；二是利益在此，及时提取好处；三是麻烦在此，必须庖丁解牛。身为下属，往往没得选择，官大一级压死人，只能被动接受。

人们都是林子里觅食的鸟，一旦风吹草动立刻四散逃离。领导们来的越频繁，圣约翰的冷清就愈加明显。当初的热闹场景已烟消云散，即使周末做礼拜的兄弟姐妹也稀稀拉拉。走在街上，人们不再热情主动跟凯文打招呼，似乎唯恐避之不及，更有人在背后指指点点。

"这样下去不行！"凯文对天骄说。

"那怎么办？"天骄坐在门口，一边择菜一边问。

坐等，总不是办法。凯文想重现往日辉煌，应该走出去，到民间找原因。

"过两天，我到沈丘、庙岔、宋集走一圈，看看问题出在哪儿。"

一周后，见凯文还赖在屋内，天骄问其故。

"现在跨区出行需要办理手续。我递交了申请，在等公安局批准呢。"说这话时，凯文也是一脸无奈。

"你搞错了吧？"任天骄不相信，怎么可能出门都要审批呢。

凯文耸耸肩，不再说话。任天骄觉得不可思议，便到公安局打听缘由。

见天骄过来，铁蛋很热情，又是让座，又是倒茶，还拿出柜子里的点心。

"你稍等哈。"问明来意，铁蛋转身出了门。

任天骄打量着铁蛋的办公室，干净整洁，一柜、一桌、一椅、一茶杯而已。椅子背后墙上一幅毛主席的画像，下方写着"将革命进行到底"。

片刻，铁蛋回来了。

"问清楚了。"他说，"凯文的申请确实没有批，局里主要考虑的是他的个人安全问题。你想呀他一个外国人，走到哪里都特别引人注目。新中国刚刚成立，表面上风平浪静，暗地里波涛汹涌，那些土豪劣绅的田产都分配给了穷人，万一有人心不甘情不愿，逮着凯文再搞出个大动静，我们跟师傅跟你也没法交代嘛。所以，局里暗中列了一份被保护名单，对一些人进行特别保护，凯文就在这份名单里。"

"这跟凯文有什么关系呀？他早就是咱本地人了，十里八乡的谁还不认识他？"天骄觉得这个理由十分牵强，甚至几分滑稽。

"天骄呀，你是不知道阶级斗争的残酷。阶级敌人能站在大街上自己承认？你忘了他们当初怎么对待共产党？你也忘了你的好朋友方向北？敌我矛盾，是你死我活水火不容的。我们公安既要保护人民生命财产安全，又要防患于未然，才能保一方平安嘛。"铁蛋一个劲儿地解释。

任天骄见不得他打官腔的样子，一副不耐烦地口吻质问道："凯文只是去传教，又不是干什么坏事！"

"这局里也知道，但是他出去多久？什么时间到什么地方？见什么人说什么话？我们也要掌握，这一点儿也要审查。"

"这是什么破规定？"天骄急了，"是不是几点上厕所？几点睡觉都要申请呀？"

"你小声一点儿，姑奶奶！"铁蛋紧张地朝门口看了看，赶紧拦住她。

"凯文开医院救了多少人？办教堂又帮了多少人？他在这里生活十多年了，咱界首、沈丘有几个人不认识他？到现在，你们就这么不信任他？"任天骄不依不饶。

"他救过我的命，我还能怀疑他？可只有我一个信他没用，谁能保证外面没人拿他做文章，借机寻衅滋事？"

"亏你还记得他救过你的命！"任天骄耍起了性子，一屁股坐在椅子上。

碰到这么一个惹不起又打破砂锅问到底的主，铁蛋只好求饶。他的解释越来越苍白，甚至越解释越糊涂，再这么绕下去自己脑子里就剩浆糊了。

"好啦，姑奶奶。我实话告诉你。"铁蛋见瞒不过，低声说，"但你要保证不要对外人说！包括凯文。"

任天骄白了他一眼，嘟囔道："你爱说不说。"

铁蛋靠过来："上面来了文件：外国传教士外出，必须向本地公安机关申请，在未得到批准以前，则应劝其留在原地不要移动。局里也是按文件办事。至于凯文，安全起见我建议他撤回申请，留在界首城里，城外哪里都不要去了。"

"说来说去，找你一点用也没有！"任天骄一副气鼓鼓的样子离开了。

这一年深秋，任天笑离开山东，跟随部队挺进大西南。

淮海战役后，解放军渡江南下，迅雷不及掩耳之势拿下福建广东，老蒋丢失掉大半个中国，退守西南。在国际上，曾经风光无限的国民政府，只用短短四年便败光了全部家底儿。西南，是国民政府在大陆最后的防线，幻想着抗日的旧梦重演，先守着大西南，再伺机扭转乾坤。殊不知兵败如山倒，那条精心布局的西南防线早已千疮百孔。

任天笑的部队只遇到几次不大不小的零星战斗，一路向西翻山越岭经过宜昌、恩施、黔江、涪陵，最后在重庆歌乐山安营扎寨。

山城的冬天阴冷潮湿，但对于任天笑来说，歌乐山的时光却是温暖如春。

重庆解放不久，米兰辞去济南的工作，在沙坪坝一家医院重新上岗。两个热恋中的年轻人，短暂分别后再次相聚，都显得异常兴奋。重庆阴雨，重庆阳光，重庆快捷，重庆舒缓，重庆寒冷，重庆温暖，重庆山多路陡，重庆江阔道平。他们就这样牵着手由冬到春，再自夏入秋。

出生平原的人，对大山有一种天然的眷恋，那溪水、碎石、青草、森林，层峦叠嶂起伏连绵的群山，永远有着无穷的诱惑力。歌乐山的石阶，常常见到两个十指相扣的人时而缓步时而疾行，时而沉默无言时而窃窃私语，突然而至的笑声穿越树梢惊起阵阵飞鸟。

"前面有一家'七贤馆'！"米兰抑制不住兴奋，甩开天笑的手朝前飞奔。

峰回路转处，豁然开朗。开阔平坦的地面，一大片苍翠欲滴的竹林，微风拂过飒飒作响。曲径通幽，竹林深处一间草房，几处桌椅，三五食客。

"米兰！"有人喊她。

山野遇故人。喊她的人叫刘伶，身边几个都是米兰医院的同事。

"说曹操曹操到，刚刚摆龙门阵，还说到你们呢。"刘伶用胳膊肘捅了捅米兰，"这就是那神枪手？"

任天笑被夸得不好意思，连忙伸出右手："我叫任天笑，幸会幸会！"

"他叫刘伶，这七贤馆就是他家祖业。"有个女护士抢先回答，众人大笑。

"一遇外人，就被你们调侃。"刘医生跟任天笑解释，说因为跟古人重名，经常被他们这样调侃，习惯了。要真是我家的，早被你们这帮瓜娃子吃垮喽。

任天笑点头。竹林七贤里，刘伶算得上任天笑半个老乡呢。

相逢不如偶遇，六七个人拼了一张大桌子围在一起。任天笑也一见如故觉得安逸。他喜欢这样的江湖际遇，一切随缘充满了惊喜。大家或粗犷豪放或细腻婉约，各自不遮不掩喜形于色展露真实的自己，即使初见也像久别重逢毫无拘束和压力，这正是他喜欢重庆的原因。

一阵龙门阵过后，花生、瓜子、红枣和冰糖橘，餐前茶点已是一片狼藉。又过了一会儿，鱼腥草、仔姜、张飞牛肉等小店特色才摆上了桌。

"这家最有名的是辣子鸡。"米兰低声介绍。

正说着，一大盘红红的干辣椒端到任天笑面前。

"什么辣子鸡！"刘伶站起身，举起筷子，在辣椒堆里翻找，"这叫红灯区找鸡。"

众人窃笑，纷纷举杯。

"慢着！"女护士起身，说难得有新人加入饭局，举杯哪能尽兴，今天咱们喝摔碗酒！言毕，招呼老板收去酒杯换上摔碗。碗身陶瓷烧制，因粗陋更显豪放，碗口半个巴掌大小，碗内涂有红釉，碗底土黄。

众人高声附和。

刘医生侧过身，面向任天笑解释摔碗酒的规矩：一口闷，酒干摔碗一滴不剩，碗摔不烂罚酒一碗，接着摔。

任天笑第一次听说过这样行酒规矩，简直是"大碗喝酒大口吃肉"的梁山豪气。他原本慢热之人，却立刻来了劲头儿，也跟着摩拳擦掌跃跃欲试。

碗上来，酒斟满，每人平端三碗后，女护士示意大家安静，说重庆人自古热情好客，说话做事从不拖泥带水。今天咱们就给新人演示一哈什么叫袍哥文化，大家说好不好？然后冲着男医生：乱劈柴？刘伶高声接招。两个人五魁首八匹马乱批一通。

天下的酒文化大概都一样，那就是让客人喝好，直至喝倒，才算不失待客之道。酒过三巡再三巡，菜过五味又五味，碎碗片已散落一地，踩上去咔嚓咔嚓地响。任天笑很久没有这么开心过，几乎来者不拒。米兰知道那些同事故意使坏，要试一试他的酒量，生怕他喝多，可拉都拉不住。

不知不觉中，日落西山天色变暗。

　　有人在院落中央搭起柴火架子。秃顶、矮胖的店老板站在一旁，清了清嗓子。喧哗的院子安静下来，食客们纷纷停了筷子，目光聚集在胖老板身上。胖老板笑容可掬，鞠躬致谢后高声说，今天是他跟老板娘"回眸纪念日"，"回眸一笑，简直是万箭穿心呀"，说完一脸幸福的坏笑。他俩在一次篝火晚会上相识，继而走到了一起，算起来已近二十年，所以每年今日必备这场篝火晚会。回眸是缘，晚会向来随缘，从不邀约亲朋。相逢不如偶遇，非常高兴与这么多的兄弟伙幺妹儿一起共度良宵。今朝有酒、回眸千金，感谢上天赐予的每一段美好姻缘。祝愿在座的各位爱情、事业红红火火！请男娃儿女娃儿尽情欢乐、今晚不醉不归。

　　胖老板说完，招手将老板娘引到身边，共举火把点燃篝火。两个人手牵着手，在篝火边翩翩起舞。那跳跃欢快的火焰，挑动着每一个人的心。欢乐的气氛顿时弥漫开来。院子里的食客们纷纷扔下碗筷，投身舞池。

　　女护士第一个拉着刘医生走进舞池，在篝火旁向米兰招手。米兰跳起来，抓住任天笑的手往里冲。任天笑挣扎着想摆脱，腼腆地解释说自己不会跳舞。

　　"我教你呀！很简单的。"米兰不放手。

　　就这样，任天笑半推半就被拉进舞池，急得手心湿漉漉的。米兰见他紧张得挪不开脚步，笑弯了腰：

　　"放松放松！不要老想你的脚，左手给我，右手揽着我的腰，跟着我走就好了。"

　　其他几张桌子的食客们一哄而上全都加入进来。人们迅速手牵着手围着篝火，组成一个大大的圆圈，每个人脸上都洋溢着幸福和欢乐。

　　有人吹起笙箫，有人唱起歌谣。

　　"跑马溜溜的山上，一朵溜溜的云哟。端端溜溜的照在，康定溜溜的城哟……"一群陌生的年轻人，在这样的夜色下，这样的歌声里，这样的篝火边，无拘无束尽情地欢乐。

任天笑被这样的氛围深深打动。军旅十年，见惯了生离死别，原以为不会再为谁而感动，这么多陌生人聚在一起，这么纵情舞蹈、放肆高歌。他觉得之前白活了，追逐和承担了太多虚无缥缈的东西，而那些并不属于自己。人生有无限的可能，他还没有见过生活的模样，就给自己平添那么多的条条框框，那些家国，那些梦想，说到底于己何干？从今天起，卸下多余的责任和义务，做回一个平头百姓，像普通人一样喜怒哀乐、柴米油盐。在这一

刻，他想到了父亲，突然之间理解了父亲的严厉、无奈，甚至哀伤。父亲年轻时是什么样子？有过什么样的感情经历？有过今晚这么欢快的时光吗？此刻才发现自己对父亲一无所知，他有些慌乱，内心充满愧疚和懊恼。

米兰见他心不在焉，问怎么啦。任天笑摇摇头，抓住她的手，浸淫在欢快的音乐和人群之中。红红的火焰映照着米兰的脸，任天笑没有正面回答，贴到她耳边大声说：

"咱们结婚吧！"

<h1 style="text-align:center">二十三</h1>

一九五零年六月，朝鲜战争爆发。四个月后，抗美援朝开始，中国人民志愿军跨过鸭绿江。

教堂，钟楼窗前，凯文预感到"山雨欲来"。

秋日午后的黄泛平原，田野里飘荡着一层薄雾，颍河口岸停泊着几艘远行的商船。那些船儿经颍州进入淮河，然后一路向东，进入东海穿越太平洋，即可抵达纽黑文港了吧？码头上，拥抱、哭泣、呼喊、挥手的人群，汽笛轰鸣掩盖了海鸥的啼叫，游轮推开了

海浪，纽黑文港越来越远。他离开故乡太久远，以至于记不起它的模样了。

二狗上来擦玻璃，见凯文在窗前沉思，不愿打搅正想转身离开。

凯文叫住他。

"你看，胭脂巷、延河路都还在。"凯文指着下面的街道，"可我怎么总感觉哪里不对劲儿呢？"

二狗顺着他手指的方向看去，昔日商铺的招牌早已摘去，大红的灯笼不见踪影，沿街的树木、房屋还在，只是行人稀少。

"都是老样子嘛。"他不假思索地说。

昨天，有人在教堂控诉教友。凯文试图阻止，但为时已晚。教友已撕破脸，相互揭发、诋毁，爆发了更激烈冲突。这不仅违反教义，也违背做人的基本原则。这么多年，教会所有讲座都白做了！这件事令他十分失望和伤心。

"相互揭发，这不是比烂嘛！似乎眼下只有比烂才能自保。当年，要不是遇见你，哪儿会有雅礼？后来，又是因为你，我来到界首，才有了圣约翰。如今，雅礼已是泼出去的水，咱管不了了，就剩下教堂，又频频出现这样的事，这样下去，教会存在还有什么意义？"

"不会到那一步的。"二狗宽慰他。

两个人沉默了。局势会到哪一步，表面看无人知晓。将来的事谁说得准呢，将来的事谁又说不准呢。

"我留在这里，前景难以预料。"凯文思索很久、下了很大决心，"如果哪一天，我不得不离开，求你答应我两件事。第一，替我照顾天骄；第二，守好这个教堂。"

"不至于吧。"二狗虽然觉得温暖，但这个托付太沉重，他怕自己有心无力。

"你是我最信赖的兄弟。此事只能托付给你！"

二狗不敢看凯文恳切的眼神。他喃喃搪塞着，有些不知所措。

"凯文！"天骄急切的声音传来。

两人从窗户里探出头。

教堂门外的阳光里，天骄手里捏着浅黄色牛皮纸信封。

"我哥，去抗美援朝了！"

立冬过后，黄泛平原寒气渐起，枝头的树叶儿迅速变黄飘落。

清晨，天边泛起薄薄的雾。微风袭来，裹挟着阵阵凉意。晨光穿透低矮的树枝打在地面，枯黄的落叶上残存着白霜。空旷的田野里，农作物已经收割完毕，偶尔有鹌鹑从空中飞过。闪动的翅膀下谁家隔夜晾晒的红薯片儿，白白地点缀着大地。

李夫子一大早下田，伺候他那些心肝宝贝。大白菜下霜前就捆扎了头，已经变得浑圆，很快将结实得像石头，青萝卜也挺直了腰身，像身强力壮的青年。这个夏秋总算没有白忙，赶在飘雪之前把它们埋到地窖，等挨到年节一定能卖个好价钱。

李家祖上都是读书人。父亲是晚清举人，年轻时被地主家女儿相中，死活非要嫁过来，娘家嫁妆装了几辆马车，还陪送了十几亩土地。后来娘家突遭变故，小舅子带人穷凶极恶索还财物，纠缠到最后，连同那些土地一并吐出才算了事。李家钱财坐了一趟过山车，匆匆而来又匆匆离去，只留下读书人独善其身的秉性。

中国最可怜最贫苦的就是农民，一年四季，风里雨里在地里刨食，收成完全靠老天心情，仨瓜俩枣早已成常态。儿子被抓壮丁之后，李夫子放下斯文向生活低头，春季培育瓜果蔬菜，夏季下河捞鱼摸虾。小蔷薇一天天长大，每天在眼前跑动，对于他已经十分知足。

一天，李夫子肩扛鱼叉，左手拎着一只野兔，从流鞍河沟归来。

"这回有肉吃了。"

满堂在房前晒太阳，看见李夫子主动打招呼。他那瞎眼婆娘倚在门框上，嘴角不停地吐出葵花籽壳。

"刚刚下地时发现的，正在河沟那儿趴窝呢。"李夫子边走边回应着。

"春禾抗美援朝了？"满堂看似关心地发问。

"是呀，任清泉前两天说的。"李夫子应承着，停下了脚步，"新中国成立了，老蒋也跑台湾了，他咋又去了朝鲜呢？"

"美帝在朝鲜欺负人。咱们帮忙揍那狗日的！"

"自己家的事没人管，还出去逞什么强！"李夫子嘴里嘟囔着，"像你这样平平安安回家，多好！"

其实，他心里明白儿子身不由己。

"春禾没事，他那差事安全着呢。"满堂宽慰他。

"有个事，一直想问你呢。春禾当初咋没跟你一起回呢？"

有些事，经不起问。部队的过往，成了满堂心底的刺，他对此讳莫如深。回村后，但凡有人扯到部队，他立马哑火，或转移话题，或转身走开，不愿跟任何人提及，即使瞎眼婆娘也不清楚。

"他是从部队偷着跑回来的！"那婆娘两根手指掐着瓜子壳，在一旁搭话胡扯。

满堂"嗖地"站起来，一脸愤怒，脱下鞋子揍那婆娘屁股："叫你整天胡说八道！"

那婆娘被打得嗷嗷乱叫。

几个闻声奔来的孩童，在一旁指手画脚哈哈大笑。

临近春节，乡政府的人突然来到蔷薇小院。

小蔷薇已经十岁，正在院子里玩耍，见一前一后两个穿浅黄军装的人进来，迎上前去问找谁。

领头的笑容可掬："你是小蔷薇？"

"是，你咋知道我？"

"你妈妈在家吗？"来人和蔼可亲地问道。

此时，秦晋听到声音，已从屋内出来："请问您是？"

"哦，这是咱们乡政府的牛乡长。"随从答道。

秦晋以为春禾发生了什么事，紧张得搓着手，心里七上八下，挪不动脚步。

"是这样的，"牛乡长开门见山，"你家春禾呀，现在是咱志愿军，抗美援朝为国效力光荣着呢。这不马上春节了嘛，我代表乡政府过来慰问军人家属。家里有什么困难，需要我们政府做什么，尽管说。"

秦晋听完这话一块石头落了地，赶紧说不需要，家里都挺好的。

"他们在前方打仗，是我们党和人民最可爱的人。革命分工不同，我们在后方为将士家属做好服务，解决他们的后顾之忧，也是对抗美援朝的贡献和支持嘛。"

秦晋从未受到过如此礼遇，有些不知所措，一边倒水，一边喃喃地说都挺好，感谢政府惦记。

牛乡长坐了一会儿，随从从包里掏出一个红包递给秦晋。秦晋无功不受禄。牛乡长说，这是乡里为志愿军家属准备的春节慰问金，请你收下。转脸问小蔷薇几岁了，说该上学咯。

小蔷薇凑过来，一双小手小心翼翼地摸了摸牛乡长的军装，仰起脸问妈妈：

"爸爸也穿这样的衣服吗？"

二十四

春雨贵如油。界首，从早到晚飘着蒙蒙细雨。

谷雨过后，小麦开始抽穗，桃树、杏树、梨树已经育果，柳絮飞舞，槐树开花。喜鹊在枝头穿梭，黄鹂鸟不知去向，燕子衔泥在屋檐下筑巢，只有麻雀成群结队叽叽喳喳，永远不知疲倦地东奔西跑。

任天骄依在窗前，突发奇想："咱出去淋雨吧？"

凯文懒懒地躺在床头，有气无力地说："我才不去呢，下着雨呢。"

"走嘛！陪我雨中漫步嘛。"天骄撒起娇来，嘟着小嘴。

凯文继续懒床不动。天骄冲过来，双手胳肢他腰间。凯文笑得满床打滚儿，只好投降。

最近半年来，任天骄发觉凯文变得沉默寡言，眼睛里总有一丝忧郁。问了几次，凯文不愿意说也只好作罢。医院交出去之后，教会也日渐冷清，十里八乡的教友已很少聚集，即使周末来教堂礼拜的人也越来越少。

出了教堂，便是人间。大街上却是另一番景象，紧闭的门窗，极少的行人，泥泞的马路。几条挂起的抗美援朝横幅，有的掉色，有的脱落，在斜风细雨里飘荡。"美帝国主义是纸老虎""抗美援朝保家卫国""唇亡齿寒 屋破堂危""一手抓特务 一手促生产"，墙上白石灰粉刷的标语依然随处可见。

一把深红色的油纸伞在文化街上漂移。"潇湘茶馆"已变成百货商店，"醉三秋"改名为人民饭店。界首剧院现在叫人民剧场，门前熙熙攘攘人头攒动。五角星门头下方，横幅标语写着——热烈欢迎河南省豫剧团莅临界首义演，橱窗海报红纸黑字写着：《花木兰》，主演：唐香玉。

凯文被任天骄拖着进入戏院时，演出已经开始。剧场里灯光灰暗，两个人牵着手，找了个角落坐下来。

舞台上鼓乐喧天。军爷传下征召令，花家一筹莫展。

时光，不仅可以雕刻山川河流，还可以雕刻人心。凯文的内心，此刻正被无情地打磨雕刻。他看不懂这个世界了，眼前的一切越来越陌生。耶鲁师兄已经失去联系，寄出的信如石沉大海。他有重要的事请耶鲁师兄帮忙呢。他觉得自己像一根无家可归的浮萍，在水里漫无目的地随波逐流。他时常想念汉密尔顿的家乡，随着时间推移这个念头越来越强烈。十年了，那条河还有轮船轰鸣吗？冬天依然会结冰吗？伐木工人还在砍树吗？妈妈的馅饼还那么香脆可口吗？

天骄依过来。发梢撩得鼻子痒痒的，打断了凯文的思绪。他若无其事地抬头看戏，却紧紧抓住天骄的手，仿佛一旦松开就永远失去一样。

花木兰辞家乡，翻山越岭，进军营、上战场、立下显赫战功。

演员谢幕时，掌声雷动，观众们情绪高涨。

"雄赳赳、气昂昂，跨过鸭绿江；保和平、卫祖国，就是保家乡……"有人爬上舞台，引吭高歌。

片刻之间，观众的情绪被点燃，更多人一起齐声高唱："中国好儿女，齐心团结紧，抗美援朝，打败美帝野心狼！……"整个剧院，一下子变成了战前动员会场。

此时，任天骄才注意到，舞台两侧巨型条幅上悬挂着八个大字：抗美援朝 保家卫国。原来，这不是一场普通的豫剧演出，而是一场保家卫国公益巡演。

一个油头粉面、太监腔调的人，走到舞台中央，示意大家安静。

"朋友们，请大家静一静！接下来，是演员观众互动环节。我是咱人民剧场负责人，非常理解也非常支持朋友们的爱国热情。"

群情激昂的声音渐渐平息。

太监腔接着说："这是一场公益演出，演出所得钱款将全部捐献给国家，以支持'抗美援朝'前线将士。我们剧院分文不取，同时也为大家也准备了一个捐款箱，以满足朋友们的爱国热情和赤子之心。这次义演，以及接下来的全国巡演，由河南豫剧团唐香玉同志发起，并且把首演地选在咱们界首，是因为界首一直站在抗敌最前沿。为此，我代表人民剧院以及在座各位，感谢河南豫剧团和唐香玉同志对我们的信任。下面，有请唐香玉同志说几句，大家掌声欢迎！"

唐香玉妆容未卸，花木兰气宇轩昂，向前一步拱手抱拳。台下掌声雷动。

"父老乡亲们好！我是唐香玉，刚刚被大家的爱国热情感动。香玉从小生活在农村，看到过旧社会咱农民兄弟受欺负，对他们的痛苦和委屈感同身受，所以也更能体会如今翻身做主人的喜悦滋味。可是，当我听到前方志愿军战士因为武器装备落后，在朝鲜战场被动挨打的时候，那种喜悦却变得苦涩。那一夜，我辗转反侧无法入眠，我一直在想我们剧团能为志愿军做些什么？我们大后方该如何支持我们最可爱的人？于是，才有了这次公益巡演。美帝国主义妄图称霸全球，今天欺负我们邻居，明天就有可能欺负咱；如果今天我们不参与，明天他们就会得寸进尺，就会逼迫我们回到那个受剥削、受压迫的万恶旧社会。古人说，位卑未敢忘忧国，作为新中国的主人，敌人已经打到咱家门口，我们怎么能袖手旁观，不挺身而出呢？"

整个剧场的情绪被再次点燃，人们齐呼："我们要捐款！""抗美援朝 保家卫国！""打倒美帝野心狼！"

任天骄和凯文坐在原地一动不动。他们在二人世界待得太久了，早已忘了外面的样子，被眼前激动的人群和此起彼伏的叫喊声吓蒙了。等回过神来，才发觉来错了地方，连忙起身、低着头，准备离开。

"这里有个美国人！"不知是谁大喊了一声。

偌大的剧场瞬间安静下来。人们的眼光齐刷刷地照过来。

"不准走！"有人大喊，"打倒美帝国主义！"

几个人附和着，紧接着山呼海啸般的声音倾倒过来。

一个十八九岁的年轻人跨过几排板凳，冲到凯文面前，声嘶力竭："你们美国人，为什么要欺负我们？"

凯文愣在那里，不知该如何作答。

人群并不肯就此罢休。

"把他揪到台上去，让他说明白！"有人喊到。

年轻人一把揪着凯文的衣领，准备往舞台上拖。

任天骄急了，奋力冲上去，拨开那人的脏手，挡在两人中间，怒吼道："你们看清楚！这是教会牧师凯文，不是什么美帝国主义！"

人群里，一位长者出面解围："凯文是个好人，救过界首很多人，哪里是什么美帝国主义？大家不要为难他！"

年轻人不依不饶，仿佛被打了鸡血，好不容易抓到一个外国人岂能轻易放过？紧接着又冲上来几个人，连推带拉把凯文往舞台上拖。

凯文默不作声，不做任何反抗，任由他们施暴嘶喊，心底却怀有无比悲悯："上帝啊！请原谅他们、怜悯他们，也求您像爱我一样爱他们，赐下永生的期盼给他们。"

突然，人群里冲出一个黑影，不由分说朝着领头的年轻人脸上就是一拳。那黑影出拳速度太快，等几个年轻人反应过来，一群人扭打在一起。

被人推搡着，凯文正闭目祈祷，听到动静一扭头，却看见二狗因怒火而扭曲的脸。二狗舞动着拳头，发疯似的左右开弓拳打脚踢。凯文从未见过二狗如此愤怒，像一头怒吼的狮子，恨不得咬下对方的头颅。可毕竟身单力薄难敌四手，眼睁睁看着二狗被众人打倒在地，抱着头蜷曲着身子。

公安来了。

任清泉大门不出、二门不迈，已经有一段日子了。除了儿女，他现在对任何事提不起兴趣。高门楼前院新搬进来两户人家，进进出出都要跟人打招呼，他不习惯，宁愿在自己的天地里独处，外面风风雨雨的，眼不见心不烦。

赵紫嫣在厨房忙活。她早已适应了这恬静安逸的生活，以前那些流浪、漂泊的剧团时光恍若隔世。偶尔想起剧组的那些人，便不由自主想起那夜的炮火连天、血肉模糊。她刻意把过去埋藏在心底，越埋越深仿佛已经忘记。

"紫嫣姐在家吗？"一个甜美的声音传来。

透过窗格，循声望去，几个人立在后院入口处。赵紫嫣用手背抹了抹额前的头发，又用蓝格子围裙擦了擦手，连忙迎上去。

"您是？"

"紫嫣姐，终于找到您了！"一个声音洪亮、长相甜美的女子疾步上前，又惊又喜地紧握着她的手。

赵紫嫣并不认识来人。她有些惊讶，有些疑惑，不知来者所为何事。

"紫嫣姐，我是香玉，唐香玉呀。"

赵紫嫣在脑海里快速搜索。唐香玉她是知道的，当今河南豫剧界顶尖人物，可她们之间没有交集，相互不认识呀。

"紫嫣姐，您就别想了！您肯定不记得我。"唐香玉看出她的心思，"我小时候，在许昌剧院看过您演出，还偷学您表演呢，说起来您既是我的偶像，也是我启蒙老师，就是受您的感召，我才走上戏曲这条路。"

任清泉从堂屋出来，忙着给大家端茶倒水。

赵紫嫣总算听明白了，这些人是慕名而来的。赵紫嫣被夸的有些不好意思，一阵嘘寒问暖之后才切入正题，询问唐香玉咋有空来了界首。

一直站在身后的平头兄，把唐香玉全国巡演、募捐支援抗美援朝的事粗略介绍一番。唐香玉拉着他坐下来，介绍说这是咱界首新任县长。

唐香玉兴致高昂，从许昌说到开封，从民国谈到当下，从回忆豫剧界的老人，聊到今后豫剧的发展。

"姐，能找到您，我太高兴了！"唐香玉掩饰不住兴奋，"您可是咱们豫剧界偶像，我们剧团好多演员都是听您的戏长大的，都是深受您的影响，每次聚会提到您，大家都扼腕叹息，错以为您早已随许昌古城而去，没想到姐姐竟隐居于此。"

江湖遥远。赵紫嫣听到这些溢美之词，有几分恍惚和不适应，仿佛唐香玉说的是另一个与己无关的人。

"紫嫣姐，我这次来有一个不情之请。"唐香玉拉着赵紫嫣的手，"咱人民政府很重视文艺戏曲发展，可河南豫剧团呢又一直青黄不接。文化厅和我已沟通多次，想创办一所戏曲学校，振兴咱河南豫剧事业。眼下，正在寻找一批豫剧名人，到学校任教，传、帮、带一批青少年演员，唯独缺少一位偶像级豫剧名家，我正为这事犯愁呢，没想到老天爷让咱姐妹在界首相逢，真是'蓦然回首、灯火阑珊'呀！所以呢，香玉想请姐姐出山，咱们共同为河南豫剧事业添砖加瓦。"

唐香玉的邀请，令赵紫嫣始料未及。她没想到一个素未谋面之人，竟如此高看和关心自己。江湖啊，总有一些人和事，让人心旷神怡、回味沉醉，可往事如烟，终成追忆。她已习惯守着心爱的人，过着锅碗瓢盆的生活。可人家登门拜访、盛情邀约，当面不好意思拒绝，转个弯说：

"多谢妹妹惦记！容我考虑考虑。过些日子再答复您，行不？"

唐香玉连忙说："好的呀！只要姐姐不拒绝，我就很满足了。"

平县长一旁插话，说来之前唐老师担心您一口回绝呢。

唐香玉侧过脸，跟平县长说，我姐姐可是河南豫剧灵魂人物，以后就拜托县长多费心多关照了。说罢，一行人起身告辞。

第二天，铁蛋领着二狗来见师傅。任清泉才知道剧场打架一事。

"只是被关了一夜。情况都了解清楚了，师兄也是太心急才动得手，也不能全怪他，幸好对方伤的不重。"铁蛋跟师傅解释。

"你也老大不小了，遇到事咋还那么冲动？"任清泉责备的语气里，分明透露出怜爱。

"他们欺负凯文，我哪儿能袖手旁观？下次碰上，还要揍他狗日的！"二狗嘴上不依不饶，依然胆怯不敢看师父。

"现在正在严打！"铁蛋抢过话头，"打架斗殴属于寻衅滋事，要重判的。这次多亏有人替你做证，局里顾及师傅情面，才特许你回家反省悔过自新。以后不可再犯！今天当着师傅的面，你给我一个保证。"

任清泉知道，如今北风吹得紧，若不是铁蛋在公安局费劲周旋，此事定不会如此从宽处理。二狗才不管这里面的弯弯绕，扭着头不配合，摆出一副"死猪不怕开水烫"的架势。

中国是人情社会，很多事可大可小。找对了人，天大的事也是小事；搞错方向，再小的事也深陷泥潭。任清泉走南闯北，自然清楚此事轻重，见二狗那拗劲头的样子，一时半会儿难以说服，便对铁蛋说：

"我替他保个证，行不？"

铁蛋一看师傅发话，也不好再言语，就找个借口，先行离去。

看着有时胆怯、有时勇猛，却有时怜怨、有时执拗的徒弟，任清泉心里竟然十分欢喜。他起身搬来板凳，转头对赵紫嫣说，中午搞几个小菜，二狗陪我喝两杯。

经过上次电影院的事，凯文更少出门了。以至于盛夏时节，他的内心却冷若冰霜。

教会已经难以为继，昔日人潮拥挤的场面犹如梦幻。即使周末，教堂也冷落得让人悲伤。十年了，今天的局面他始料未及。他给耶鲁师兄写信，已不再探讨教会发展，而是求一件私事相助：邀请他来界首，做自己的订婚见证人——他准备向心爱的人求婚了。

今天礼拜日，除了他，教堂里只有两个做礼拜的人。

凯文身穿牧师服，一丝不苟地宣读圣文，声音在空空的大厅里回荡。仪式结束，他走下讲台跟两个教友一一握手，相互祝福、道谢。

"凯文！"

教堂门外，有人站在刺眼的阳光里喊他。

凯文眯着眼，从教堂里走出来。来人是雅礼医院院长，身后跟着一位医生和两个护士。那一刻，竟然有他乡遇故知的喜悦。

"他们三个非要来见您，说要当面感谢您。"院长有些腼腆。

被人惦记感激，虽不值得炫耀，但总是一件值得高兴的事，何况这是近来灰暗的日子里唯一的亮色。凯文十分欣慰，问道：

"怎么了，有喜事？"

"是这样的。"院长解释说，"现在各行各业不是都支援朝鲜嘛，咱们医院医生护士也不甘落后，积极报名要求到祖国最需要的地方。他们三个医术好、运气也不错，刚好被选中，下午出发去颍州集合，然后奔赴朝鲜了。临行之前，非要过来跟您辞行，感谢您启蒙和栽培了他们。"

三个人排成一排，齐刷刷地站着，微笑、弯腰，鞠躬致谢。

凯文脸上保持着绅士般的微笑，嘴里"恭喜、恭喜"客套着，鞠躬还礼，握手告别。当客人离去的背景消失在街角时，凯文内心里突然五味杂陈，悲从中来。

二十五

秋天来了。

街道办通知说，高门楼原本规划为四户人家。鉴于前院已住满，现安排一户新家庭于近日入住后院，请后院住户积极配合，尽快腾出空余房间迎接新邻居。为此，街道办胖大嫂还专门过来跟赵紫嫣打招呼，说因为任会长对革命有功，所以一直没有安排外人住过来，万不得已实在拖不下去了。

任清泉心里憋着火。三个月前，母亲在睡梦中安然离世。他前脚刚刚脱下孝服，后脚街道办翻脸比翻书还快。真是虎落平阳，这不是摆明欺负人嘛，女儿迟早要嫁人，将来儿子回来总要有个落脚之处吧。

白果树四合院已经捐出，高门楼却被挤了再挤，如今快没有下脚的地方了。也许是前半生热闹过了头，如今年过半百，想着后半辈子过几天清静日子，哪料想弄成今天这副模样，快成丧家之犬了。

任清泉咽不下这口气，想要找人理论，被赵紫嫣拉住，说一是找人未必管用反而欠个人情，二呢多个邻居除了有些不方便也没啥不好。任清泉却不愿让妻子受这份委屈，惹不起咱躲得起，干脆抬脚走人。两口子一合计，搬到了圣约翰教堂宿舍。这里清净，晨有鸟鸣暮有晚钟，虽然房屋居住面积小了些，但那些闲杂人等眼不见心不烦，不仅住着舒坦，还能天天看到天骄。

凯文觉得自己像断线的风筝，不知未来在哪里，将要飘向何方。

那个牵线人——耶鲁师兄，已经杳无音信。漂洋过海，忐忑不安踏上香港码头那一刻，耶鲁师兄是他见到的第一人。他有力的双手和灿烂的笑容，一直温暖着凯文独在异乡的心。这么多年，他们像朋友和家人一样互通书信，在异国他乡相互搀扶、鼓励，一起度过那些寒冷、无助和孤寂的夜晚。

他准备向天骄求婚，急切需要一个证婚人，耶鲁师兄是最佳人选。按目前形势，理性告诉他必须尽快离开，否则可能无法独善其身；可情感要求他必须留下来，否则将遗恨终生。抛下心爱的恋人，独自逃回美国，是他无论如何也不能接受的。他只需要一点点勇气和时间，不想给自己给天骄留遗憾，想依照中国习俗，明媒正娶后带着妻子一起飞越太平洋，甚至可以抛开基督教传统婚约，仅仅两边家人先举行一个简单订婚仪式，几天之后再邀请亲朋好友参加正式婚礼。家人远在天边，只有耶鲁师兄近在眼前。可是，在凯文最需要帮助的时候，耶鲁师兄音信皆无。

外面的世界很精彩，外面的世界很无奈。

上次剧场事件之后，凯文知道自己不适合再抛头露面，经过一番权衡，便决定让二狗逐步接手教堂，处理教会事务，主要负责近一阶段对外联络。任天骄和任清泉都表示支持，放眼望去也没有更合适的人选。

二狗作为临时代办，隔三差五被叫去开会、学习，凭借在商会多年迎来送往的经验，对外交往倒得心应手，因此也找回了一些自信，人也逐渐变得开朗许多。

"这叫什么事吗！哪有鼓励教友之间相互揭发举报的？"

有一次，二狗开会回来跟师父抱怨，说每次开会就一个主题"

政治思想课"，根本不谈宗教改革或发展的事。最近更过分，学习其他教区经验，鼓励教友之间相互检举揭发。有些教友为了讨好上级，便把一些鸡毛蒜皮的肮脏事拎出来说，有些分明就是栽赃陷害。

"师父您说过，检举揭发是一个人所有品性里最恶劣的那一种，无论他出于什么目的和原因。做人，如果没有是非，没有底线、良知，只是为了利己，岂不是随时出卖任何人？这样的人还叫人吗！"二狗忿忿不平，一口气喝光碗里的水。

任清泉越来越喜爱听二狗唠叨，知道这个徒弟聪慧质朴、心地善良。商海沉浮，任清泉有一个原则：江湖事江湖了，别把外面的糟心事往家里带，否则一个人的麻烦事就成了一家人的。于是便笑着劝二狗，别人教区的事随他去吧。你和凯文只要不相互举报，咱们教区就平安无事了。

"那当然了！我是担心别人给咱泼脏水。"

君子坦荡荡，二狗断然不会干那种龌龊之事，何况凯文像失散多年的兄弟。男人之间，有一种情感很纯粹，无关利益，萍水相逢却默默守望、亦师亦友、相辅相助。

夕阳西下。一群乌鸦在小城上空飞舞盘旋，缓缓地落在高耸、突兀的白果树枝上。

原野里，玉米和黄豆已收割完毕，裸露的黄土地上，一株低矮的树木，孤零零守在秋风里。流鞍河，在文王堆绕了个弯，缓缓向东北流淌。文王堆，位于界首城西南两公里，是一个高高隆起的土堆。相传两千多年前，周文王第八子在沈丘建立沈子国，后来王室成员均埋葬于流鞍河畔，沈丘据此得名。

二狗和凯文站在文王堆上，远远地看着眼前的一切。

"还记得咱俩第一次见面吗？"凯文问。

二狗当然记得，说："沈丘颍河河堤嘛。"

"那是我最困难、最无助的时候。要不是你，也许我很快就打道回府了。"凯文仿佛自言自语，目光飘在远方。

"说这干啥？要不是你，我还沦落街头呢。"

在二狗看来，情谊珍藏于心，既不挂在嘴边，也不放进酒里。这段时间，见凯文总是闷闷不乐、心事重重，他干着急又无能为力，想约个地方喝酒，但街上的馆子歇业的歇业，关门的关门，瞅不到一个好去处。

他们在亭子里坐下来。阳光打过来，斜照在二人身上，仿佛给他们披上了金甲圣衣。二狗从口袋里摸出一把花生，又鼓捣出一瓶花雕。

"我师父喜欢的酒，"二狗嘿嘿一笑，"出来得急，忘了带杯子。"

他张开大嘴，咬开瓶盖，把酒瓶直接递给凯文。

凯文二话不说，脖子一仰"咕咚、咕咚"连续干几口，借着酒劲儿，终于开言。

"我要带天骄回美国！"

二狗抢过酒瓶灌自己一大口，又把花生往嘴里塞。眼下这形势，凯文早就该走，没必要鸡蛋碰石头嘛。

上次剧院打架之后，凯文失落好一阵子，如今的景象那么的陌生，找不到继续坚守的意义。当放弃的念头第一次在脑海里闪现时，他自己大吃一惊。他像一个苦行僧，远渡重洋来到这里耕耘、播种、传递福音，从来没想过要放弃。那一刻，他祈求上帝原谅、体谅、理解他此时此刻的心情和处境。

有些念头，一旦生根就会肆无忌惮地发芽生长，到最后遮天蔽日魂牵梦绕。

"带天骄走，必须先登记结婚。我写信给耶鲁师兄，希望他做我的证婚人，可他一直没有消息。这里我也没有其他亲人，你愿意做我的证婚人吗？"凯文紧着解释，生怕二狗不答应。

"必须呀！还有谁比我合适？"二狗有些得意。

见二狗这么爽快答应，凯文脸上才露出笑容，心里一块石头落了地。此前他一直担心被拒绝，按界首风俗二狗属于娘家人呢。凯文让二狗帮忙，到城东五里花卉市场，预定九百九十九朵玫瑰，在中秋前一天的清早，铺满教堂门前的广场。

"要保密哦！"凯文一再叮嘱，"我要给天骄一个惊喜！"

起风了。

南京解放以后，《重建导报》停刊了，任天骄也随之失业。后来铁蛋暗中帮助，安排在新华书店工作。城市小，识字的人少，爱读书的就更少，尽管是界首唯一的书店，仍然免不了冷冷清清。一起上班的，是一位热心大姐，转业军人家属，时间一长，免不了家长里短地闲聊，听说天骄还没结婚，便不问青红皂白，张罗着给她介绍对象。

"女孩子的青春，短暂得像露珠，一不留神就消失得无影无踪。我邻居家姑娘像你这么大，孩子都会打酱油了。"

天骄低头整理着书籍不说话，任由她一个人唠叨。

"我有个侄子，在人事局工作，高大帅气，还是淮海战役战斗英雄哩。要不，介绍你们认识认识？"

"谢谢大姐！我有男朋友。"无奈之下，天骄只好坦白。

"我就说嘛，这么漂亮姑娘怎么会单身呢。他是哪里人？在哪个机关工作？你们谈了多久了？咋还不结婚呢？"大姐连珠炮似的发问。

天骄看了看她，耸耸肩不愿作答。大姐也觉得失语，尴尬地笑了笑，说没事没事，我这人就是性子急嘴巴快，你别介意哈。

任天骄被大姐连环炮似的问题问愣了。她突然意识到，像她这个年龄的女子都已经结婚生子，环顾四周自己俨然成了大姐大。

上个月，辅仁中学同学吴越来界首出差，顺道到新华书店看望任天骄。

大概很久没见了，吴越有些激动，抱怨说毕业后任天骄就跟大家断了联系，每次同学聚会都不参加，沈丘和界首这么近，可同学之间却那么疏远。

刚见面，就被噼里啪啦一通抱怨，任天骄不辩解，也不生气，反而冲她莞尔一笑。当年在辅仁，除了方向北，吴越和她也算亲近。她微笑着，给吴越在白瓷缸子里添茶。

两个人一里一外，站在柜台两侧聊天。任天骄内心里却平静如水，仿佛被吴越埋怨的不是自己，而是另外一个跟她重名的人。在她眼里，同学就是成长旅程里一起走过一段路而已，到站后挥挥手各自离去，没有必要过分强调旅途的风景，相似的灵魂，再遥远也能相互看见。

你不在，现在同学聚会越来越没意思。吴越接着说，一个个低俗、势利、攀比，女人们比谁气色好、衣服漂亮，男人们则比谁官大、钱多。上次聚会，正赶上母校改名，"辅仁中学"被改成了"沈丘中学"，有人愤愤不平，仿佛被剜去身上一块肉；有人慷慨陈词，试看将来寰宇，必是赤旗的世界。几番面红耳赤后，一帮无聊男人们主动买醉，个个都喝得人仰马翻。

天要下雨娘要嫁人，谁能有啥办法？不说了不说了。吴越主动打住聚会话题。

任天骄像在听一个遥远的故事。

"来界首，事情办完了？"沉默半晌，任天骄问。

"办完了！而且特别顺利。你猜，我在县委碰到了谁？"吴越故作神秘。

"谁呀？"

"平头老师！你们新任县委书记，说要感谢你、请你吃饭呢。"

"哦，"任天骄不咸不淡，"他跟我有啥关系？"

"咦！咋没关系。当初，你跟方向北不是一天到晚去找人家吗？"见她拒人千里，吴越不经意揭穿老底。

吴越突然提到方向北。两个人同时愣了一下，瞥了对方一眼，顿时语塞，陷入死一般的沉寂。

多年前的往事，如鹅毛大雪般扑面而来。方向北，那个曾经同甘共苦、形影不离的女子，那个像火一样炙热、渴望燃烧自己照亮别人的女子，已经如流星在夜空划过、消失多年，在她如花似玉的年龄，鲜活的生命戛然而止，如今孤寂地躺在城西烈士陵园。

几个孩子冲入书店，叫嚷着要买《狂人日记》。柜台里没有，任天骄去库房寻找。吴越握着几乎空了的茶缸，目光游离地四下张望。

打发走孩子，任天骄冲着里间喊："大姐您帮忙看着外面，我陪同学出去转转。"

她们肩并肩走在街头。

"知道我为什么不参加同学聚会吗？"任天骄问。

"要我说，你就是资产阶级大小姐脾气，心高气傲不愿意搭理老同学呗！"

这么多年，任天骄从来不参加同学聚会，并刻意跟他们保持距离。在她心底，方向北死了，她的辅仁记忆就消失了。在那样的场合，有没有人会想起、谈起，那个风风火火、快人快语的好朋友，撕开那段血淋淋的黑暗记忆？她无从知晓，宁愿方向北安静地躺在墓园里，不再被人记起、不再被人打扰。这是她拒绝参加同学聚会的根本原因。

"是因为方向北！"

任天骄主动坦白，不知道是抱怨、惋惜，还是感概：

"她一个女孩子，当初跟着凑热闹，瞎闹什么革命，非要抢着做男人们的事。我劝她，她不但不听，反而批评我思想落后，像着了魔一样九头牛都拉不回……"

任天骄突然有些伤感，想说的话卡在喉咙里。因为方向北，任天骄第一次感受到生命脆弱，第一次感知到什么是人生无常和生命可贵。主义，都是别人给的，说说而已别当真，只有生命才是自己的。

秋风起，树叶泛黄，黄鹂无踪，知了无声，刺眼的阳光透过枝叶斜铺在路面上，街边不远处"抗美援朝"的横幅耷拉着脑袋。

"你的凯文怎么样了？"吴越少不了八婆。

"还那样呗。"任天骄应付着，极力转移话题，不愿聊及凯文的落魄近况。

"还在传教？哎，我跟你说呀，我家远亲在至元寺，已经回老家种田了，他们老匋也遣散回了甘南。凯文不会被遣返吧？你们将来怎么办呀？"吴越表现得很关心。

"将来，谁知道呢？不说他了，你烦死了！"提起将要面对的未来，任天骄一片茫然，心烦意乱。

没有风，仿佛世间万物都已沉睡。她们走在文化路斑驳陆离的树影里，就这样沉默不语漫无目的。

"你哥在干吗？部队退伍了？"

"天笑，美、美军！"李春禾指着前方，紧张得话都不利索了。

任天笑弯下腰，右手在背后摆动，示意李春禾弯腰跟着不要说话。公路上，两个头戴钢盔的美军，带领五六个南韩军人正在手忙脚乱地架设电线，电线杆旁不时有吉普车驶过，卷起阵阵尘烟。

两个月前，他们在中朝边境日军旧军营里短暂休整，学习几句简单朝鲜语，便领取战前物资，包括：棉衣棉裤大衣雨布，背包铁锹武器弹药，外加两个手榴弹和十五斤炒面。随后不久，部队跨过鸭绿江，昼伏夜出半个月到达伊川，来不及休息就投入战斗。

这是朝鲜战争中第五次战役，交战双方在北汉江南岸阵地，你来我往展开争夺。纠缠四天四夜之后，志愿军左右两侧的两个师，以及第三军团后备役部队已奉命北撤，一百五十公里长的战线留下一个大空隙。任天笑所在的师是这个空隙地带硕果仅存的一个，而敌军的包围圈即将形成。

在几乎弹尽粮绝的时候，终于接到师部"西北方向、分散突围"的命令。那一刻，落日余晖从鹰嘴山的丛林里穿透过来，映照着任天笑清瘦的脸庞。

今天有些奇怪，在饥饿无援、进退两难的时刻，敌人竟然也消停了，炮火、枪声都不见了，连续多日的战斗似已停歇。五月下旬的汉江南岸，壕沟外开着浅蓝色的小花，面前是一片平坦开阔地，草坪上散落着泥土、石块和大小不一的弹坑，背后是大片森林和高高的鹰嘴山。

"终于突围了，炒面和土豆都吃光了。"李春禾嘟囔着，一副如释重负的样子。到了朝鲜，他这个厨师就下岗了，被安排跟着任天笑扛弹药箱。

任天笑不说话，把腰间的米袋解下递过去，里面残存着半把生米。两个人跃上壕沟，不一会儿消失在鹰嘴山茂密的丛林里。

天渐渐暗了。一轮明月，从山林间悄悄升起爬上枝头。空气中，飘着马粪和硫磺的混合气味。从鹰嘴山撤下来的志愿军战士，沿着一条三公里长的峡谷穿梭前行，有人一瘸一拐，有人倒地呻吟，有人隐隐哭泣。由于饥饿和疲惫，行军速度十分缓慢，天亮时分目的地仍然遥不可及。

　　任天笑躲在灌木丛里，那两个美国兵都在狙击射程内，搁平时可以轻易撂倒他们，但此刻他不能轻举妄动，否则不但引火烧身，还会连累后续的志愿军官兵。那几个敌兵磨洋工似的不慌不忙干活，眼瞅着一时半会儿无法结束。继续观察好一阵儿，仍然找不到前进时机，只好以退为进，绕道另寻别路。他和李春禾猫着腰往后撤，很快来到一片树林，突然听到有人小声叫喊，欧阳步从岩石后面露出半个脑袋。

　　见到欧阳步，李春禾有些兴奋，以为有了主心骨。

　　"团长，我们现在怎么办？"

　　三个人躲在巨石后面，商议下一步方案。此时，他们已经被敌人包围，天上不时有敌机飞过。山脚下，左右两侧都有敌人，前方的路也被正面拦截，唯有先退回深山，等待时机再想办法突围。

　　"江对岸，都是我们的人。等渡了江，就跟大部队汇合了。"欧阳步看似胸有成竹。

　　二人点头称是，紧跟他的脚步往深山撤离。欧阳步的话被一架美军军机的声音淹没，飞机上大喇叭不间断用中文循环广播，说中国士兵你们被包围了，不要给斯大林和金日成当炮灰。你们缺衣少吃，放下武器赶紧投降吧，联军保证优待俘虏。

　　军机飞远了。五六个志愿军战士从树林里钻出来，其中一个认出欧阳步。他们立刻围上来，一脸兴奋终于找到组织了，七嘴八舌嚷着要跟着团长一起走。

　　"咱人多势众，大不了上山打游击。"其中一个说。

　　欧阳步还沉浸在美军的广播里，见一下子围了这么多人，便正色说刚才广播胡说八道，大家不要上敌人的当，咱们是中国军人，永远不能背叛祖国，宁死不投降，即使自杀也决不当俘虏！

肚子咕咕叫，他摸了摸干瘪的肚皮，接着说："我们被包围了。现在面前有两个敌人：一个是美军，另一个是饥饿。我不会抛弃你们中任何一个人，大家必须咬紧牙关忍住饥饿，冲破敌人的包围圈。"

战士们斗志被点燃，跟着欧阳步一起往密林深处。就这样在密林里转悠了两天，所有的路口都被封堵，无法找不到突围路线，携带的干粮已经耗尽。一行人躲在一个极浅的山洞里，欧阳步派三个战士去寻找食物，三天后仍不见踪影。李春禾已经把周围的野菜、树叶都拾掇干净，放在捡来的钢盔里煮给大家充饥。欧阳步掏出仅存的六块饼干每人一块，再派出三人寻觅食材。

又是三天过去，第二批的三个人再次一去不返。他们也许被杀，也许被俘，也许逃亡或突围了。

李春禾兴冲冲地跑回来，喜滋滋地说，团长你看我找到了什么。一边说，一边从口袋里掏出一包饼干。那是从不远处的南韩士兵尸体上摸来的。

欧阳步没有接他的饼干。

"饼干你先留着。我们下山，拼死也要闯出去！"

此时，山上只剩下欧阳步、任天笑、李春禾，早已饿得身体发飘。固守待援，只有死路一条，不能再这样坐以待毙了。任天笑在前，李春禾断后，三个人顺着山坡，小心翼翼往下移动，抵达山脚穿过一个小峡谷，又爬上一个一百多米高的小山丘。

"天笑，有个事……"欧阳步有些气喘，欲言又止。

"啥子事说嘛！吞吞吐吐的。"任天笑不小心飙了一句四川话，把自己也吓了一跳，放慢脚步等他。

"米兰也来了朝鲜，就在师部野战医院。"

任天笑满心狐疑，以为欧阳步饿昏了说胡话，见团长一脸严肃，不像是开玩笑，便停下脚步，追问怎么一回事。

"我之前也不知道。前不久，到师部开会碰巧撞到的。解释说我俩都走了，她一人待重庆没意思，就申请参加援朝医疗队。怕我们担心才没有告诉我们，临了还特意交代，不让告诉你。"

欧阳步想讲得轻松一点儿，尽量轻描淡写。

任天笑突然提高了声调，冲欧阳步大吼：

"她在沙坪坝医院好好的，来朝鲜凑什么热闹嘛？！"

"我哪个搞得清楚哦。这个死丫头！从小就有主见，净搞出这些一惊一乍的事。"欧阳步压低腔调，一副无可奈何。

正说话间，李春禾有新发现："看，前面有炊烟！"

三个人立刻蹲下身子，待四周都安静了，才缓缓起身，仔细观察前方。

不远处的山坡上，一缕炊烟冉冉升起，旁边有个茅草屋。来不及再细致讨论，饥肠辘辘的他们，压抑着内心狂喜，猫着腰慢慢地向火堆靠近。已经不知道走了多久，这里是什么方位，距离史仓里还有多远，也不知道草棚里是友军还是敌军。

一块不大的空地上，一个穿着白色长裙的朝鲜中年妇人，正在往一口黑色锅底下添柴，火苗从锅底窜出来，锅灶四周冒着热气。她抬眼看见了三个陌生军人，惊叫一声丢掉柴火跑进屋内。

三个人端着枪半蹲在草垛旁。

任天笑用朝鲜语大声命令那女子出来，可是几分钟过去了仍不见动静。丹东休整时，临时抱佛脚学的朝鲜话，终于派上了用场。

"我进去看看。"任天笑说着，猫着腰朝茅草屋靠近。李春禾紧跟其后。

欧阳步在原地留守警戒。

屋内地上有一床毯子和压过的稻草，像是为了躲避战争的临时避难所。中年妇女抱着一个十来岁的孩子蜷缩在墙角，孩子因为害怕浑身发抖。

"你们不用怕！我们只想换些吃的。"任天笑进一步解释。

李春禾收起枪，赶紧掏出那袋饼干。

那妇人见来人并无恶意，便递过来一个舀水用的葫芦瓢，意思是同意交换。李春禾接过葫芦瓢冲出屋子，跑到冒着炊烟的铁锅前。他难以抑制内心的激动，嘴里吞咽着口水，伸手揭开锅盖，一团蒸气涌将出来，大米饭的清香立刻扑面而来。

"砰砰！"两声近距离的枪声袭来。

一切来得那么突然！任天笑本能地扑倒在地，一切又瞬间安静下来。他缓慢抬起头，一把黑洞洞的枪口正抵着他的脑袋，朦胧中几双美军皮靴在眼前晃动。

而此时，李春禾双腿跪地高举双手，欧阳步倒在不远处的血泊之中。

二十六

中秋节的前一天，赵紫嫣正在收拾屋子，听到屋外有人争吵，赶紧出来察看究竟。

一辆军绿色吉普车停在圣约翰教堂门前广场。司机坐在驾驶室，吉普车尾部冒着白烟，两个身背长枪的军人正押着凯文上车。凯文一边解释，一边想着挣脱。

"你们干什么？"赵紫嫣冲过去大喊着，试图制止他们。

一个军人住了手，另一个仍死死抓住凯文的胳膊。

"我们在执行命令！请不要妨碍军务。"那军人厉声喝止，不让赵紫嫣靠近。

"你们是什么人？带他去哪里？"赵紫嫣穷追不舍。

“颍州军区的，奉命带他过去问话。”话音未落，便强行将凯文塞进后排座位。吉普车绝尘而去。

二狗押着花车回来时，吉普车的烟尘还未散尽。

他今天起了个大早，去城东花圃挑选玫瑰花。九百九十九朵是提前预订好的，他不放心非要一朵一朵亲自去挑。明天就是中秋节，也是凯文向天骄求婚的日子。二狗甚至可以想象出那个美丽的场景：微风轻拂，阳光洒满大地。教堂门外有一个巨大的拱形花门，台阶处用玫瑰花摆出一个“心”型花坛，广场四周蝴蝶翻飞，鲜花围绕，众人露出幸福的微笑，连街边行人也停下脚步为他们祝福。这一次忙里忙外地安排布置，二狗还被不明就里的任天骄取笑，说他最近鬼鬼祟祟像做贼一样。求婚仪式结束，隔不了几天就举办结婚，然后凯文和任天骄就可以远走高飞了。想到此，他的心底竟泛起一丝复杂的情愫。

见到二狗，赵紫嫣从不知所措中惊醒过来，语无伦次地说，凯文被吉普车带走了，快去找你师父和天骄。

身后的花匠追着二狗问：“这些玫瑰花咋个摆放，您还没交待清楚呢？”

傍晚的圣约翰教堂，像一个没落贵族，孤寂地站在暮色里。

教堂的大门紧闭，铁蛋绕到右边的青砖侧路往里走。传言很久，升职调动的事，终于尘埃落定。他从县公安局刑侦大队长，调任民政局副局长，这两天一直忙着两边工作交接，也没顾得上跟师傅禀报喜讯。今天下班，特意去光明副食品商店买了两盒五芳斋月饼。师傅应该很高兴，一定很高兴！他心里这样想着，街上不时有人跟他打招呼。

推门进院时，任清泉一家正愁眉紧锁。

中秋节，铁蛋捎回消息：人，是颍州军区带走的。战友说连夜送去了蚌埠，下一步可能遣返出境。朝鲜战事紧张，到处抓特务，中美关系紧张已摆到桌面上。托了几个战友，得到的都是没用的信息。

"为啥呀？他一直困在家里，这都快一年了。"天骄焦急地询问。

大概一个月后，任清泉来到沈丘。

他抬手准备敲门时，手在半空中停了下来。此刻，他才意识到已经很久没来看望师父。这个夏秋雷鸣闪电之后，眼前原本枣红大门已经褪色，时光不经意间在门框底角处起皮脱落。他回头看了看妻子。赵紫嫣猜出了他的心思，奴嘴鼓励着他。

"砰砰砰……"

师娘打开门，眼里写满了欢喜，急忙拉着赵紫嫣。

"快进来、快进来！老头子昨天还在念叨你们呢。"

"这段时间一直陪着天骄，就没有来看二老。"赵紫嫣跟师娘赔着不是。

听到"天骄"二字，师娘止住脚步："对了，天骄呢？咋没一起来？"

"去八里辰她姐姐家了。从小就跟姐姐亲，这节骨眼上她俩一起说说话也好。"任清泉抢着接话。

"那就好、那就好！这丫头受苦了。"师娘话语里满是疼爱。

"师父呢，不在家？"任清泉赶紧转移话题。

"出去跑步了！跟着了魔似的，风雨无阻天上下刀子也挡不住，不知哪来的那个劲头！"师娘嘴上抱怨，语气里却透出欢喜，"上个月吵着要洗冷水澡，要不是我拦着，还不知会惹出什么事呢。越老越没个正形儿，还想着返老还童不成？"

任清泉听着也有些意外。师父一向深居简出，早已闲云野鹤，怎么三日不见却精神抖擞焕然一新？三个人有说有笑，走进堂屋。刚刚落座，大门"吱呀"一声，陆庭筠闪身进院。见徒弟到来，自然十分欣喜，连忙招呼老婆子准备酒宴，说中午跟清泉"煮酒论英雄"。

"紫嫣，你帮师娘打打下手，清泉陪我出去转转，可好？"师父笑着问。

赵紫嫣笑了："你们去就是，不用问我。我在家陪师娘。"

师徒二人出门左拐，沿着颍河河堤迎着太阳东行。迎面而来的街坊，脸上挂着难得一见的微笑。沿河小巷里，时不时传来孩子们追逐、嬉戏的叫喊声。

这一年的秋天干旱少雨，河堤低洼处，疾行的脚步荡起缕缕尘烟。河岸边，几朵不知名的野花，一艘废弃破船上孤零零站立着一只乌鸦。

任清泉有些气喘，紧追慢赶师父的脚步，不一会儿就浑身发热。

"师父，这是去哪儿呀？您现在脚下生风呀。"

陆庭筠说，徒步就徒步，先别想其他，调整呼吸跟着走吧。

任清泉不再问话，小跑两步跟上师父，两人一路向东并肩前行。不一会儿，便来到至元寺。看门人见是陆庭筠，拉开院门，穿过亭廊，将师徒引上六角形的得月楼。楼内已收拾整洁，六扇窗下摆了三白三黄六盆菊花，一张圆桌，三把太师椅。

"红茶老规矩，棋呢？"看门人问。

"象棋吧。"陆庭筠答。

看门人下楼去，片刻上来摆好一副紫檀木象棋，又顺手提来一个暖壶，放下一包红茶，说陆伯你们聊，有事喊一嗓子。说完，转身掩门退去。

"这世上，没有比这更清净的地方了。"陆庭筠说。

至元寺四周，几家农舍新，几缕炊烟起。后花园已经被扒开，草坪已经开垦成农田，饮马的水塘变小变浅了。从得月楼远望，田野里几处玉米垛背后，几个军人正在开挖战壕，乌黑泥土被铁锹刨起狠狠地摔在地上，紧接着又被新的泥土重重覆盖。那些军人很卖力，头也不抬一锹连着一锹，被高高地甩起的乌黑淤泥在半空中闪着光亮。突然，一个熟悉的身影闪现，又被玉米垛遮挡，一时无法分辨他是谁。遥远处，模糊的视线里汽车轰隆战马嘶鸣。

"清泉，看什么呢？来坐呀。"

"哦。"任清泉怔了一下，被师父拉回了现实，连忙坐下来，嘴上说没看啥，下面好像多了几处人家。

"凯文的事，我听说了。有新消息吗？"

任清泉摇摇头。

"总能打听到一点儿信息吧，铁蛋也没有？"师父盯着问。

任清泉说，整个人消失了，一点儿音讯都没有。军车直接带走的，没说任何原因，还严禁打听。消息混乱得很，一会儿说押在蚌埠，一会儿说关在徐州，还有人说已经遣返回美国了。

陆庭筠执红，任清泉执黑，师徒对弈。

"天骄呢，她怎么想？"

"我担心的就是这个。"任清泉说，"闺女大了，很多事不愿意说，紫嫣又探听不到一个所以然，这阵子过得呀七上八下的。表面上看，天骄跟之前没啥区别，正常上班下班，按时回家吃饭睡觉，问她也不说，也没见到她哭闹、发火，仿佛凯文的事没有发生过。"

陆庭筠愈加放心不下，可又束手无措，所有的压抑，外表越平静内心越汹涌。朋友分为五等：面熟、聊天、谈心、借钱和托孤。亦师亦友这么多年，他和任清泉名为师徒，实际上情同父子，早已超越谈心借钱。眼下清泉有难，自己却无力分担，想到此处突然有些伤感，一时不知该说什么，下颌抖了半天，喉咙里才挤出三个字：

“你瘦了！”

任清泉伸手从果盘里取了个花生，却始终没有捏开，而是在指尖反复揉捏把玩。他尽量不去看师父湿润的眼睛，一半安慰自己，一半安慰师父，说：

“师父，我没事。”

得月楼，好长一阵寂静无声，只有棋盘上兵来将挡，水来土掩。

“清泉，咱俩认识多久了？”

“二十二年零三个月。”

那样一个平常日子，任清泉竟然记得如此清楚！陆庭筠有些意外和温暖，抬头看着徒弟。

“二十多年哪，就是一个人的半辈子。我常常跟老太婆感慨，年轻时的清泉走南闯北豪情万丈，是多么的雄姿英发羽扇纶巾，连走路都带着风呢。这么多年，生意上没能帮到什么，家庭方面更是心有余而力不足，从明月离世，到天笑从军，再到现在的天娇和凯文，哪一次不是袖手旁观干着急嘛！反倒是我们一直拖累你，说起来惭愧得很哩！”

“师父咋突然说出这话？您是长辈，是我的精神导师。有您在，遇到事我这心里才有主心骨呀。”

“年岁大了，总爱想过去的事。以前哪，盼着过年；后来呢，怕过年；现在呀，还盼着过年。我就想努力、健康地活着，熬过这一个又一个春秋，看看这个世界究竟会变成什么样子。老太婆一直说我神经病呢。”

“师父，这么多年，我有一个疑惑一直不敢问，中原大战结束时，您原本可以回北平继续教书，为什么坚决卸甲归田呢？”任清泉问。

“今天清净得很，就往敞开了说吧。我半生戎马，先教人打仗，后亲上战场。那些年，南征北战死伤那么多，到最后也分不清是非对错、谁输谁赢。我们是军人，这样打来打去，这跟街头混混又有什么区别？都是打砸抢杀夺地盘，无非是人多而已嘛。你见过的，那么多年轻人尸横遍野，像狗一样被屠杀，他们那么年青，那么无所畏惧。"

老爷子仿佛被一下子戳到痛处，这令他欲罢不能："军人的使命是维护和平，可我一直在教人杀人。每想到这一层，曾经教书育人荣光烟消云散，我为前半生感到羞耻。"

回首向来萧瑟处，归去也无风雨也无晴。

老爷子一阵唏嘘、感概。人的一生，是上天注定的，你反抗也好，投降也罢，到最后仍然桥归桥，路归路。

"净听我一个人唠叨了。说说你自己吧。"他平静了一会儿，说。

任清泉停下手里的黑子，把憋了许久的话竹筒般倒出。

"明月走时，我忽然想通了很多事，家人比事业重要，亲情胜过金钱，所以放下包袱，回家陪伴孩子和母亲。可人算不如天算，又被天笑拖拽着重新出山。世道太乱，咱是生意人，只想赚钱，不想蹚任何浑水。国民党来了，咱捐钱；共产党来了，咱捐物；哪怕日本人来了，咱还不是花钱买平安，只求继续做咱的生意。可谁曾想日本人走了，国共打起来了。刚消停没两天，朝鲜又炮火连天。按说这国家大事，跟咱一个小老百姓有啥关联，可诡吊的是我一样也躲不过。您说，我三十出头就向命运屈服低头认怂，马放南山归隐田园，原以为从此退出江湖恩怨两清，可是麻烦不请自来，天笑算是他自找，可凯文和天骄招谁惹谁了？凯文莫名其妙被带走，留下天骄可咋办呢？是的，闺女懂事，强颜欢笑，装作一副若无其事的样子，可我这每天揪着心呢。要杀要剐总要给个说法嘛，这不明不白算怎么一回事儿？"

陆庭筠知道徒弟有苦无处诉，前面那些铺垫，就是为了让他发泄情绪，见徒弟喘气均匀了，才不紧不慢地说：

"凡事，若都有道理可讲，这个世界就简单多了。这一点儿，我跟你不同，越是无奈、孤立无援的时候，越要倔强而努力活着，即使像条狗，也要夹着尾巴活下去。我就是想熬过冬天，看看春暖花开的样子。"

真正的认怂，不是不反抗，而是身体躺平却心存希望，把一切交给时间，让时间去检验。任清泉忽然明白了，师父每天风雨无阻跑步的意义：以前活着，是为了玩命；如今玩命，是为了活着。

"穆楚还活着，在万县的一所劳改农场里。"陆庭筠突然转移了话题。

任清泉心不在焉地"哦"了一声。他沉浸在自己的思绪里。是的，生活总要继续，只要活着，就有希望！人，应该像水一样，可以装进任何一种容器。他的目光越过窗台。窗外，一束光撕开云层直插大地，高音喇叭传来抗美援朝节节胜利的消息。

天笑，很久没给家里写信了。

重阳节，任天骄去了八里辰。

刚进村口，小蔷薇已等候多时。远远地奔跑过来，亲热地拉着小姨的手往家里引。

小院还是那个小院，四周的蔷薇花瓣落了一地，墙根处几株铜钱大小的野菊花，白的黄的红的开得正艳。门框右上方挂着鞋底大小"光荣之家"红牌牌，院子里那棵白杨柳树更高更大了。

秦晋正蹲在地上杀鸡，一把沾血的菜刀、小半碗鸡血和刚扔到地上仍在蹬腿的鸡。见天骄进来，连忙起身，却冲着小蔷薇说：

"昨晚就盼着小姨不肯睡觉，今天一大早往村口不知跑了多少次。这回真来了，别傻站着给小姨倒碗水去！"

小蔷薇答应着，喜滋滋地跑进了灶屋。

天骄凑到姐姐身边，小声问："谁死了？村口路边草席子里卷了个人，石头带人在田里挖坟呢。"

"满堂，石头他舅，就是跟你姐夫和天笑一起当兵的那个。"

"咋啦？年纪轻轻的咋就？"天骄十分意外。

"他退伍时，不是带回来一个外地老婆嘛，那婆娘一天到晚哭闹，四处嚷嚷说满堂欺骗了她，家里不仅没有两座楼，还饿肚子吃了上顿没下顿。自己哭瞎了眼不说，还一次次信口胡诌，说满堂是带着任务回来的，是国民党潜伏特务。这话越传越远，这不赶上'镇反'，公安就把满堂抓去审问，才几天时间就拉回来个席筒子。"

任天骄听着瘆得慌，偷偷看了一眼姐姐，暗自庆幸哥哥和姐夫还在部队。

姐姐进灶屋烧水褪鸡，天骄抢着坐在灶前添柴。

"那婆娘说话咱村子里也没几个人懂，谁知道是真是假。按理也是可疑，一起当兵的那么多，为啥就他一个人回来了？"秦晋一边往锅里舀水，一边自言自语。

任天骄往灶膛里塞木柴，炉火更旺了，金色的火焰摇曳着。

自从上次被骂之后，东南王庄二姐更觉得亏欠，对秦晋愈加殷勤示好，依旧想方设法贴补照顾弟弟一家。秦晋自然明白，但心里仍过不去那道坎，不肯原谅她。二姐捎话过来，说重阳节村子里唱大戏，接她们过去。秦晋抹不开面子，最后打发李夫子一个人去了闺女家。

"二姐她也不是有意的。你就别生她气了。"

秦晋不说话，双手在案板上使劲儿揉面，心里那个委屈。她平日里最看不上贪图小利之人，要不是二姐多嘴，春禾哪会动那歪心思？

"做人要有骨气！冻死迎风站，饿死打饱嗝，退一万步说你能占得了政府的便宜？这个猪脑子的春禾呀……"说着说着，竟然抹起了眼泪。

任天骄想起生死未卜的哥哥和下落不明的凯文，也跟着落泪。

小姨来了，小蔷薇不再跟村子里的小伙伴玩耍，一个人躲在院子外的椿树下，假装逗树上的"花大姐"，竖起半只耳朵偷听小姨跟妈妈唠家常。她无论如何也想不明白，为什么每次小姨来，妈妈一会儿哭一会儿笑。当她扭头看见饭菜，立刻忘了刚才的疑惑，赶紧跑回家爬上桌。方桌子上，一盆土豆烧鸡、一盘大葱炒鸡蛋和一碟凉拌萝卜片。

"喜欢小姨不？"任天骄逗她。

"喜欢！"小蔷薇盯着饭菜，口水直滴。

"为啥呀？"

"小姨来了，有好吃的！"

任天骄和秦晋被逗笑了。

"还有呢？"

"妈妈会哭，也会笑了。"小蔷薇一边啃鸡腿一边说。

姐妹俩相视而笑。

饭后，姐妹俩到村外散步。小蔷薇沿着田埂追逐一只黑色蝴蝶。

深秋的黄泛平原，秋色染黄了树叶。田间小路上，蒲公英已经飘散，枯黄的叶子在微风里飘摇，"地皮草"还在顽强攀爬一簇簇地抱团取暖，只有野菊花恣意绽放。

凯文被带走，任天骄始料未及，短时间无法适从。凯文带走了她的一切，她的欢乐、阳光、温暖和爱。她仿佛走进了人生灰暗、潮湿、苦涩的隧道，黑暗中看不见尽头。八里辰，是唯一的温暖归宿，所以才决定来看姐姐，而没有跟随父亲去沈丘。一切都是有定数的，就像有多少幸福时光，就有多少痛苦回忆。如今的教堂大院变得冰冷、寂静，让人心慌。

"姐，你跟姐夫当初是怎么认识的？恋爱谈了多久结婚的？"

"我们哪有恋爱？都是媒妁之言，只见过一次面就结婚了。"秦晋目光越过空旷的原野，"媒婆说，李家祖上富贵，爷爷辈遇人不淑才家道中落，所有田产都变卖还了债，但一家人诚实守信又知书达理，将来有机会一定能翻身。你姨和姨夫就点了头，就这样稀里糊涂的，我十八岁就嫁到了八里辰。"

"那你们过得幸福吗？"

秦晋看着远方，扭头撇了一眼妹妹。

"幸福，是属于你们小姑娘的，姐只知道如何过日子。春禾人老实本分，对我也很好，跟他在一起踏实，就是想着这一点，这些年姐才能一天天熬过来。姐习惯了这种平淡、清贫的日子，再说还有小蔷薇呢。春禾在部队待着也挺好，现在政府优待军人家属，乡里逢年过节派人看望慰问，还给了咱那块红牌子，它给咱看家护院呢。这年月，他回来干啥？你看看满堂。"

天骄听着有些糊涂。姐姐盼着姐夫归来，可又怕姐夫回来。

"只要他在外面好好的，这个家就有希望，我们总有团聚的那一天！"姐姐像是下了很大的决心，一字一句地说完，目光里充满了期待。

　　任天骄在姐姐家多住了几天。一来小蔷薇黏她眼泪汪汪的舍不得她走，二来觉得跟姐姐话没说够。说来奇怪，在姐姐家她不再失眠，一挨枕头就进入梦乡，直到清晨被窗外的鸟鸣唤醒。乡间的静好，只有懂它的人知道。

小蔷薇跑进来，拉着她的手叫她起床吃饭。

院子里，小方桌上已摆上新季的红薯粥，中间一盘韭菜炒鸡蛋。天骄有些不好意思，挠了挠头羞愧地说，在姐姐这儿咋沉睡不醒呢。

三个人有说有笑吃早饭。今年秋季干旱，红薯长得大而粉甜，加入小米熬成红薯粥，在舌尖上那么一转，芳香早已沁人心脾。任天骄忍不住猛吃了几口，连连点头称赞姐姐手艺一流。

刚刚撂下筷子，屋子后面传来一阵急促的脚步声。二狗满头大汗冲进来，上气不接下气说："师父被抓了。"

二十七

一波未平，一波又起。

赵紫嫣站在门廊下手足无措，看见任天骄、二狗回来，怯怯地迎上去。

"不知咋回事！今天一大早，我们从沈丘赶回，还没进屋呢，两个公安不由分说就把你爸给铐走了。"

赵紫嫣声音细小，躲闪着天骄的眼睛，好像这一切都是她的错。三人正说话间，铁蛋匆匆赶来。

近期，各地都在取缔教会，查抄出版物《圣经》，上面要求绝不遗漏一本。昨天那帮人就是来干这个的，查遍钟楼、休息室、会议室及教区办公室，一番翻箱倒柜之后，查抄数量跟原先掌握的情况对不上。师傅师娘不在，为了交差，办事人员才搜查教工宿舍，凯文的以及师傅的。书没搜到，谁知在师傅卧室衣柜里搜出一把手枪。

铁蛋把前因后果讲得一清二楚，并不是针对教堂和师傅。

怎么会有枪呢？众人不解，疑惑地看向赵紫嫣。

赵紫嫣脑子一阵空白。半晌，才想起什么来。卧室衣柜角落里一直存放着一个精致木盒子，红红的油漆裹着金边，挂着一把小巧的铜锁。自从她来到这个家，那个红盒子就一直藏在柜子里，几次搬家任清泉都亲自携带。为此，赵紫嫣心里还存过几分怨气几分好奇，偶尔开玩笑问里面藏了什么宝贝，任清泉每次都不正面回答，简单敷衍几句便不了了之。

"我一直没打开过，你爸有交代，叫我不要动它。要知道是枪，早就催你爸上缴了。"赵紫嫣一脸懊恼地说。

任天骄见了，心生怜悯，走过来轻轻将赵姨娘揽入怀中。她丝毫没有责怪赵紫嫣的意思，却被她怯懦的眼神惊醒，原来在这个家里自己已如此重要，以至于赵姨娘都不敢直视。

"目前只打听到这些，暂时也不知道师傅被关在哪里。天骄呀，千万别着急！我再托人打听。"铁蛋说罢，匆匆离去。

对任天骄而言，真是福无双至祸不单行。凯文的事尚无着落，父亲的枪再掀波澜。两个最亲近最信赖的人相继不见踪影，她像是被抛在浩瀚水面上，突然之间无依无靠，而脚下已是万丈深渊。

"不怕！"她在心底告诫自己，却手脚冰凉浑身颤抖。父亲说过遇事要冷静，万不可自乱阵脚。她深吸了一口气，凝视着赵紫嫣茫然无助的眼神，瞬间觉得有一副担子落在了自己肩上，自己长大了，到了自己独自面对风雨、替家人遮风挡雨的年龄。

人的成熟，总是因为某件事情，在刹那之间毫无预警地降临。以这一刻为界，过往是天堂，从此下凡间。

此时此刻，任天骄觉得自己肩上多了一副担子，她必须责无旁贷地承担。就像阳光穿透云层，重重地打在身上，既温暖了她，又照亮了她。她整个人发着光，焦虑的眼光一下子变得柔和，缓步走近赵姨娘，轻声说：没事的，咱们进屋吧。

原本是一件普通的查抄事件，如今陡然变成了涉枪大案。面对这样的情形，许多人唯恐避之不及。身为民政局长，铁蛋当然清楚其中的利害深浅，以他对师傅的了解，他不相信师傅参与了什么组织，更不可能怀有不可告人的目的。除了帮师傅澄清事实，他没心思权衡利弊，更不能袖手旁观置身事外。

"教堂枪案"很快被列为界首今年以来查获的首要大案，此案更引起颍州地区及省里高度关注。

公安局老赵是铁蛋的老战友。两人庙岔事件时结识，后来一起闹革命，一起枪林弹雨。铁蛋推门进屋还没开口，老赵在写什么东西，头也没抬，直接告诫他别蹚这趟浑水。

师傅有难，徒弟必援。铁蛋铁了心要还师傅清白。

"甭废话！这雷我蹚定了。他一个久归田园的人，怎么会有持枪作乱之心？这中间一定有什么误会。"

老赵斜着眼，瞄了他五秒钟，说："还是战场上那种虎劲儿！行，将来有麻烦别怪我没提醒你。你师傅这案子，是界首今年的头等大案，局里上下严阵以待，已经成立了专案组，局长亲自挂帅呢。"

"草木皆兵！"铁蛋一听就火大，仍低三下四跟老赵耐心解释："我师傅早就不问世事，他对赚钱都没有兴趣，还会反革命？他给邓政委捐款、又把宅子租给政府，到最后自己居无定所，才蜗居在教堂宿舍。他是对革命有功之人，为新中国散尽家财，要说他有造反之心，打死我也不信！"

"那他藏枪究竟想干什么？"

铁蛋越说越激动，被老赵呛得卷了舌头。气氛顿时陷入尴尬，老赵起身倒了杯水，递到铁蛋面前。

"你说的我都知道，可既然查出枪支，又传得沸沸扬扬，此事总要弄个水落石出，给老百姓一个交代吧。这一年来，革命形势你也清楚，镇压反革命分子，至今仍然是公安工作重点。这两年，虽然肃清了一大批地、富、反、坏、右分子，挖出了几个国民党潜伏特务，巩固了革命成果，那些隐藏的阶级敌人会就此死心？老蒋逃到台湾了，还不是一天到晚叫嚣着反攻大陆吗？"

在昔日战友面前，铁蛋被训得哑口无言。老赵见铁蛋不说话，知道话说重了，赶紧往回收：

"我们羡慕你呀，民政局在后方，安置好复员转业军人，管理监督好社团组织，就可闲情逸致万事大吉。我们在前线，必须冲锋陷阵，上面盯得紧，'把隐藏在人民群众中的反革命分子一网打尽，不放过任何一个漏网之鱼'，能是打打嘴炮说着玩的？你师傅的事，不搞个一清二白，谁也别想脱身。这人呐，一时半会儿就甭想出去了。等事情有一点儿眉目，我专程给老兄汇报，行不行？"

铁蛋见老赵密不透风，自知再待下去也无益，只好点头离去。

一周之后，任天骄在白果树四合院见到了父亲。

由于案情重大，任清泉一直被秘密关押于此。这是中原大战后，他买下的宅院，他的孩子在这里玩耍、长大。房屋早已旧貌换新颜，原有陈设被搬移一空，门窗被重新刷过油漆，墙壁也被涂抹得雪白，但这里的一砖一瓦早已烙在他血液里，白果树依然挺拔苍翠，仿佛在透过窗棂向他问好，房梁屋山保持着原样，屋梁上的燕子窝还在，窝沿的污迹残存依旧，只是飞来飞去的小燕子已不见踪影。这里的一切令他感到亲切、安全和放松。

这，注定只是一场误会吧。他想。

刚进来那会儿，没有人刁难，警察对他也算客气。他觉得事情并不复杂，误会不久将解除。但很快，他意识到问题的严重性。关于那把枪，他解释了一遍又一遍，重复的话已令他不厌其烦。审讯他的人换了一批又一批，都是老样子记录、签字、按手印，可没有人采信。那些人却神情越来越凝重，口气越来越严厉。

"你最好老实交代！否则我们就不客气了。"一个南方口音的警察，声音刺耳，像个太监。

"警官，我说的句句实情。"任清泉窝着火，语气尽量平缓。

"王效义临死前夜，跟你说了什么？"

南方警察突然转换话题，提起王效义。任清泉虽然问心无愧，已经预感到百口莫辩了，情急之下找不到话语，只好沉默以对。

"你有一个女儿，你总不希望我们找她谈吧。"

"警官，我发誓我所说绝无半句虚言。"提到女儿，任清泉语气矮了半分。

"不见棺材不掉泪，拼死抵抗是吧？"南方警察死死地瞪着任清泉，跟旁边的人使了个眼色，然后摔门而出。

随后，听见院子里有人低声交代：给我好好招待招待，甭再管谁的师傅谁的徒弟，一定要挖出背后的秘密，有多少人、怎么联系的。

任清泉仰望着熟悉的房顶，一声叹息。他交代得一清二楚，可来来往往这么多警察，穿警服的和穿便装的，就是没有人愿意相信。阳光，从西山墙耳洞里钻进来，斜照在房梁上，一只蜘蛛在梁上爬行。

这天夜里，任清泉梦到自己被捆住手脚，堵上嘴巴，被鞭子狠狠抽打，直至血肉模糊、皮开肉绽。他拼命呼喊，四周空荡荡的，死一般沉寂。那撕心裂肺的求救声，在旷野里回荡着，无人听见也无人理会。醒来，惊出一身冷汗。

这世上，原本春去春来、花谢花开，若不是欲望难掩、沟壑难平，哪来的矛盾纷争和陷害杀戮？很多简单的事，只是因为人而变得复杂，任凭你长了一百张嘴也无法自证清白。灰暗的屋子里，房梁上的燕子窝像一条张开了血盆大口的毒蛇，变得狰狞陌生。这座曾经温暖熟悉的宅院，此刻像极了一个囚徒的牢笼。直到此时，任清泉才意识到，之前他把事情想得过于简单，自己可能永远无法走出这间屋子了。

任天骄左顾右盼，她再次回到既熟悉又陌生的院子，简直像做梦，很多年没再回来，几乎忘了它的模样，可一脚踏进门槛，记忆如洪水般涌入。砖墙、门房都没变，围墙四周新增了铁丝网，地面的青砖有几块被更换过，门窗保持原样，但已换了颜色。她欣喜中伴着苦涩，温暖里参杂悲凉，五味杂陈一起涌上心头，父亲竟然羁押在自家宅院，这是多么滑稽而讽刺的一幕。

"有什么话，就在这窗外说。"小便衣不让她进屋。

"爸！"任天骄轻叫一声，双手搭起凉棚朝屋内张望。里面黑漆漆的，片刻过后，才在昏暗的光线里找到父亲。

任清泉听到女儿的声音十分意外。他们果然去找了天骄，果然动用这令人不齿下三烂的招数。他的心仿佛被绳子勒住了，痛得无法呼吸。窗外的阳光刺眼明亮，像一件霓裳披在女儿肩上。等走近了，才发现女儿瘦了，全身透出疲惫，他满眼的惊喜和担忧。

"我没事！我回到了咱们自己的家呀。"任清泉主动安慰起女儿。

"嗯。"任天骄轻轻点头，"你脑门儿？"

"哦，晚上起夜不小心撞的，没事的。"

任天骄装作一副不谙世事的表情，内心里却隐隐作痛。父亲就是这样，风雨一肩挑，即使自身难保也永远故作强大，为儿女苦撑一片蓝天。

"那个紫檀箱子，是明月的嫁妆。"任清泉开门见山，"那是你妈妈留下的唯一物件"。

任清泉说，箱子里只有三样东西：明月的一张旧照、邓政委的捐款证明，以及那把"小麻雀"。那是吕公权送的生日礼物，一把美国制造、经特殊技术处理过的、打不响的收藏版手枪，是他和吕师长友谊的见证。吕公权殉国后，他一直珍藏着，既舍不得上缴，也舍不得丢弃。一个纪念品而已，他几乎忘掉了也就没放在心上，谁知道……

这些话这些天，任清泉反反复复说了不下百遍，就是无人采信无人理会。任天骄知道了事情原委，可仍无法解开心中疑团。既然此事已然明了，为何还身陷囹圄？她盯着父亲。

"可是，没人相信呀。"父亲摊开双手，苦笑。

真相是什么已不重要，要人们相信它才重要。看着眼前焦急的女儿，任清泉心如刀绞悲从中来。他曾经希望女儿永远傻傻地不谙世事，活在自己的美好世界里不要醒来，永远不要面对这个真实而残酷的世界。可是，如今他亲手打开了现实的大门，将赤裸血腥的世界推送到她的面前。这是一个父亲最不愿看到的结果。

任清泉掩饰着内心里的翻江倒海，赶紧转移话题，故作轻松地问：

"你赵姨娘还好吧？"

任天骄点点头，说就在门外呢，门卫不让进。

"你哥来信了吗？"

任天骄摇摇头。

任清泉安慰道，你哥没事，要是有事，铁蛋会第一时间得信的，眼下没有消息就是最好的消息，广播里不是说，咱们在朝鲜节节胜利嘛。

任天骄不信广播，但对父亲前面的话将信将疑。

"别担心你哥，我放心不下的是你。"任清泉说，"凯文那臭小子太实诚，一点儿不懂变通，求婚就求婚嘛，非要先搞个什么订婚仪式，再登记结婚。弄这些繁文缛节干什么，耽误了大事。"

知女莫若父。父亲最后这段话，戳中了女儿心底最柔软的那个部位。任天骄的眼泪再也抑制不住，泪珠噼里啪啦地滚下脸颊。

任清泉顾不得安慰，将手从窗户缝隙里伸出来，用力抓住女儿的手，像是作最后的告别，一字一句地说：

"要是，凯文有消息，能走别留！越远越好。无论发生什么，别回来！连清明烧纸都不用，我们不介意。"

任天骄瞪大了双眼，吃惊地看着父亲。她没有想到父亲会说出这样的话，仿佛这一面就是永别。往日温暖慈爱的父亲，一下子变得如此严肃认真，严厉得不容置疑，令她害怕、惊慌、不知所措。

"你要答应我！无论发生什么事，都按我说的做！"父亲的手抓得更紧了。

任天骄脑子一片空白，顺从地点点头，手已被攥得生疼。任清泉死死地盯着她，许久才撒开双手，长吁一口气如释重负。

那个温顺、坚忍的父亲，突然变得如此冷酷、决绝，刚烈得完全像换了一个人。任天骄无法知晓这座旧宅里发生了什么，很明显父亲把这次探监当作一场生离死别。短短数月，原本平凡、幸福、低调无害的任家一如飓风掠过，满目疮痍。任天骄无法接受父亲就此远去，更无法容忍父亲背负这样的污名。既然飞来横祸无处躲藏，她要迎面直击奋起抗争，洗刷、改变这一切，为了父亲不惜付出任何代价。

这时，门卫走进来，站在门廊尽头说：时间到了。

任天骄整理了一下情绪，缓缓站起身，微笑着对父亲说：爸！我跟赵姨娘等您回家。

二十八

平头兄这两年爱上了书法。

当初，为了心中的理想，他秀才扛枪走向战场，一门心思闹革命，脑子里只有血雨腥风，哪里顾得了这些玩意儿。如今平了天下，轮到他坐镇一方，骨子里那份远去的情怀雅兴悄然回归。在他看来，中国书法博大精深，颜体遒劲有力，柳体洒脱飘逸，一横一竖中蕴含了天地万物，运笔回锋里充满了人生智慧。空闲时，院子里的长条桌，成了他舞文弄墨的战场，铺上宣纸自己研墨。

任天骄的突然到访，令他有些意外。

很显然，这位"资产阶级大小姐"经过了一番精心打扮。黑色高跟鞋，青花蓝旗袍包裹着让人想入非非的曼妙身材，珍珠耳环下面是白皙修长的颈脖，恰到好处地略施粉黛，嫣然一笑时红唇轻启：

"平书记！好久不见。"

平头兄正在练字，一副"武道"二字横竖几遍都不满意，揉成团扔了再写，写了再扔。重新写就收笔，手里的笔还未放下，抬头见是任天骄，招呼道：

"过来过来！看看这幅字怎么样？"

一股清新爽体的香味扑面而来。任天骄靠过来，紧挨着平书记，一双迷人的大眼睛紧盯着桌面，抿着嘴半天不说话。

"要我说嘛，一般般！"她故意拖长了声调，又停了停，转脸看着他说，"也就是颜真卿徒弟的徒弟水平吧。"

平头兄正在兴头上，被她先抑后扬的溢美夸赞，撩拨得心潮起伏，到最后忍不住哈哈大笑。研习书法以来，他偏爱颜体，一直觉得柳体字虽然洒脱飘逸，但毕竟花拳绣腿，不及颜体稳重大气柔中带刚。

"这'武道'二字，说来听听。"趁着雅兴继续追问，女人的耳环在他眼前晃悠。

任天骄也不客气，说文武之道既然没了"文"，那就只剩"武"临天下了，但是武也有武的章法，对外是以武会友、以武拒敌，对内则惩强除恶、慈悲为怀、以柔克刚，而不是以大欺小、以强凌弱；说到底，"武"就是能力、权力，也就是说掌握了权力，就要善于运用权力，要遵循一定的道义、规矩、规则，让能力、权力为百姓谋福利，推动社会公平、正义、公民自由、平等。这既是武道，也是天道，习武者不是要战胜别人，而是要战胜自己。

任天骄这一番话，让平头兄刮目相看。重回界首这么久，今日才有人把"武道"二字解释得如此通透。平书记心底十分欢喜，连忙招呼任天骄坐下。

"真是士别三日哪！没想到几年不见，那个不争不抢、不卑不亢、温润如玉的姑娘，还是当初一尘不染的老样子。好好好！太好了！我一直要当面感谢你，今天你终于出现了。"

"谢我？谢我什么？"任天骄一脸懵。

"方向北，我们的革命烈士呀。当初，你在城门楼给她收尸，偷偷挖坟安葬。你是为革命做过贡献的人。我当然要谢你咧！"

任天骄暗暗惊讶。当初她瞒着所有人，夜深人静之时所做的事，自以为神不知鬼不觉，没想到平头兄一清二楚。

"我知道，你俩是形影不离的好朋友，可你一个弱女子所做的事，勇气胜过当年所有界首男儿，那可是通匪杀头的重罪。我们共产党人也是知恩图报的，就冲这一点，将来遇到什么难事尽管来找我。"

平头兄仿佛知道她有事所求，竟然主动揽活。

任天骄见时机成熟，赶紧借坡下驴，说：

"平书记，我还真有事求您呢。"

平书记研完墨，正准备动笔，听她这么一说，毛笔停在半空。没料到，他随口那么一说，却正中别人下怀。任天骄便把父亲被抓的事，一五一十地详解一遍，说到动情处更是梨花带雨。

"我爸是冤枉的！他一直支持咱新政府。您是知道的，当初给咱部队捐款，后来又租四合宅院，说他是持枪反革命，书记您也不信是不是？"

原本一句玩笑话，却惹来任天骄的声泪俱下。平书记有些懊悔，有些不舍，走近了些，试探着抚拍她丰腴光滑的肩膀，安慰道：

"好了好了！我明天亲自过问此事。"

二狗，再次赖在铁蛋家不走。

为了师父，他以这种近乎无赖的方式，督促师弟赶紧找人解救师父。自从任清泉被抓，二狗像一只无头苍蝇，东奔西跑干着急没办法。他认识的人里，只有铁蛋官最大最有出息，只能死缠烂打求他。

"师傅涉的是枪案。你这样死皮赖脸地盯着我也没用呀！你以为我不着急？他不是我师傅？"铁蛋看到他烦得很，话说得有些重。

二狗才不管什么门难进、话难听呢，他一心只想救师父，便回怼道："你哪里着急嘛！都这么久了，一点儿进展也没有，师父到底要关到什么时候？"

铁蛋无语了。他已经使出浑身解数，四处求爹爹告奶奶，可眼下的确毫无进展。碰到二狗这样狗皮膏药的，他不愿再解释，无奈地叹了口气，指了指板凳示意二狗坐下说话。

这时，有人敲门。公安局老赵站在门外，见有外人支支吾吾不愿说。

"这是我师兄，也为师傅的事着急呢。没事你说吧。"

老赵说，前天县委秘书到局里了解过任清泉案情，还调阅了有关卷宗。今天颍州公安处也派人来核实情况，详细询问整个案件细节，除了那把枪，还提到那张邓政委的捐款证明，可那份证明县局物证科压根儿就没有呀。

"我师父捐过黄金，我可以证明！"二狗一听就急了，"那张证明跟那把枪一起，都放在那个红木箱子里。哦对了，当年平书记也在捐款现场，他也能证明。"

铁蛋赶紧给老赵递上烟，忙着询问下一步该怎么办。

老赵白了一眼二狗，说，人证已经有了，现在需要的是物证。

当务之急是要找到那份捐款证明，否则说什么也没有用。这个案子已经拖了一段时间，再找不到新的有力证据，吉凶难料呀。

任天骄坐在廊下，仰望着教堂钟楼塔尖发呆。一只喜鹊飞过来，在塔尖上跳舞，又忽闪着翅膀飞走了。

她在家苦等了十天，父亲的案情仍没有半点儿进展。对她而言，这漫长的十天每一分每一秒都是煎熬，内心像被无数只蚂蚁没日没夜地撕咬。她受够了，不能再这样坐以待毙。在言语不能抵达的地方，她决定身体力行。父亲命悬一线，那个男人是她拯救父亲的唯一希望，必须牢牢抓在手里。为了救父，即使放下所有自尊，褪去所有衣衫，她都在所不惜。

"不行！我要去找他，今晚就去。"任天骄转身进屋，坐在梳妆台前。

赵姨娘走过来，细语轻声地说："天骄，我想明天去一趟开封，找找那个唐香玉。她现在人红，认识的人多，说不定能帮上咱，救出你爸。"

任天骄正忙着梳妆打扮，既没功夫听她细说，又觉得远水解不了近渴，便急切回应道：今晚我有事，马上就要出门，明天跟姨娘再详聊。

日落时分，任天骄匆匆出了门。她挽着发髻，脸上涂抹了胭脂，嘴唇艳红，高昂着脖子，雪白短袖衬衣下挺拔的双乳呼之欲出，脚踩一双黑色高跟皮鞋，穿过教堂前广场，墨绿色碎花裙摆很快消失在不远处的街角。

县委大院设计图是个宝葫芦，两个院子前大后小，前院办公，后院是外派官员住所。靠东的独立小院今天欢声笑语，墨宝飘香。平书记在自己家里以文会友，邀请县里书画界十余名人小聚。

任天骄闯进来时，小院的门吱铛作响。众人诧异，只见一位冰清玉洁、芳香四溢的女人站在门口。有人认出她来，低声介绍说是界首第一美女。

平书记见任天骄不请自来有些意外，好在是非公务的私人聚会，便拉着她跟大家介绍，这是他辅仁中学的学生，十年前的爱国文学青年、辅仁读书会积极份子。

众人鼓掌欢迎。一群男人见到美女更是孔雀开屏，吟诗作赋相互吹捧三生有幸。片刻之后，众人见冰美人不苟言笑拒人千里，方觉无趣纷纷借故离去。

小院很快安静下来。女人忙着收拾茶几上的杂物。

男人站在那儿看着她，内心升起几分怜香惜玉。女人所托之事仍无定论，拖到今日几近食言又不便明说。为了一诺千金，由他牵头在县委领导班子召开专题讨论会，将讨论结果汇总，以"保护开明士绅"开头，把该说的不该说的一并做了解释和分析，临了以县委名义盖上公章递交颍州区委，但颍州方面迟迟没有动静。

"来来来，别忙活了。"他在亭子里叫她，知道她等得心焦。

女人听到喊声，丢下手里的果壳，杵在原地一动不动。再往前一步，也许万丈深渊，也许豁然开朗，也许舍弃自我也终将一无所获，但是她已经没有时间犹豫纠结。内心里分明有两个声音在疯狂争吵，一个说：别犯傻！快回去；另一个却说：机不可失，时不再来！她在痛苦中挣扎，而四肢却不听使唤，依然试图挪动僵硬的脚步。父亲危在旦夕，那个云端的骄傲公主，不得不面对现实，低下她高昂的头颅。

片刻之间，她像一只翩跹蝴蝶，轻快地飞入亭子，蓦然发现桌上笔、墨、纸、砚一应俱全。

"正好我手痒了。快快！帮我磨墨。"她挤过来，胳膊肘拨开男人，欢快地指挥着他。

男人一个趔趄躲闪不及，女人已挤在桌前。修长的后背紧贴着他的左肩，一股迷迭香的气味钻入他的鼻息，他的手顺势放在水蛇般的腰身。

女人提起笔，在砚台里蘸了蘸，笔尖停在了宣纸上方一寸高的半空中。

"该怎么落笔？我忘了。"女人扭动腰身，撒着娇，嗔怪着。

男人被挤到身后，见她并不动笔却发出诱人讯息，便借机将身体前倾，左边半个身子压在女人身上，右手轻轻握着她执笔的手。那只芊芊玉手柔软、细腻、光滑，仿佛从未沾染凡尘，那挽起的发髻撩拨着他的鼻尖，散发一股让人冲动的无法抑制的气味。那味道激发了男人斗志，令他欲罢不能。

女人的耳畔被一丝温热的气息薰染，痒痒的。她不由自主地耸了一下右肩，纤细的腰身随风摇摆，丰腴凸起的翘臀正好抵在男人下体。两个僵硬的身躯游移着、试探着。

一个硬邦邦的东西顶过来又迅速躲开，继而再次试探着回顶过来。女人扔下手里的笔，快速转过身来，直视着眼前这个既熟悉又陌生的男人，目光里说不清是欲望还是期望，道不明是惊喜还是悲凉。

"明天，我亲自打电话。"男人急不可耐地承诺。

两个各取所需的躯体，急切地、紧紧地黏贴在了一起。

夜幕悄然降临，漆黑的四周不见一丝光亮。深秋的风刮过来，枯叶在院子里随风舞蹈，发出"飒飒、飒飒"的声响。

陆庭筠在一个烟雾飘渺、亭台楼阁的云端，见到了他的徒弟。

清风徐来，云雾缭绕，一棵参天大树刺破云层，像一顶擎天华盖显现眼前。那苍穹树木高大挺拔、枝桠苍劲有力，金黄色的伞形叶片落满了云端下方的四合大院。任清泉站在飘渺的烟雾里，背对着他说，这棵千年白果古树，由于不忍心窥看人情冷暖世间疾苦，拼了命向阳而生脱离苦海，所以才独木成林傲视八方。它眼见李自成直捣北平，又看他兵败如山向南逃亡，闯王疾驰的马蹄踏伤了它双脚。白果树，白白无果，空留人间。他盯着徒弟虚无模糊的背影，不知如何应答，便沉默着不接话。任清泉听不到回音，转过身来冲着师父鬼魅地笑。他瞪大双眼，却无论如何也看不清徒弟的脸……

陆庭筠从梦中惊醒，吓出一身冷汗，此时已天光大亮。他起床，一边洗漱，一边嘀咕，觉得那个梦很奇怪。任清泉长相如何，方脸还是圆脸，单眼皮还是双眼皮，他却怎么也想不起来。哑然失笑后，不禁感叹：人老了，记不住东西了。

他照例出门晨跑。不一会儿，脸色铁青地回来了。老太婆见他不同以往，追问缘由。老爷子拉长了脸不说话，被逼急了吼道：烦着呢！快去炒一盘芹菜肉丝，油炸一盘花生米。

老太婆拗不过，心里疑惑，一边进厨房，一边唠叨：一大早发什么神经，稀饭都熬好半天了。

悠然亭，空椅子，老爷子坐在正对面，双手捧起酒杯。

"清泉呀，你爱吃的酒和菜，都在这了。我先干了这一杯！"说罢一饮而尽，将空空的酒杯倒置，高高地举过头顶。

人的一生，乐短愁长。谁，不是在苦难中隐忍、煎熬？人生有太多的无常，无法预判、无力辨别，甚至无需努力，就像时代的一粒灰尘，被推拉着、撕扯着、裹挟着，飘向未知的远方。

一生矜持、内敛，情感极少外露的陆庭筠，自斟自饮、自说自话，酒杯空了续、续了再空。空椅子上，任清泉微笑看着师父，时而摇头，时而点头。

"人生有三大不幸，少年丧父、中年丧妻、老年丧子，你我各占其一。你这一走，高山流水再无知音。你我中原相遇相知，亦师亦友、亦父亦兄，无奈情深缘浅，谁曾想竟白发人送黑发人！"

情到深处，老爷子伏案哽咽，不能自已。老太婆半倚门框，远远地看着，不阻不劝、不言不语，眼角浸满泪水。

初冬的沈丘，落木萧萧。

这年的冬天，阴冷漫长，大雪纷纷扬扬半月不止。

圣约翰教堂门前广场，一只麻雀在积雪上觅食，时而翻飞，时而跳跃。如今的教会门可罗雀，寒冬腊月更是人迹罕至。广场四周的梧桐树枝光秃秃的，不见没有半点儿生机，树枝下面两串深深浅浅的脚印。

秦晋抬头望向天空，教堂屋顶的积雪在阳光下反射出刺眼的光。钟楼的窗户半开着，露出残缺不全的玻璃，窗户上面的时钟已经停摆，指针永远定格在凌晨四点。再过两天就是春节了，她来接妹妹回家过年。

小蔷薇跳跃着跑在前面，脚下的雪花飞溅。

“小姨！小姨！”她叫喊着。

这是二十年来从未有过的严冬，仿佛屋子的每一个角落都漏风，只有躲进被子才能感到一丝温暖。任天骄眯着眼睛，露出半张脸蜷缩在被窝里一动不动，迷迷糊糊中听到叫喊。

“谁家小孩乱跑乱叫？烦死人。”她嘟囔一声，蒙上头继续睡。

“天骄！”秦晋在屋外喊。

任天骄听到姐姐的声音十分意外，一骨碌爬起来。

“就知道你在睡觉！这屋里比外面还冷，女孩子家一点儿都不知道心疼自己！”姐姐一边责怪，一边帮忙收拾被褥。屋子没有生火，也没有修缮窗户。

任天骄伸手阻止，被姐姐挡了回来，只好站在一旁尴尬地赔着笑脸。

小蔷薇依偎过来，从口袋里摸了块柿饼，递给任天骄。

“小姨不饿，你留着自己吃吧。是小姨不好，看看小蔷薇的手都冻冰了，小姨这就生火给你烤烤。”说着，拉开门去取屋檐下的柴火。

"别忙活了！洗把脸，跟我回家过年。"姐姐的口气不容置疑。

任天骄迟疑了一下，说："我就不去了。二狗前天送了些白菜、萝卜和猪肉，家里什么都有。"

春节，是回家团圆的日子，即使那些逝去的亲人也会回来团聚，看望、保佑子女健康平安。任天骄心里挂念父亲，不愿挪窝。

"啰唆个啥？叫你去你就去，看你这屋里冷锅冷灶的，咋个过年嘛？！"秦晋不由分说，帮她整理衣物。

小蔷薇插话说："小姨，我的床都给你腾好了，还铺上了新被子。"

任天骄不再推脱，被秦晋一顿骂，乖巧得像个孩子，默默地接受姐姐的安排。父亲走后，她心里筑起一个茧房，对这个世界充满警惕，跟所有人保持距离，拒绝接受任何人的关怀、同情或帮助。这世上再也没有人可以依靠，再也没有人必须拯救，再也不需要拼尽全力，更不需要卑躬屈膝。

所谓无奈，是眼睁睁看着亲人离去，而自己无能为力；所谓成熟，是把光鲜亮丽的表皮一层层剥开，直到血淋淋的现实摆在眼前。命运，都是碾压过来的，反抗或挣扎都是螳臂挡车、徒劳而不自知，除了接受、低头，别无他法。

大年三十眨眼就到了。黄泛平原的鞭炮声，从清晨到晌午一直没停过，噼里啪啦地响。

中午，秦晋熬了一锅鱼汤，说咱们家老黄历除夕吃鱼，每年这一顿都吃鱼，就是图个吉利。日子再苦，也期盼年年有余是不是？毕竟，明天又是崭新的一年呢。

任天骄点着头，好像突然恢复了感知能力，心底涌起一丝温暖和感动。眼前的姐姐，二十岁就做了妈妈，丈夫戍边十年生死未卜，她不仅少有抱怨，还能如此隐忍、坚强、乐观、豁达，顽强得像田间恣意生长的野草。是的，一切都会过去，这个冰冷、暴虐的年份今晚就要结束了。想到这里，犹如穿过悠长、漆黑的隧道终于看见了曙光，心情也跟着好转起来。她低头尝了一口鱼汤，酸酸的、被一丝葱和麻油的混合香味刺激着，顿时胃口大开。

"快吃吧，下午还要贴春联、包饺子呢。"秦晋招呼着。

夜幕降临时，八里辰的鞭炮声更加浓密，远远近近的此起彼伏。

蔷薇小院的红灯笼已经掌起，屋内茶几上的红蜡烛已经点燃，烛光将门上的春联映照得闪闪发亮。堂屋正中间摆放着一张八仙桌，桌上的年夜饭热气腾腾。

秦晋上香、叩头，祭拜祖宗。礼毕，摆好桌上的四副碗筷，转头跟小蔷薇说：

"快去！喊你爸回家过年。"

任天骄以为自己听错了，诧异地看着小蔷薇幼小的身躯转身出了门，消失在黑白相间的夜幕里。门外，是万家团圆的灯火。

不一会儿，一个稚嫩的童声从黑夜里传来：

"俺爸！过年了，俺娘喊你回家过年啦！"

那稚嫩童音，伴随着此起彼伏的鞭炮声，在空旷的黄泛平原随风飘荡。一遍又一遍的高声叫喊，撕心裂肺地期盼等待着在外游荡的亲人。凛冽的北风尖叫着，一遍又一遍冷酷无情地将那童音淹没。

任天骄像被闪电击中了一样，僵硬在板凳上一动不动。小蔷薇的呼喊声像鞭子一样，一遍又一遍抽打在她心头。她的眼泪再也忍耐不住，终于大颗大颗地滚落下来。

"姐！"她浑身颤抖，早已泣不成声，"叫蔷薇回来吧，别再叫了！"

妹妹如此深有感触，出乎姐姐的意料。除夕喊夫，是秦晋每年此时的必修课。丈夫离家那年除夕，她在团圆餐桌上摆好丈夫的碗筷，抱着襁褓中的女儿满村子奔走呼喊，每每话刚出口，就心痛得直不起腰身。她盼着丈夫平安，期待他早日归来。此后每年，八里辰的呼喊声传遍十里八乡，可丈夫越走越远，归来遥遥无期。千回百转的心肠，也随着时光渐渐变得坚硬，一个原本柔弱的女子，就这样被生活不分昼夜地磨砺，磨呀磨，直至粉碎成灰，再浇水重铸。十年，一个女人最美的十年，就这样在除夕的呼喊里，悄无声息地溜走。

姐姐理解任天骄心底的凄苦，轻轻靠近拥她入怀，不劝不阻、不言不语，任由妹妹哽咽、哭泣、落泪。任天骄积蓄半年的泪水，似决堤的湖水肆无忌惮、一泻千里，太多的委屈、太苦的内心，太久的时间无人倾诉。她的心一如飓风掠过，寸草无存，直到今天才被湖水浇灌，滋养出一丁半点儿的生命力。短短六个月，三个至亲挚爱的人，一个魂归西天，一个生死未卜，一个下落不明，留下她一个瘦弱女子独自面对这冷酷孤寂的世界，天下之大、江河绵长也装不下她无尽的哀伤。

"天笑没事，跟春禾在一起。他们都好着呢。"秦晋轻拍妹妹的肩膀自言自语，不知是宽慰妹妹，还是宽慰自己。

这一年的除夕，雪停了，夜空里群星点点，星空下烟花绽放。在这样一个祥和喜庆、万家团圆的节日里，唯有北风悲悯呜咽，无家可归四处游荡。

不知过了多久，任天骄哭累了，抬起头问：

"我爸，能找到八里辰的路吗？"

第六章　风息

二十九

任天笑再一次从噩梦中醒来。

在梦里，妹妹掉进了冰冷的湖水，两只小手在水面上使劲儿挥舞，而他像被一块巨石压在胸口，想喊却喊不出，手脚更像被绳索绑住一样，无论如何也挣脱不开。妹妹拼命挣扎，而他无能为力，眼睁睁地看着她被旋涡吞噬……

自从进入战俘营，妹妹溺水的梦魇一直缠绕着任天笑。

那一年，春寒料峭。一个五岁的毛孩子，牵着三岁妹妹的小手在西湖边玩耍。冰雪早已融化，微风吹皱了一池的春水，水湾处残存着少许冰凌，岸边芦苇就迫不及待地从泥土里钻出来，散发出娇嫩欲滴的翠绿。兄妹俩躺在草地上，一个、两个、三个，数着成群结队北飞的大雁。那天，大雁飞得很低很低，可以清晰看见它们震动的羽毛。他正数得起劲儿，听到呼喊时，妹妹已在湖水里挣扎。哥哥吓傻了，站在原地一动不动，半分钟后才发疯似的往家奔跑：妹妹掉水里了……他一路哭喊一路狂奔，刚看到奶奶就直接晕了过去。后来，村里的人说：妹妹被路过的村民救上来时已经不省人事，在牛背上驮着走了大半个村子，才吐出一摊水来，过了许久才哭出第一声来，算是捡回了一条命。

任天笑翻了个身，后背有些发凉，旁边的李春禾鼾声如雷。营帐外，铁丝网的光影斜铺在地面，探照灯一刻不停地东拐西晃，涨潮的海浪声依稀传来，偶尔混合着轮船的轰鸣。枪炮声已经远去，曾经的狙击手身陷囹圄。

一只海鸟，在蔚蓝的天空里逆风飞翔，远处的群山起伏绵延。海风从山谷间灌进来，驭风的翅膀划过山坡、草地、营帐和铁丝网。

"屋外警戒的，应该是我。要是那样，团长就不会死，咱俩也不会被俘。"

任天笑仍为欧阳步的死，自责、懊恼、无法释怀。团长出事后，他总是这样没完没了地絮叨，觉得自己失职，没有保护好欧阳步。

李春禾蹲在铁丝网边，耳朵快听出了老茧。他捡了块碎石，捏在手里把玩。

"事情都过去这么久了，你再自责团长也不能复生，谁也不是故意的。还是想一想，咱下一步该怎么办吧！"

此时的李春禾，正在为另一件事发愁。二十九师老战友大头，这几天频繁找他，说国军旧部成立了一个"救国会"，念及旧情邀请他加入。大头说在战俘营，单枪匹马没人罩着会吃亏的，加入组织才能相互照应。

"在这里，我们的人说了算，这样就有了靠山，以后谁敢欺负你，组织出面帮你摆平。"大头信誓旦旦。

"要啥靠山？老美一不打二不骂，给咱吃给咱喝，每周还发一包香烟，我觉得挺好，都战俘了还照应个屁。"任天笑怕李春禾吃亏，故意怼他。

"他天天缠着我，说咱在志愿军里就是后娘养的，这次又当了俘虏，将来回去准没好果子吃。"李春禾显得很无奈。

"你别听他瞎逼逼！什么组织都不参加！你实在无聊，去跑跑步，上上培训班学认字也行呀。"

任天笑口气强硬，站起身拍拍屁股，朝操场上的单杠走去。他一个人独来独往惯了，丝毫没感觉到异常。战俘营表面上风平浪静，实际上暗流涌动。

晚饭时，大头插队挤过来，追问李春禾考虑得怎么样。李春禾偷偷地瞥了一眼任天笑。大头责骂到"你自己的事，老看他干吗"，接着又劝解，说如今不同了，当初投共是长官的意愿，长官们捞到好处，继续升官发财，而我们却被弄到朝鲜送死，现在好不容易等来了掌握自己命运的机会，机不可失时不再来，你自己考虑清楚。

李春禾是个伙夫，十多年来只知道烧火做饭，连枪炮声都觉得与己无关，哪里想过参加什么组织，眼下被大头拉拢，要做这么重要的决定，心虚得冒泡儿。上午，他原本想征求任天笑建议，刚开口就被顶回来，此刻自然没了主意。大头见他半天不说话，丢下一句"丛货"就离开了。

熄灯哨响过之后，李春禾床铺空空的。任天笑怕他被人裹挟出事，便出了帐篷寻找。远远看见联部办公室灯光亮着，便轻手轻脚靠过来。

一个脸上有刀疤的壮汉端坐在板凳上，对面的白面书生把缝衣针在烛火里烧了烧，直接刺入他的手臂。刀疤脸嘴角颤动，皱着眉头，很快"反共抗苏"四个滴血的字便已刻好。墙角处，蹲着两个龇牙咧嘴的人。李春禾木讷地站在两人旁边。

"李春禾，该你了！"刀疤脸完了事，冲他喊。

李春禾天生胆怯，见此情景更加害怕，一边往墙角里缩，一边懦弱求饶，说自己还没考虑好。声音轻得像个蚊子。

"咋这么磨叽！来这的人都是经过筛查的，你以为谁想来就来？要不是大头特意交待，我们才懒得管你呢。"刀疤脸声音粗得像根顶梁柱。

"我问了任天笑，他还没表态。"李春禾推脱道。

"你一个大老爷们儿，自个儿的事老问人家干嘛！哥几个，把他拉过来。"

墙角的两个人抓住李春禾的胳膊往桌面上摁。

任天笑推门进来，把屋里的人吓了一跳。他赔着笑脸："弟兄们弟兄们，有事好商量。"

刀疤脸见是他，斜着眼说："这没你事，哪儿凉快哪儿待着去！"

任天笑依旧笑容不减："他的事，就是我的事。"

刀疤脸不耐烦地吼道："任天笑，别给脸不要脸！还以为欧阳步罩着你呢？我告诉你，你的狙击步枪早就不如烧火棍好使了。"

他递个眼色，几个人围上来。任天笑眼见软的不行，虎劲儿上来了，蹲下马步准备硬上。

门"咣"的一声，被人踢开。大头走进来，劈头就问：
"李春禾，你咋像个娘们儿似的？"

李春禾躲闪着他的目光，唯唯诺诺，不知说啥。

"还真是个娘们儿！等你决定好了，大陆都光复了。兄弟们动手！"大头发号施令。

两个人硬拉着李春禾往桌面上摁。李春禾拼命反抗着。

"李春禾，你以为老子在害你吗？我是在救你的狗命呢！满堂，满副营长都记得吧，还不是被共党枪毙了，死得像条狗一样，连口棺材都没有，草席卷吧卷吧就埋在你们村东头，你难道忘了？你回去能有好果子吃？"

墙角有人凑过来，低声跟任天笑解释，说大头家以前几十亩地，父亲母亲被镇反，吃了枪子儿，姐姐被逼嫁给了邻村的二流子。

大头转过身来，盯着任天笑。

"你一个破狙击手牛逼个啥？整天一副吊兮兮、拒人千里的样子。枪是打得好，可除了打枪你屁也不懂，搁平时我都懒得搭理你。看在咱们一起出生入死的分上，今天我就多说几句。许昌打日本人，死了那么多弟兄，连咱师长都打没了。没错，后来欧阳步一直护着咱，可结果一起投了共，如今被拉到朝鲜弄成现在这个屌样子。有一点我一直没搞明白：打日本人，咱是保家卫国；投降中共，也算相逢一笑泯恩仇；到朝鲜打美国人，咱保谁的国，卫谁的家？"

任天笑被大头一番话，问愣住了。

"古话说，忠臣不侍二主。一朝是国军，就永远是国军，岂能贪生怕死叛变投敌？投共是身不由己，可咱命大到了这里，傻逼也不会再想身陷曹营吧？我们去台湾，跟着委员长光复大陆，誓死不能再遣返。我们的人已经向中华民国驻汉城大使馆递交血书，坚决要求去台湾。身上刻字，只是展示我们反共的决心！"

大头一番慷慨陈词后，示意白面书生动手。

李春禾被摁在桌子上动弹不得，墨汁已经涂抹在肩膀上，缝衣针被放进烛火里烧。任天笑急了，一个健步冲上去。

"大头，别人去哪里我管不着，但是李春禾的字不能刻！"

"为什么？"大头问。

"他老婆孩子在家等着呢！"

大头转向李春禾，眼睛冒火："你他妈的！宁愿回去送死也不去台湾，是吧？"

李春禾颤巍巍、嘟囔着，一下说是，一下又说也不是。

"再给他考虑两天，就两天！"任天笑一手护住李春禾，一手阻止大头，"两天后，我给你个交代，行不行？！"

大头也不想跟两位弄僵，见硬来不行只好以退为进，表情放松声音立马变得委婉，说都是二十九师的弟兄，一个战壕出生入死的亲人，强人所难的事我大头不会做。我这人念旧，看在咱们吕师长的面子上，就按你说的，两天后此时此处不见不散。

李春禾一直觉得亏欠任天笑。

上次刻字事件，任天笑最终替他顶了雷。他躲过一劫，可任天笑右臂上多了四个字"反共抗苏"。

"这可害苦了你，以后回去怎么解释呀？"他搓着手，在任天笑面前唉声叹气。

任天笑却不那么悲观，自从刻了字，内心反而平静下来。他不再为没有及时保护好团长自责焦虑，大头已经承诺，不会再骚扰李春禾。凭一己之力让兄弟暂时安全，他夜里睡得踏实，那个噩梦再也没有出现。

所以，在李春禾面前，任天笑表现得大大咧咧满不在乎，说自己一人吃饱全家不饿，总比你拖家带口好应付。将来的事，留给将来解决，鼻子底下是大路，活人还能让尿憋死？再说，刻字是形势所迫，没做亏心事不怕鬼敲门。

根据《日内瓦公约》，战俘营由被俘人员中军阶最高的参与管理，战俘享有相应的权利和义务。也许是出于保守军事机密的要求，所有志愿军干部隐姓埋名不承认自己的军阶。与此相反，原先那些国军军官便趁机出头，协助当局管理战俘事务，便逐渐掌控了战俘营的管理权。联军管理当局将战俘分为不同的联队，采取军事化管理，每个联队下设大队、中队、连、排和班。

不久，大头被任命为第七十二联队中队长，整天带着警卫队维持战俘营秩序，对于那些不愿意服从管教的人粗暴打骂，被人背后称作"美狗""汉奸"。

任天笑仍然独来独往，跟周围环境格格不入。刻了字，就是纳了"投名状"，大头一伙也懒得再理他。李春禾胆小怕事，偶尔被调去码头卸货装船，只知道使蛮力，规规矩矩从不招惹是非。两个人度过一段相安无事的日子。

"我们还能回家吗？"李春禾问。

秋日，午后的阳光温暖地照在身上，长刺铁丝网从蓝天里弯卷过来，一群海鸟缓缓地盘旋飞过。操场上，一个战俘正在单杠上玩耍，一群人围在四周欢呼。

任天笑看着前方不说话。

"这两天我的眼皮老是跳。"李春禾继续唠叨。

"不要相信任何人！这里面妖魔鬼怪很多，多长几个心眼，见人说人话、见鬼说鬼话。"任天笑一字一句教他，既怕他吃亏，又怕他再惹出事端。

下午，联队办公室门前旗杆下围了一些人，大头和刀疤脸站在人群中间讨论着什么，有人递过来一面中华民国国旗，几个人拿绳子、系旗子、爬杆子，七手八脚地准备升旗。一群操着四川口音的人冲过来。

"瓜娃子哩！升旗就升旗嘛，还升个锤子老蒋的旗子，妈卖逼的这不是卖国吗？简直不把我们袍哥放在眼里，若由着你们，以后回国我们可就百口莫辩了。"领头的怒气冲冲伸手欲抢夺旗子。

上次，冒险递出血书之后，仿佛石沉大海，国军旧部并未收到任何反馈。大头他们觉得这样耗着对自己不利，多次找到联军军官询问，得到的答复是：可以表达意愿，但联军无法给出承诺。这一表态令国军旧部惴惴不安，若最终逃脱不了遣返大陆的命运，每个人都清楚这意味着什么。他们密谋策划，希望能搞出更大动静，让更多美国人看到他们"拒绝遣返、心向台湾"的决心。

今天是中华民国"双十"国庆日，升旗仪式便是这一决心的具体展现。令人没想到的是，这个举动招来"四川同乡会"的不满。"同乡会"由几十个四川籍士兵自发组成，喊出的口号是：患难相助，不忘祖宗。

刀疤脸见有人捣乱，第一个跳出来阻止，身后的人也不甘示弱，纷纷挺直腰杆怒目圆睁。两方人马在旗杆下对峙，各说各话互不相让，争吵声越来越高，更多的人聚拢过来，有的帮腔、有的劝解、有的纯粹看热闹。中间的几个人推推搡搡，最终扭打在一起。更多的人冲入人群参与搏斗，有人抽出棍棒，有人手持柴刀，升旗仪式迅速演变成一场血腥骚乱。

高音喇叭快速响起，试图阻止骚乱，人群已失去理智，继续刀枪棍棒。随后，荷枪实弹的美军跑步进场，火速包围了人群。有人喊出"抢夺枪械、冲出围墙"，发疯的人群转头扑向军人。

情形急转直下，令人猝不及防。美军一边后退，一边释放催泪瓦斯。警示之后，枪响了。

李春禾躺在医院里。

他的脚后跟被子弹击中。他原本站在人群外围看热闹，远远地看见两帮人争吵、撕扯，然后扭打在一起。营内无聊至极，很久没有这么热闹了，正瞧得起劲儿，脚后跟一热就倒下了。

医生说，子弹击中了后脚筋，万幸没伤到骨头。

任天笑追到门外，问医生会不会留下后遗症。

"也许会，至于影响有多大，还要看他的恢复情况。"白大褂实话实说。

医院邻床，是一个四川"眼镜男"，胳膊被子弹划伤了皮，脖子上吊着绷带，盘腿坐在床上。看到李春禾痛苦的样子，便安慰他说自己以前是医生，你的脚伤问题不大，好好休养很快就没事了。

任天笑一脸愁容地回来了。眼镜男目不转睛地盯着他，表情里满是不可思议。任天笑也发现被一双眼睛紧盯着。

"七贤馆，辣子鸡！"几乎同时，两人认出了对方。

在距离重庆万里之外的异国他乡，两个有过一面之缘的陌生人再次相遇，在这样的时刻，这样的地点，这样的沧海桑田。

受伤的"眼镜男"，是重庆沙坪坝医院的刘伶医生，为了争做有志青年，积极响应"抗美援朝"号召，作为紧急医疗人员应征入伍，很快被编进入朝部队随军参战。鹰嘴山师部炸毁后，随师医疗卫生队撤离途中被俘。

"米兰呢？你们是不是一起撤离的？"任天笑急切追问道。

"我不知道。"眼镜男躲避着他的目光。

"你咋可能不知道？她也在师卫生队呀！"任天笑急了，抓住刘伶胳膊，疼的这小子嗷嗷地叫。欧阳步临死前只说了半截话，弄得他一直心神不宁，这一次终于逮到知情人。

眼镜男见糊弄不过去，只好如实相告。撤退那天，天空下着大雨。卫生队围着后山转悠半天，四周的出路都已封锁，只好沿着山脊向上寻求突围。天色渐晚，雨不见停歇，人不敢停留。途中遇到悬崖，丢了块石头试了试深浅，医护们把绷带扯出来系在一起，一头系在大树上，另一头绑着石头抛下悬崖。大家慌慌张张，抓住绷绳摸黑依次下崖。只听见米兰高叫一声，失手坠落……

"后来呢？米兰后来怎么样了？"任天笑揪着他不放。

眼镜男说不下去，扭头望着窗外。

三十

小蔷薇读了高小。

秦晋听从了任天骄的建议，送女儿去了学校。孩子是全家的希望，即使多了一项花销，即使日子再苦一些，将来丈夫回来也是一个交代。妹妹说得对：家有万贯，不如一技在身；学到的知识永远是自己的，任何人也偷不走。

小蔷薇很高兴，期盼了许久的读书梦，因为小姨实现了。春燕衔泥，在房梁上筑巢时，小蔷薇正坐在梁下温习功课。院墙外面，一望无际青翠欲滴的小麦迎着春风茁壮成长。

"李蔷薇！"任天骄站在院子门口的阳光里。

小蔷薇冲出屋子奔向小姨，身后的板凳"噗咚"倒地。

"前两天就不停地问呢。"秦晋在一旁打趣，"你咋跟小姨那么亲呢？"

"北照寺庙会，我答应过的。"任天骄抚摸着小蔷薇的头，"小姨说话算话，是不是？"

小蔷薇趴在小姨怀里一个劲儿地点头。小姨身上总有一股淡淡的清香，闻起来让她沉醉痴迷，就像春风拂过麦田，就像春燕耳边呢喃。小蔷薇搂着小姨，头埋在小姨胸前，赖皮一样不愿动弹。

"快带小姨进屋！吃过早饭，咱们一起赶庙会去。"秦晋催促道。

临出门时，东南王庄二姐过来走亲戚。这两年，二姐把李夫子接到她那儿赡养，平时隔三差五过来帮衬，农忙时又忙前忙后地播种收割。每次过来，大包小包的礼物，死皮赖脸地讨好秦晋和孩子。秦晋只好留在家陪二姐，两个人有一句没一句地尬聊。这么多年过去了，看二姐低眉顺眼的可怜相，秦晋劝慰自己原谅她，毕竟是春禾的亲姐姐，却被心底另一个自己无情阻止。宽恕一个人，说起来容易，做起来却是如此艰难。她仍然无法说服自己。

北照寺庙会，在农历三月十三，小麦抽穗时节举办，是十里八乡村民、走街串巷商贩每年一次的大聚会。今年，不同以往的是：

除了庙岔杂技团表演，还邀请到许昌豫剧团的戏曲演唱。

　　春天的流鞍河静如处子，两岸的椿树刚刚发芽，而柳树早已枝繁叶茂，透过稀疏的树木，绿油油的麦苗翻着波浪，远处的村庄淹没在这绿波里。

　　任天骄独自带着小蔷薇赶庙会，两个人在岸边的土路上嬉戏追逐。邻村的大姑娘小媳妇打扮得花枝招展，从身旁嬉笑而过。拐过一个弯，还没能瞧见北照寺塔尖，就远远地听见锣鼓喧天，不时还伴随着几声鞭炮。两人牵着手加快了脚步。

　　通往北照寺的砂浆路，早已被小商小贩挤占，卖针头线脑的、卖狗皮膏药的、卖烧饼油条的和扎把式卖艺的。五大窑池旧址瓦砾上，一个头戴瓜皮帽的人，跟身旁几个人绘声绘色地讲义和团故事；不远处的说书先生，被众星捧月般围在中央，人群不时发出窃窃笑声。

　　北照寺设计不知出自谁手。空中俯瞰，整座寺庙就是一幅莲花图案，太和大殿正坐落在莲花花瓣之上，门前左右两个一大一小不规则的广场，外行看仅是不对称而已，实则是两片大小不一的荷叶。左侧大荷叶上已搭起戏台，河南豫剧已经开演，旦角、丑角、老生、小生轮番登场，二胡、锣鼓此起彼伏，引来观众们阵阵叫好。右侧的杂技团底气十足，几个壮小伙不紧不慢地搭台。

　　小蔷薇紧紧抓住小姨的手，穿过拥挤的人群，径直来到寺庙太和大殿。她跟着任天骄迈过高高的门槛，面前是一尊高大金佛坐像，在浅黄色的蒲团上双膝跪下，有样学样地双手合十，嘴里振振有词许愿叩拜。小姨的动作明显比她缓慢，每一次扣头、起身、合十，都一丝不苟虔诚恭敬。她感觉自己草率了，便学着小姨又一次叩首膜拜。

"小姨，你许了什么愿？"刚迈出门槛，小蔷薇急不可耐，"我……"

任天骄将食指放在唇边，连忙制止："许愿，只求佛祖听见，不可对外言说，否则就不灵了。"

小蔷薇不明白为什么，也不再相问，低着头跟小姨往寺庙外走，突然被人撞了一下。

"哎呀，小朋友对不起！对不起！"对方赶紧搀扶，连声道歉。

"二狗！"任天骄惊叫起来，"怎么是你呀？你不是去颍州学习了嘛。"

真是大水冲了龙王庙。二狗见是天骄，便解释说昨晚回来的，学来学去还不是老一套：自治、自养、自传，说白了就是切断与帝国主义国家的关系，今后一切靠自己。然后看着小蔷薇问道：

"叔叔请你吃饭，给你赔不是，行不行？"

赶庙会的人越来越多了，戏台那边高潮迭起人声鼎沸。二狗买了一串米花团，甜甜的粘手，又买了几个刚出锅的烧饼，香脆的掉渣，他们在一处胡辣汤摊点坐下来。

老板娘四十出头，额宽、脸大、香肠嘴，说起话来跟放炮一样。

"哎呀，这小姑娘长得跟年画似的！让我看看像爸爸，还是像妈妈？"说完，盯着二狗和任天骄横看竖看。

二狗赶紧拦住她，板着脸说："别瞎说！我们是亲戚。"

老板娘见自己多嘴惹了事，脑筋急转弯，一边道歉一边拍马：我就说嘛，哪有这么年轻的爹娘？

"叔叔，你要真是我爸爸就好了。"小蔷薇小声嘀咕。

二狗和天骄对视了一下，一起笑出声来，忙问为什么。

小蔷薇双手握拳不说话，憋了半天，问小姨：

"我爸长什么样？他还活着吗？"

"你爸叫李春禾。"任天骄说着，拿筷子蘸水在桌面上写那三个字，"是春天的春，禾苗的禾。你见过春天里苗壮成长的禾苗吧，你说他会不会活得很好？"

小蔷薇望着小姨，想了想，很认真地点头。

"春禾哥，白净、脸圆、话少、腼腆，总是笑。"任天骄双手比画着，"小蔷薇这么大时当了国军，再后来是解放军，现在是志愿军，抗美援朝去了，跟天笑舅舅在一起呢。"

"那他为什么总不回来？是不是给别人当爸爸了？"

任天骄被小蔷薇的话震惊了。大人们总以为小孩子啥也不懂，原来这小小脑袋里，竟装了这么多的疑问和不安全感！人生，从来都是被命运驱使和身不由己，何况她父亲多年戍边从未家还。任天骄不知该如何解释，便赶紧挪了挪身子，食指戳她的脑门：

"你这小脑袋净胡思乱想，从哪里听来的这些胡说八道？爸爸最爱小蔷薇，他一定会回来的！小姨给你保证！"

小蔷薇低着头，长长的睫毛沾满了泪水：

"我们班春燕的爸爸死了，上个星期，在朝鲜。"

下午，三个人一起看杂技表演。小蔷薇被小丑和魔术师吸引，很快将午饭时的不愉快忘得一干二净，天真无邪的笑声惹得前后左右不时扭头张望。

晚上，任天骄住在姐姐家。床铺早已收拾干净，新换的被褥、枕头和枕巾，闻起来一股太阳的气味。刚想躺下，抬眼看见小蔷薇依在门口，招手叫她进来。

"今晚陪小姨好不好？我一个人害怕。"任天骄看出她的心思，故意逗她。

"好！"小蔷薇爽快地答应，冲着外面大声喊，"我就说小姨喜欢跟我睡嘛。"

任天骄连忙让她钻进被子里。

小蔷薇喜不自禁，伸手搂抱小姨，却被什么东西硌了一下。

"这是什么呀？"她问。

"十字架。"

"十字架是什么？"小蔷薇继续追问。

"十字架？"任天骄不知如何解释，迟疑了一下说，"是死亡和重生。"

小蔷薇听不懂。死亡，就是让活着的人哭哭啼啼，披麻戴孝、烧纸钱、放鞭炮，把自己埋在地下，就像当初满堂一样。可重生是什么？

秦晋严厉的声音从隔壁传来："太晚了！快睡觉，小姨都累了一天了。"

小蔷薇吐了吐舌头，消停了一会儿，又扒着小姨耳朵说：

"小姨，你路上唱的那首歌，可好听了。"

"小姨新学的，叫《送别》。写歌的，后来出家做了和尚。"任天骄一边说，一边轻轻刮她的小鼻子。

"和尚写的歌真好听！我还想听。"

"那小姨教你。将来，你唱给小姨听，好不好？"

小蔷薇兴奋得睡意全无，眼睛里闪着光，翻身坐起来。煤油灯火焰闪烁着，将任天骄脑袋投射到墙壁上，朱唇轻启余音绕梁：

> 长亭外，古道边，芳草碧连天；晚风拂柳笛声残，夕阳山外山。
>
> 天之涯，地之角，知交半零落；一壶浊酒尽余欢，今宵别梦寒……

苍凉、凄婉、忧郁的歌声，透过门窗飘向外屋、屋外。秦晋躲在黑暗里，不敢有半点声响，生怕惊扰了两人，可听着听着却别有一番滋味涌上心头。

三十一

升旗骚乱事件，让管理当局意识到，战俘营内的确存在势不两立的两大阵营。随后不久，营房内又发生几起战俘离奇死亡或失踪事件。也许是投递的血书起了作用，管理当局不久接到命令，要求他们做好准备，按照"自愿遣返"原则，上级将派人协助，对志愿军战俘归国意愿进行逐一甄别。

此时，李春禾的脚伤已无大碍，只是走路仍然一瘸一拐。任天笑也从米兰事件中逐渐走出。他安慰李春禾要加强锻炼，即使再疼也要咬牙坚持，不要留下后遗症，毕竟伤筋动骨一百天嘛。

看热闹看出大麻烦，眼镜男和李春禾惺惺相惜，时不时过来看望。他的手臂已经痊愈。他告诉李春禾，其实，我俩已很幸运，那个反动叛国贼刀疤脸被当场打死了，四川同乡会也死了人。

"拼死，我也要回家的！人不能忘了祖宗。"眼镜男余怒未消。

李春禾不抱怨，自己的屁股自己擦。他想说点儿什么，突然想起任天笑的叮嘱，赶紧闭了嘴，尴尬地笑了笑。

"你家里还有什么人？"眼镜男坐在铺前，一边问一边自我作答，"我家在重庆沙坪坝有间面馆，我妈老汉经营了十几年，在磁器口那一带名气最大，每天顾客排很长的队，生意可好了。将来你到重庆，我请你免费吃。"

李春禾一瘸一拐送他出营帐，眼瞅着他转弯消失，内心又是感激又是愧疚。常言道，患难见真情，人家无亲无故过来探望，可咱连知心话都藏着掖着，但转念一想，人心隔肚皮，不能相信任何人。他告诫自己，天笑已经救了咱一次，无法再救第二次。

第二天，眼镜男又兴高采烈地跑来，激动地寻问李春禾广播听了没，彭老总说欢迎全体被俘人员回到祖国怀抱，即使有人被迫身上刻了字、签署过反共文件也可以理解，志愿军总部保证大家与家人团聚，参与祖国建设事业，并过上和平生活。

很快，战俘归国意愿甄别工作正式展开。联部门前广场搭起了几个临时帐篷，现场多了一些身穿联军军装的陌生面孔。

血雨腥风，出现在甄别前一晚。一个誓言回国的人被警卫队打死，血淋淋的心脏被穷凶极恶之徒挖出，挨个营房展示：这个姓林的，宁死也要回到共党那里，我们干脆送他去见马克思了，你们都好好看看，谁想一起去就举个手。

那些反共的人，企图通过这种恐怖手段，控制更多的人加入他们的行列。一些无依无靠的人被震慑。第二天面对甄别官员时，一些人仍然紧张得不能自语。

李春禾嘴唇哆嗦，双腿颤抖着走进帐篷。甄别完毕走出时，他脑子里仍然一片空白。

"登记牌呢？"门口卫兵厉声喝问。

他麻木地递上手里的东西。

"这边！"卫兵指了指分岔路口。

李春禾像个木偶一样被牵引着，朝着营房相反的方向，一瘸一拐地往前挪步。他扭头看了看仍在排队等候的任天笑，在恐惧、迷茫和麻木中费劲地挤出一丝微笑。

任天笑远远地看着，从他悲喜交加的神情里已经知道结果。

"下一个，任天笑！"里面的人喊。

长夜漫漫，压抑、紧张的情绪仿佛熬到了尽头，这喊声是如此地亲切悦耳，预示着回家的脚步更近了。任天笑心中喜悦，抬头挺胸走了进去。

帐篷很暗。停了几秒钟，他才渐渐看清眼前一切。一桌四椅，拼起来的长桌子后面并排坐着三个人，一个上尉军官，一个翻译，还有一个印度代表。帐内四周，站着几个荷枪实弹的美国大兵。

战俘号码、手印核对无误后，印度代表率先开口。

"我们根据要求，对志愿军战俘遣返意愿进行逐一甄别。我们完全中立，任何人不会强迫于你，你——可以——完全独立自主——做出任何决定。以下七个问题，请你仔细考虑认真回答，听清楚了没有？"

印度代表叽里咕噜地说完，长条桌背后的翻译官，紧跟着用流利的国语陈述了一遍。

还没等任天笑回答，那个翻译从座位上站起身，绕过桌子来到他的眼前。

"你是界首人？"

任天笑心中一惊，不动声色地回答："是，长官。"

"你仔细看看我，我——是——凯文。"那个翻译官语气突然有些僵硬，说话也变得不再利索。

时光，总是在不经意间飞逝，却在某个无法预知的瞬间停留。那些随风飘散的往事，就这么毫无征兆的在刹那间重新凝结，到最后汇聚成奔流不息的江河。

任天笑不相信自己的耳朵，瞪大了双眼在灰暗的光影里，仔仔细细打量着眼前的陌生人。他无论如何也想不到，在这样的场景竟然有这样的一场相遇。是的，是凯文！一别十年，上一次在许昌兵营，妹妹带着一个朝气蓬勃的外国青年去见他，他记得那个青年的模样。历经生死、跨越万水千山，就这么在异国他乡神奇相遇。任天笑不知道，是应该可喜还是可悲，他的手有些颤抖。

凯文已经完全认不出他来。此时的任天笑黑瘦、苍老，头发暗淡无光，皱纹多得像个小老头，只有眼神里偶尔闪着光，流露着一丝渴望。他们用眼神快速交换着彼此的心情，两个人心中纵有万马奔腾，表面依然云淡风轻。

"长官！他肚子疼。"凯文转身向甄别官员报告。

任天笑趁机倒地，捂着肚子假装疼痛难忍，蜷缩在地上。他随即被送往医院。

甄别终止了。

得知父亲的死讯，任天笑躺在医院帆布病床上表情麻木，仿佛在听别人的故事。

父与子，注定是一生的仇敌。他以前对父亲充满抱怨，觉得他自私、冷血、武断和专制，从来不懂得体贴人，还偏偏要安排、掌控别人的人生。年轻人总认为"国事、家事、天下事，事事关心"，所以满腔热血、为国为民。父亲一盆一盆地泼冷水，不但不欣赏还居高临下讲大道理："达，则兼济天下"，首先是"达"，其次才是"兼济"，自己一无所有、一事无成，有什么资格谈兼济？其实父亲什么都不懂，就是自私，想把儿女圈在身边，困在自己一亩三分地，听候自己差遣。

人生，需要假想敌，没有假想敌的人生，不仅孤独，而且无趣。这就像剑客，对手越强悍，自己就愈加坚强，所有的苦难和磨炼，终将在击败对手的那一刻，盛开出美艳的鲜花。

而此刻，任天笑假想敌消失了。古人说：独上高楼，望尽天涯路。如今空旷的原野上，只留下一个人孤独的背影，潮水般的孤独感从四面八方涌上来，一瞬间将他淹没。

那一年，天骄在牛背上被唤醒的那一年，年幼的他恐惧到了极点——不苟言笑的父亲一定饶不了他。可出乎意料的是，父亲不但没有责骂，反而端来奶奶熬制的盐水给他压惊，蹲在身旁看着他大口大口喝完，然后拍拍他瘦小的肩膀，安慰说此事不怪他，何况妹妹已经回来。他差一点儿害死妹妹，渴望父亲狠狠揍自己一顿，那样他会好过一些，可是父亲没有，就像一切从未发生。他也因此落下心结，迟迟无法解开。他在这种压抑、悔恨中成长，度过少年、青年时期。这种愧疚给他幼小的心灵带来巨大的伤害。随着年龄的增长，这种伤害慢慢开始分叉，逐渐演变成对妹妹无法阻止的疼爱，以及对父亲无法抑制的厌恶、恐惧，乃至憎恨。

那些被遗忘的、尘封的记忆慢慢打开。父亲仿佛就站在病床前，一如既往、不苟言笑地看着他，渐渐模糊了面容、身影，到最后像一片秋叶一样从枝头随风摇摆、飘落。——爸！他终于在心底发出声嘶力竭的呼喊。相爱相杀二十年，这一刻，他理解了父亲，原谅了父亲。他，跟自己和解了。

"在信中，二狗言语不详，只是说师父被冤枉，镇反了。"凯文解释说。

那是凯文收到的唯一一封来自界首的信件。那封信从界首到纽黑文，再从耶鲁教堂到韩国巨济岛，辗转几个月才交到他的手里。

这时，护士走进来，说病人没问题，可能是过度紧张导致的急性肠胃痉挛，休息一下就可以走了。

任天笑，就这样错过了甄别，被留在原地；李春禾则坐上大巴被转运别处，从此一去不返。

三十二

书店，向来是闲人打发时光之处，爱书的、读书的、蹭书的、附庸风雅的都喜欢来这里闲逛。

那些刚进校门的毛孩子也来这里嬉闹追逐。这两年，最畅销的书都是关于朝鲜战争的，特别是那些漫画小人书。他们胡乱翻弄着，嘴里"突突突"地叫，手指比画着相互扫射，仿佛战争只是一场游戏。

任天骄心里烦躁，叫他们要买赶快，不买赶紧走。领头的一个半大不小的孩子，跟她争吵起来，声音越闹越高。

书店大姐是个热心肠，平时对任天骄多有关照，对她家里发生的事也有耳闻，十分理解任天骄的心境和感受，便叫她回里间整理教辅材料，柜台的事交由自己处理。

"你哥哥还没有消息？"打发完那群小屁孩，书店大姐走进来问。

"没。"任天骄已恢复平静，略带尴尬地解释说，自己不全是因为哥哥，最近总是心情不好，甚至想找个人吵一架。

"没事的，你不用整天挂记。"书店大姐说，"要是有事早通知了。高音喇叭天天喊保家卫国，没听说谁家朝鲜牺牲了。"

任天骄不说话，埋头继续整理那些教辅。

"前天，民政局有人找你，叫你去他家一趟。"书店大姐说。

"哦。"任天骄不咸不淡地应付着。

说曹操，曹操到。两人你一句我一句，正说话间，铁蛋的声音从外面传来。

"请问，任天骄在吗？"

辅仁同学吴越，调到界首广播站工作，不到半年就跟铁蛋结了婚。这种亲上加亲，任天骄乐见其成，自然走动得多一些。吴越嘴碎，喜欢八卦人家长短，一门心思张罗着给任天骄介绍对象，可她心里装着凯文，碍于情面又不好当面拒绝，只好装傻充愣，渐渐的关系变得夹生。为此，铁蛋没少埋怨老婆瞎搅和别人情感，每次都被吴越怼个跟头。

"那是我同学，又是你师妹，咋成别人了？咱自家人都不操心，还指望谁？"

有出息的男人，往往外面风光，家里绵羊。铁蛋被骂，顿时哑火，想想吴越说的在理，也就不再争辩，灰头土脸去书店，一而再、再而三邀请师妹去家里吃饭。

"我打了保票，吴越才欢天喜地去了菜场。要不，我亲自下厨，炒几个你爱吃的菜？"

任天骄不好再推辞。家宴，在中国是最高规格的接待，只有最亲近的人才有资格享用。富丽堂皇星级餐馆，通常是接待外人的，而它们的菜品往往徒有其表。

吴越在厨房忙活了大半个下午，精心准备了满满一桌子酒菜。

"天骄，你要是再不来，你嫂子都不让我进家门了。"铁蛋摆好碗筷，开始吐槽。

"打住！"任天骄一挥如来神掌，"别嫂子嫂子的，吴越是我同学，咱俩各论各，挺简单的关系，被你越搞越复杂。"

"就是，别听他的。"吴越趁机接话。

"好好好！你俩亲，我是外人行了吧？"铁蛋只好讨饶。

三个人坐下来，安安静静地吃饭。不到一分钟，吴越那颗八卦灵魂，终究按耐不住。

"凯文有消息吗？"

无论多么炙热的情感，也经不起岁月冷却凝结。此时的凯文，已凝结成天骄心底难以抹去的疤痕。消失一年有余，仿佛人间蒸发，再也未见只字片语。那颗悬着的心无处安放，整日浑浑噩噩分不清东西南北，不愿提及却偏偏被人惦记。

任天骄一听，立刻刺猬开炸，把碗筷一推说："你让不让人吃饭？"

铁蛋见老婆自讨没趣，赶紧打圆场：

"你也是的，叫你别问偏偏不听！"

吴越尴尬地杵在原地。铁蛋忙着跟任天骄解释，俗话说父母不在长兄为上嘛，吴越总说咱是一家人，妹妹终身大事，外人袖手旁观，哥嫂总不能也不管不问吧？

任天骄意识到自己刚才失态，尴尬地笑了笑，捡起碗筷接着吃饭。很久没有人嘘寒问暖了，她一时难以适应。

"她们广播站新来一个编辑，吴越觉得跟你挺般配，所以……好了好了，你要是不想见，这事就当我们没说。"铁蛋给吴越使个眼色，给双方找个台阶。

大龄青年，最怕别人没头没脑地过问感情。事情翻篇，任天骄一块石头落了地，立刻满血复活，主动举起杯子嬉皮笑脸地说：

"吴越别装了！好意我心领了。赔个不是，我先干为敬！"

气氛迅速变得和谐融洽，三个人重新开始风花雪月。

"还有一件事。"吴越终究憋不住，"下周三，界首'艾青诗歌研究学会'成立，辅仁几个老同学从沈丘过来。晚上，我在县委食堂订了包间，大家指名要见你，必须捧场哈！"

任天骄对同学聚会不感兴趣，碍于情面又不好拒绝，只好点头。

周三晚上，吴越醉醺醺地从外面回来。铁蛋见状连忙扶她坐下来，一边倒水一边问，咋喝了这么多。

"别提了！差一点儿打起来。"

"同学聚会还能打起来？谁跟谁呀？"

"你知道咱界首'第一夫人'是谁吗？"

第一夫人，顾名思义就是县长老婆嘛。铁蛋摇头，说我只知道县长名字，他老婆是谁管那个干嘛。

"我说了，你可不能生气。"

"我八杆子打不着生啥子气嘛，你快说！"

"任天骄。"

"你胡说！"铁蛋一听就火了，声音大得差一点儿震碎玻璃。

"看嘛叫你别急。算了，不说了。"吴越端起杯子喝水。

铁蛋义愤难平地吼道："到底咋回事？你快说清楚，我看看谁他妈的满嘴喷粪！"

吴越就把同学会的事说了一遍。沈丘那几个同学，都是文化口子的，平时也舞文弄墨。这次一来就听到这么个事：有一次，平书记邀请界首文化界名人，在他家小院里吟诗作赋，碰巧撞到了任天骄浓妆艳抹、花枝招展地去见平书记。现在平书记一调走，这事就传开了，界首文化圈才多大呀。

"天骄知道吗？"铁蛋问。

"饭前，那几个同学私下议论，被天骄推门进来时听到了，结果大吵一架，差一点儿打起来，她饭也没吃就走了。"

该走的都走了，不该留的却留了下来。

亲共的那批人送走之后，战俘营总算风平浪静一段日子。至少表面上，留下来的都是不愿遣返大陆的，大家还在一条船上。

大头对任天笑的表现很满意。晚饭后，他差遣人请他到连部来。路上，任天笑心里七上八下的，不知道接下来会发生什么。

进了屋，大头坐在桌子后面，双肘支在桌面上，笑容可掬地招手，示意坐到他面前。

"刚泡的咖啡，你尝尝。"大头无事献殷勤。

任天笑有些恍惚。凶神恶煞，突然立地成佛了？这让他更加警惕，但又不敢轻易拒绝，因而有些不知所措。

"美式的，专门给你预备的。"大头把咖啡推到他面前，热情得像个孙子。

任天笑只好端起白色搪瓷缸，浅浅地抿了一小口，苦中带甜，一丝烟熏味儿。

"咱们二十九师的兄弟，能说上话的没几个了。"

大头特意提起吕公权的二十九师，很明显是为了套近乎。

"许昌一战死伤过半，这么多年整合整编，再弄到这里送死……老子当年傻逼兮兮的，还他妈一腔热血想着救国救民，如今连自己都救不了。这些年，那么多弟兄都填了坑，现在想想心里不是个滋味。"

他像个舞台上的戏精，说着说着竟挤出几滴眼泪。

"你说，人活着为了什么？咱吕师长黄埔毕业、蒋委员长弟子，算党国栋梁吧？那么早就以身殉国了，而我们却苟活到现在。天妒英才呀，吕师长多冤哪，找他妈谁说理去？"

他似乎打开了话匣子："我是个粗人，平常说话不干不净习惯了，你别介意哈！打小家里有钱，顽皮不读书，逃学、打群架、用弹弓打漂亮姑娘屁股，把我爹气得半死。你还别说，那时我就喜欢看我爹气得跺脚，又拿我没办法的样子。再后来，我爹觉得再这样下去我就毁了，花钱托关系提溜着，把我交给了吕师长。送我去师部的路上，我爹再也没说半句狠话，把一辈子的软话好话都说尽了，希望我在部队成人成才。你可以证明，在二十九师我可没瞎搞，咱也混到了国军排长，原本想着打完日本鬼子，回家娶媳妇的，可如今……"

大头说不下去了。

任天笑见他扯起来没完，不知道怎么安慰他，手指在瓷缸边沿划圈，继续听他啰唆。

"你识字比我多，性格内敛又沉稳冷静，是狙击手好胚子，不像我脾气火爆一点就着，眼里揉不得沙子。那个姓林的，其实我根本没打算杀他，他要是当众服个软……可他真他娘的倔呀，我被他气昏了头。"

大头今天完全变了个人，分明是一个魔鬼却极力展现天使面孔。任天笑搞不懂大头葫芦里卖的什么药，心底依旧发忧。

"你不用怕，我不是恶魔。"大头仿佛看穿他的心事，"实际上，我一直渴望做个好人，更没想过杀人。现在，我整夜整夜睡不好觉，闭上眼姓林的那颗心脏就在我手心里跳动。我知道错了。"

任天笑虽然知道他猫哭耗子，听到此话竟然仍有几分心软。

大头停了停，最终开口："所以呢，我想求兄弟帮忙办件事。"

"队长，有事尽管吩咐。"绕来绕去，终于说到正题。

"他们说，上帝救赎所有人，犯了罪向他忏悔，请求他原谅，可以驱逐心中的魔鬼，拯救灵魂。我也想忏悔、想拯救自己。听说，你跟'自由大教堂'新来的牧师很熟，能不能帮我搞一本中文版《圣经》？"

绕了这么一大圈，原来是为了这个。

凯文留在战俘营，既为自己，也为他人。

他从界首被吉普车带到颍州，再被送上一辆军绿色卡车，马不停蹄地转运至蚌埠，在那里登船，到最后从吴淞港码头，被人推上驶往日本的轮船。在东京街头，他看到驻日美军的招募告示。他从东京应征入韩，遇到任天笑纯属意外。既然上帝指引，到这里与大家相遇，理所当然应听从上帝安排。他会中文，懂医术，是上帝仆人，这里的子民需要帮助和救赎，这里正是他的舞台。既来之则安之，于是他决定留下来。

自由大教堂，实际上就是一个大帐篷，可以容纳一千两百人。平时，联部在这里召集开会，宣布一些重要事宜；周末，这个舞台只属于凯文，他在这里传播福音。由于使用中文讲经布道，"自由大教堂"很快吸引了越来越多的人。

"今天有新人吗？请站起来。"这通常是凯文的开场白。

五六个人举手，从地上站起来。

"非常好！欢迎你们加入自由大家庭。"凯文说着，双手鼓掌。

教堂内响起稀稀拉拉的掌声。有人走过去，给新人各送上一朵黄色、蓝色或红色的小野花。

凯文按惯例开始带领大家研读经文，然后逐句逐字进行解读。

耶稣来到一个叫客西马尼的地方，叫门徒们就地休息，他自己向前走去，走着走着就突然忧伤起来，极其难过，几乎要死去一样。他匍伏在地上祷告。三次祷告完毕，回到门徒那里，见门徒们都睡着了，就对他们说：出卖我的人来了。然后，他对带人来的犹大说：做你要做的事吧。于是那些人就拿住了他。有一个跟随耶稣的人，伸手拔出刀来，砍掉了抓人者的一只耳朵。

"收刀入鞘吧！凡动刀的，必死在刀下。"耶稣对那人说。

"这不就是我们说的'放下屠刀，立地成佛'嘛。"有人小声嘀咕。

"也许天下的宗教，都是劝人向善、慈悲为怀吧。"任天笑这样想着，却并不言语，继续听凯文讲解。

"耶稣没有反抗，也没有请求天父派兵解救，而是束手就擒。门徒们看到耶稣被抓，也就四散而逃了。"

凯文接着说：上帝爱着所有人，包括那些敌人。这世上，恨能挑起争端，唯有爱才能化解一切。耶稣如果请求天父派兵，可以轻松击溃敌人，可是他却以爱，而不是反抗或恨，来面对那些前来抓捕他的人。他选择束手就擒。那些门徒并不能理解这一点，他们原以为，既然耶稣是万能的，可为什么连自己都保护不了？所以，他们信仰崩塌就一哄而散了。

教堂里安静得很，席地而坐的战俘们不再说话，有的沉思，有的用脚在地上画圈。不一会儿，一个脸瘦、牙黄、发疏的人被请上台分享心得。

到了圣歌环节。有人上台拉起小提琴，《哈利路亚》舒缓的乐曲立刻在圣殿里流淌。凯文陶醉在这乐曲中，他微闭双眼，双手高高举过头顶，双臂自然弯曲，随着乐曲摇摆身躯。台下，众人站起身，跟着节奏摇晃手臂、身躯，迅速沉醉在这悠扬、温暖的歌声里，每一个渴望自由的灵魂，都在这一刻轻舞飞扬。

任天笑陶醉在万众之中，猛然想起父亲。那个严谨了一辈子，小心了一辈子，内敛了一辈子的人，永远没有机会见到这样温暖感人的场景，感受这朴素、坚定又顽强的力量，而自己为了奔跑，不顾一切地只身向前，从来没有回头观望。父亲倔强的背影，在他的脑海里来回飘荡：界首的原野，西湖的岸边，沈丘的街道，许昌的军营……那个像山一样给他带来压抑、让人厌恶的父亲再也见不到了。

他潸然泪下。

时间过得很快。

凯文来了之后，任天笑经常被叫去聊天，偶尔一起到营地外走走。因为这层关系，大头也对他另眼相看，再也没有找他麻烦。

这天下午，凯文又把任天笑叫到办公室，让换上一件跟他一摸一样的美军军装。他们开车去五公里外的军官食堂。

"近来，我总在想钓鱼城抗击蒙古大军的事。即使万众一心，即使城池坚固，即使射杀蒙军统帅，那又如何？坚守几十年，死伤几万，到最后还不是以投降告终？现在回看，那一代人、两代人，甚至三代人抗争的意义在哪里？历史江河，浩浩荡荡。所以要与趋势为伍，不要去做无谓的牺牲。趋势最重要，领袖也好，平民也罢，认清趋势才能顺势而为，才是真正四两拨千斤。"

吉普车里有一股很大的汽油味，凯文张开大口滔滔不绝。钓鱼城是米兰的家乡，她的家就在那座山脚下，也许她的祖先就是抗蒙大军里的一员。

"所有的抗争都有意义！抗争，表示不认输、不低头、不屈服。历史之所以不断进步，就是因为有人选择抗争！"任天笑有些火大，口气变得很不友善。

凯文的话，刚好戳到任天笑的痛处。战俘营三年，他无数次问自己当初投笔从戎、选择抗争的意义。他，曾是一个理想主义者。为了理想，放弃富家子弟的舒适生活，为此不惜父子决裂。没有人逼他这么做，一切都是自愿，甚至甘愿为此马革裹尸。人，不能只顾眼前和个人得失，总有一些人、一些事，值得冒险，值得誓死捍卫。任何时代，总有忍辱负重的人、为民请命的人、慷慨赴死的人。他们为了心中的理想，付出任何代价也在所不惜。钓鱼城也好，许昌城也罢，他选择像那些先祖一样挺身而出，誓死抵抗外敌，而不是随波逐流、随遇而安。这是他心底仅存的骄傲。

"你看，眼下这场战争，由朝鲜入侵韩国挑起，从三八线起再回到三八线。打了三年，死伤百万，这样打来打去有什么意义？算了算了、不说了！我俩扯到明天也扯不清楚。"凯文主动休战。

任天笑也没打算继续。两个人不再说话，车子在波涛汹涌的大海边飞速前行。

"今晚，有一批刚刚从美国运来的火鸡，一定很美味！"凯文趁机转移话题。

任天笑从来没见过这么丰盛的晚宴。大帐篷里，一字排开的餐盘足足有十米长，牛排、鸡肉、鱼类以及各种蔬菜、沙拉和果酱，最后面是啤酒、饮料和两大桶热腾腾的罗宋汤。

"把头抬起来！你不必自卑。"凯文挺直腰杆坐着，左手握叉右手拿刀，"你是狙击手，干掉过日本兵，是战场上的英雄，不比这里的任何人差。"

他接着说，朝鲜停战协定今天已在板门店签署，明天也许后天，你们将被转移到板门店非军事区，在那里做最后一次甄别，然后按个人志愿进行遣返。

"我想知道，你会怎么选？"直到此刻，凯文才说到重点。

任天笑停下刀叉，忽然明白战争已经结束，而他活了下来。这意味着，他不仅再次面临抉择，而且这是凯文"最后的晚餐"，也许明天他们又要分别了。

"我还没有想好，天骄还在家里呢。"声音低到泥土里。

这突然而至的好消息和突如其来的坏消息，让任天笑不知所措。三年来，他已经习惯了战俘营的一切。每天闻哨起床、排队打饭、按时就寝，早已忘记了自己是谁，从哪里来又到哪里去。

"台湾，肯定不是一个好地方。"凯文头也不抬，慢条斯理地切盘子里一块鸡胸肉，"人生地不熟，那么小又一下子去这么多军人，但至少有一点儿，美台关系友好呀，何况你只是暂时栖身而已。"

凯文叉起鸡胸肉放进嘴里，仿佛已经为任天笑规划好未来的路径。

"人生重要路口，就那么一两个，选错了就难以再回头。重要的是看清趋势，跟着趋势走。当初，我选择去中国是趋势，后来被逼离开，就走了弯路来到这里，也是趋势。美国不完美，有这样那样的缺点，但是全世界的人都向往美国，有些人历经千辛万苦、赴汤蹈火，甚至冒着枪林弹雨也要投奔美国，为什么呢？答案两个字：自由。美国人最看重的不是金钱、土地，而是个体的自由，他们是为了自由而活着。你们中国不也说'不自由，毋宁死'嘛。台湾，只是临时落脚之地，我希望我们最终在美国相聚。这么说吧：这世上，如果有天堂，那就是美国。"

凯文可着劲儿游说任天笑，一反常态极力美化美国，仿佛只有美国，才是人类最后的归宿。他在中国居住十年，那里曾经有他的理想和信念，有他美好的青春和爱情，如今却义无反顾地劝任天笑离开。

二战结束时，盟军曾经将被德军俘虏的苏军士兵遣返回苏联，后来这些人有的被枪毙，有的被整肃，有的被羞辱，他们中绝大多数人背负着沉重包袱命运凄惨，这也是此次美国人坚持根据自我意愿遣返战俘的根源。凯文不能眼睁睁看着朋友落入泥潭，而自己袖手旁观。

任天笑无动于衷，凯文有些失落。战俘营这一年，凯文心底，那些曾经坚如磐石的信念有了裂纹，战俘们来到教堂，根本没有人认真听他讲经，他们只是借这块宝地聚会闲聊，相互寻找安慰和快乐而已。这些亲历生死的人，只想活着从这里离开。也是在这里，他最终明白：宗教救不了人，能拯救人们的只有他自己。他原本不打算再说服任何人。

"自由，就像空气，拥有不觉得珍贵，可一旦失去悔之晚矣。"他进行着最后的努力。

任天笑才不管自由不自由，他放不下的是天骄。父亲不在了，如果他选择离开，妹妹一个人在界首，她该怎么办呢？

"你先出来！咱再想办法救天骄。"凯文大声叫喊着，惹得周围的人侧目观看。

<h1 style="text-align:center">三十三</h1>

初秋的黄泛平原色彩斑斓。

板门店停战协议，通过高音喇叭传至八里辰时，秦晋正在大豆田里收割。她劳作的身姿突然像稻草人一样僵硬在微风里，过了好半天才扔下镰刀瘫坐在田埂上，内心早已悲喜交加，干裂的嘴唇蠕动着，又捡起镰刀狠狠地砸向身旁的一棵椿树。一向乐观、隐忍、坚强的秦晋，躲在无人的旷野里号啕大哭。

不远处，满堂的坟头已长满荒草。

生活，无论悲喜，还是要继续。对于秦晋，除了等待，一切都无计可施。

任天骄却不同。战争已经结束，哥哥仍踪迹皆无，她跑去找铁蛋。公安局老赵正坐在铁蛋办公室，见任天骄推门而入，便起身告辞。

"朝鲜都停战了，我哥在哪儿？是死是活总该有个准信吧？"

"我正要找你呢。"铁蛋招呼她先坐下，"前两天，咱们这有从朝鲜退伍回来的，我打听清楚了。天笑他们师入朝后，就参加了第五次战役。后来奉命留下来殿后，再后来被敌军包围，只有少数人冲出重围，其他人都失踪了。"

"我不管那么多，我哥呢？你这民政局长干啥吃的？"任天骄耍起了大小姐脾气。

铁蛋见小师妹无理取闹，也不生气，端了杯水放在她面前。师傅走了之后，他每次见到师妹，内心就多了一丝怜爱和包容。

"我也纳闷，天笑为何这么久没有消息。但是，据我判断，他没事。咱们县是接到一些烈士通知书，我核对过，他们部队一个都没有。这说明什么？至少说明天笑还活着。战场多变又是异国他乡，通信不畅很正常，是不是？"

这些转弯抹角的解释，任天骄听着都累。她知道铁蛋帮不上忙，只是过来发泄不满情绪而已。两人沉默了一会儿，她说：

"万一，失踪了呢？"

"你别整天自己吓自己。部队有啥消息，还不是第一时间到咱民政局。我在这盯着呢，有消息立刻通知你。"

下班回到家，铁蛋跟吴越说起任天笑的事也觉得奇怪。部队分散突围却不见人影，只能有三种结果：要么牺牲，要么失踪，要么被俘。

"还有一件事也很奇怪。今天老赵来办公室，说二狗有通敌嫌疑，美国来信以及寄往美国的信，都被公安局截获了。要我提防二狗，嘱咐说也许能钓一条大鱼呢。"

“咋个提防？”吴越说，“提防，就是六亲不认；提醒，又犯组织纪律。钓不钓鱼，是他老赵自己的事，你不许蹚这趟浑水啊！清者自清！咱既不提防，也不提醒。”

铁蛋闭了嘴，低头帮老婆摘菜。

同学会大吵一架之后，任天骄再也没去吴越家。那些流言蜚语，她无法解释，也没有必要跟任何人交待，有些事不能分享就必须独自面对。走过的每一步，都有缘由和印记，无法抹去也无法忘记。有些人干瘪可怜，一辈子靠别人的八卦滋养活着，随他去吧。

铁蛋到书店找过她，几次都被天骄借故推脱了。书店大姐想把娘家侄子介绍给她，也被拒绝了。

“部队转业干部，在颍州劳动局工作。”大姐不死心。

任天骄心里装着凯文，哪容得下其他。她只想安安静静等候，等候属于她的春的讯息。可是，树欲静而风不止。

女人漂亮，容易招蜂引蝶；女人既大龄又漂亮，招惹的却是是非。那些流言，仍在界首街头巷尾口口相传。走在街上，有人悄悄说话，任天骄就觉得被人议论。这感觉既让人恶心，又让人愤怒。吐沫星子淹死人，时间一长，她有点儿坚持不住了。

“姐，要是我明天结婚，你会怎么想？”

“结婚？跟谁呀？”秦晋被问愣住了，拉长了声音说，“总要先带给姐看看吧！”

“就是假如嘛。”任天骄扭动着腔调。

秦晋觉得她话里有话，丢下手里的活，认认真真盯着她。

“结婚这件事，姐一直不敢问你。按说，女人就像花一样，花期统共就那么几天，在最美的时间遇见对的人，是老天爷的恩赐。不小心错过了，也是天意，也要学着顺从和接受，不能抱残守缺。

你遇到凯文，就是老天恩赐，可他是洋人，是天上的月亮，飘着飘着就不见了，咱留不住，也无处找寻，就念着他的好，把他藏在心里，毕竟咱也要开始自己的生活呢。既然你问，姐就告诉你：无论什么时间，嫁给什么人，只要妹妹你满意，姐姐都支持，都祝福你！"

"那你为什么抱残守缺？"任天骄反问。

"我抱啥残、守啥缺了？"秦晋不解，忽又明白，"你说春禾是吧？这怎么能比呢，我们结了婚，还有了蔷薇，怎么是抱残守缺呢？你这不是胡说嘛！"

"万一，姐夫回不来呢？"任天骄小心翼翼地嘟囔。

"没有万一！他一定能回来！"秦晋立刻炸了毛，忽地站起身，提高了嗓门儿，脸涨得通红。

任天笑，经过一整天的海上颠簸，在拥挤的船舱里抵达釜山。

随后，他们被卡车辗转两小时送达目的地——板门店非军事区，又叫中立区。沿途的村庄已经荒芜，房屋大多已经倾倒，被熏黑的房梁，歪歪斜斜地倒在断壁残垣上，到处都是瓦砾。田野里，青草开始枯黄，散落着几朵或黄或红或白的秋季野花，大小不一、深浅不等的弹坑周围，几只小鸟和一条长毛黄狗在野地里寻找食物。

大头挤过来，说我们在板门店要住三个月，中共方面会派人过来洗脑，不过台湾那边也有人秘密联系。

"谁他妈脑袋进水了，要继续上中共的圈套！叫他们等着瞧吧。"在车子颠簸中，大头一脸愤怒。

任天笑表面应承着，努力挤出一丝微笑，心底却嘲笑他，是一个假模假样的基督徒，上帝不是说有人打你左脸，就把右脸也伸过去嘛。

板门店中立区由联合国设立，印度军队负责管理，波兰、瑞典、捷克和瑞士四国组成的委员会负责监督。新营地是一个废弃的军营，按照网格划分为不同的管理区域，营地之间用铁丝网隔开，禁止战俘们随意走动。

面对即将到来的宣讲，大头坚持认为这是中共的阴谋。新营地距离中朝控制区不足五公里，天晴时能看见远处山头走动的士兵，他们分分钟可以拿下整个战俘营。有传言说，李承晚已经释放一批拒绝遣返的朝鲜战俘，但中方战俘却被带到狗屁的中立区，此事本身就令人生疑。至于所谓的中立国遣返委员会，除了瑞士，其他三个都是亲共的，如果被强制遣返，大头十分清楚自己的结局，只有发动更多人站出来抵制遣返，才能增加去台湾的筹码。后路既然被堵死，而前途仍未可知，唯有放手一搏，天堂地狱都随意，绝不能束手就擒。

"这是出埃及的前夜。"

大头给自己打气儿。他表面镇定，其实心虚得发慌。台湾来人联络，只是他的臆想，那些翻译人员里，有人操着福建口音而已。即使不遣返中国，至今也没有人公开确认他们将去往何处，包括之前的美国人。

第二天一早，任天笑被铁丝网外的高音喇叭吵醒。广播里一个甜美的女声，规劝志愿军战俘回归祖国，循环往复地诉说亲人盼你回家，祖国等你建设，等等。可甜美不到半小时，就被一浪高过一浪的敲击声、高喊声淹没。

大头被分在隔壁营区，此刻正带领一批人在营房外制造噪声，扰乱播音效果。一伙人敲打铝制饭盒，叮叮当当地一通乱响，嘴巴使劲儿高叫着"自由、台湾"。附近几个营房也随即效仿，杂乱无章的敲打声、叫喊声此起彼伏。

这是大头的反洗脑手段吧。透过铁丝网，看着眼前的一切，任天笑这么想着。他沿着铁丝网向前，捡了块干净之地坐下来，脚下一株杂草，头顶几片浮云。终于远离了海风海浪，终于更近了故土家乡，那些广播和嘈杂声与己无关，他内心笃定平静，闭上眼深呼吸，空气中竟然有一丝香甜。

接下来的几周，广播和敲击声交互呼应，甚至在国际红十字会来访时也不停息。跟随红十字会的还有一个中方慰问团，他们带来了一些慰问品：国内出版的报刊杂志、几面五星红旗、水果蔬菜和几扇猪肉。

"把你们的洗脑垃圾带走，别脏了老子的眼睛！"有人高声叫喊。

很快，有人焚烧那些临时印刷品和报刊杂志，有人愤怒地撕毁五星红旗。红十字会的人隔着铁丝网不明所以，有的摇头，有的愤怒，有的沉默不语。

印度军警对此视若罔闻并不禁止，任由那些人高声喧哗、我行我素，只要不跨出营区，那是战俘们的自由。

中立区的印度士兵，比之前的美国兵更加严厉，拎着警棍在营区隔离地带警戒，禁止任何人随意外出，即使上厕所也必须事先得到批准。就这样，营区之间的联络被隔断，大头只能干着急。

"他妈的！这些印度佬太亲共，我就说来这里准没好事。"大头隔着铁丝网抱怨。抱怨归抱怨，饭还是要吃好的，他们留下了青菜和猪肉。

"猪肉还是蛮香的。"任天笑嘴角叼着一片树叶，歪头看着天空。大头们并不傻。

"那群垃圾过来，说什么宣讲，其实就是他妈的劝降。昨天，我把他们桌子掀了，还打了一个'四眼狗'，满嘴跑火车胡说什么祖

国人民很幸福、粮食都吃不完。净她娘的瞎扯淡，洗脑洗到老子头
上了。”

　　任天笑并不想去台湾。他的心里只有故土，跟大头保持着这种
似信非信、非敌非友、若即若离的关系，自己也不明白为什么。大
多数时间，大头主动靠过来找他倾诉，可他却无法拒绝，甚至还有
几分享受。他们有着相似的家庭背景和人生经历，他有时候觉得，
大头就是隐藏在内心角落里另一个快意恩仇的自己，看着大头嬉笑
怒骂、贪嗔痴怨就像在看一出舞台滑稽戏。他有时也会入戏，也会
温暖和感动。若不是在这剑拔弩张的环境里，也许他跟大头能成为
好朋友。

　　“他们说他们的，你不信不就行了！”

　　“那怎么行？这么多兄弟被误导了怎么办，岂能任由他们瞎鸡
巴乱说！”大头捡起一块碎石，使劲儿扔向远方，“不过也有好消
息，上个周末，台北几万人游行，支持我们的反抗运动，蒋委员长
专门发了一封公开信，欢迎我们投奔自由世界！”

　　“这是最后一次选择！回大陆，还是去台湾，出了前面那个
门，再无回头路。最后一次，听清楚没有？”

　　方脸、阔嘴、酒糟鼻、络腮胡子，印度上尉一口流利中文，不
厌其烦强调这重要时刻。战俘们被分成六个中队，各自藏着心思，
露出兴奋和期待的神情，屈辱、难挨的日子终于要结束了。

　　任天笑两手空空挤在人群中间，扔掉了所有属于自己的私人物
品：草席、毛毯、香烟及铝制饭盒。三年来，他心如死灰，行尸走
肉一般麻木僵硬，早已失去喜怒哀乐的能力。在这里，任何人都必
须选边站队，他必须带着面具、随时示弱、不跟人起冲突，努力讨
好每一个人；在这里，他见识到人性中最真实、最残忍的一幕幕；

在这里，他失去自由和自我、丧失尊严和荣誉。直到今早醒来，他被一种冰冷、刺骨的悲伤包围着、侵袭着，才发现自己竟然还会痛、竟然还活着，竟然像狗一样摇尾乞怜生存了三年。这是一个毫无生机、令人绝望、只想尽快逃离的地狱，而今天这一切就要结束了。

印度士兵检查完身份卡，有人过来拍了照。任天笑被领到一个帐篷门口，又有人搜了他的身，才放他进去。帐内十分暖和、明亮，地上铺着硬木地板，走起路来发出"咔咔"的声响，大帐子中央有一个大肚子炉灶，里面冒着火苗。随后他被带到一张椅子上，面前是一张铺着绿色台布的长桌子。

"任天笑！真的是你呀。"眼镜男十分惊讶，从长桌子后的板凳上站起来。

任天笑也颇感意外，巨济岛一别，没想到在这里遇见。眼镜男胸前戴着"解说团人员"标牌，很显然是大头嘴里的"四眼狗"，他的一只眼镜片有条裂纹，脸上已不见伤痕。

"李春禾已经回国了。"眼镜男动之以情，想抓住机会进行最后的劝返，"米兰也已找到，就安葬在离这里不远的烈士陵园。"

任天笑看着他，难以想象他为什么出现在这里。听他讲李春禾和米兰，看着他薄薄的嘴唇一张一合，仿佛都是遥远的、与己无关的人和事。

"我知道你也刻了字，但那是被迫的，我可以给你证明。"眼镜男见他表情麻木，接着抛橄榄枝。

任天笑面无表情，目光越过眼镜男的头顶，大肚炉膛里的火焰飘忽摇摆。他想起第一次见面时的欧阳步。那一年，界首的阳光真他妈刺眼，白云像散落的棉花团，知了没完没了地叫，树荫下干瘪的老狗吐着长舌头。鲜红的招兵台布上摆放着笔和纸，墙壁上高挂着"青天白日满地红"，旗帜上方蓝底白字写着八个大字"抗日出征，保国卫民"。乡公所大门外，欧阳步站在大太阳底下，冲他意味深长地笑。

眼镜男还想张口，被身边一个穿着整洁毛料制服的人阻止。那人抢过话茬："同志！你在这里受苦了，祖国欢迎你回来！你的父母等着你回家。"

听到"父母"二字，任天笑一个激灵从梦巡神游里被拉回现实。他凝视着对方，若有所思地问："你刚才说什么？"

"你的父母等着你回家！"制服男高声重复道。

"我的父母，你确定？"

"当然！"那人眼睛里闪着光，一副扬扬得意的神情，自以为游说成功。

任天笑瞪大了双眼，像雄狮一般盯着制服男足足十秒钟。那一刻，他沉寂三年的血性被彻底点燃，恨不能张开血盆大口，死死咬住对方的脖子，摁倒在地直到他无法呼吸。但他终究对眼前的一切无能为力，当他意识到这一点，心中升腾的怒火渐渐熄灭，尖刀一样的目光逐渐变软，直至溶解、融化，到最后只剩下仰天长叹。

片刻之间，他已疾速整理好跌宕起伏的情绪，转身面向仲裁员，平静而坚定地说：

"我选择台湾！"

"你还有三分钟的考虑时间。"坐在桌子另一头的红胡子仲裁员好心提醒。

眼镜男和制服男面面相觑，不知发生了什么事。

"我已经决定了！"

"你的请求被批准了！"红胡子说，"请走右边的那扇门。"

任天笑拖着沉重的脚步，缓缓走向右侧那扇门。门外，是一条"人"字路，分岔处左右竖着两块指示牌，分别写着"回大陆"、"去台湾"。这一刻，即使站在分岔路口，他仍然犹豫纠结，不知何去何从。

"你走不走呀？！"后面的人急了，不由分说一把推开他，径直朝左边宽敞大路走去。

任天笑被挤到右边的支路上，那路是小的，崎岖不平，仿佛前方有一道窄门。他犹疑着试探着，抬起有些僵硬的右腿，迈开茫然未知的一小步。

这一迈，万水千山；这一步，生死两别。

三十四

小姨要结婚了。

小蔷薇特别高兴。她穿上新买的红色连衣裙，感觉上面的梅花都随风飘动，仿佛一旦她奔跑起来，梅花就会飘落一样。妈妈问她，为何高兴得要飞起来了。

"他俩本来就应该结婚的！"小蔷薇十分肯定地说。

"为啥？"秦晋很是好奇。

小孩子天真无邪，往往更能看穿世间万物。二狗给她买好吃的，带她看马戏，给她讲故事，自然喜欢他多一些。但这都不是根源，根源是她发现，小姨跟二狗在一起时很放松、随意和安心。

"狗叔喜欢小姨。"

"你怎么知道？"

"他还从颍州给小姨带礼物呢。"

"就你人小鬼大！"秦晋笑着，一边收拾礼物一边说。

母女二人赶到界首时，赵紫嫣正在给任天骄化妆。她停下手里的化妆笔，起身准备沏茶倒水。秦晋连忙拦住，说多谢赵姨娘，不用忙活了，自己坐在旁边跟天骄说说话就好了。此时，小蔷薇已经扑倒在小姨怀里。新娘子的妆容很快化好，赵紫嫣出去招呼客人。

小蔷薇拉着小姨左看右看，夸小姨比年画上的仙女还好看。

任天骄感慨说，女人化妆不是为了美丽，而是为了掩藏真实的自己。妆容就是面具，戴着它可以看透这世间的虚情假意，一些人笑着哭泣，另一些人泪含笑意。每个人都在别人色彩斑斓的世界里努力地活着，可有几个人留意面具背后的悲戚，知道面具背后的人生有什么意义？

秦晋听出妹妹藏着心事，以为只是婚前焦虑，在这节骨眼上也不便细究，便坐近些拉着妹妹的手。

"姐没念过书，也不懂什么人生道理。在姐眼里，只要小蔷薇每天能吃饱穿暖，只要春禾有一天能回来，姐这心里就有盼头，就觉得活着有意义。大喜的日子，你可别胡思乱想！好日子在后头呢。"

任天骄冲她莞尔一笑，说有个姐姐真好。

赵紫嫣在圣约翰广场接待亲友，高脚桌上准备了花生、红枣，还有香烟、糖果和糕点。教友们陆陆续续到了，很多人久未见面显得生分，保持着必要的距离，隔空传递着谨小慎微的祝福。商会的人更是稀少，七零八落远远地躲在墙角。广场另一端，吴越正陪着几个辅仁同学说说笑笑，书店大姐正跟文化同僚窃窃私语。

去年，赵紫嫣回乡探亲，许昌剧团得知后极力挽留。她盛情难却，便留在许昌传授豫剧舞台经验，生活也算有了着落，只是界首仍然令她牵挂。那里是她的避难所和应许之地，在她惊魂未定、流离失所、无所适从之际，是界首收留了她，给了她安全、安慰和安心。在那里，她度过了最平静、温暖、幸福的时光。

收到天骄婚期消息，赵紫嫣又惊又喜，惊的是新郎竟然是二狗，喜的是天娇终于从爱情亲情的多重打击下恢复过来，开启即将到来的新生活。那一刻，她竟然有些感动，清泉在天之灵也可以放心了。说起来，她跟天骄很投缘，眼瞅着她长大、恋爱和别离，共情于她的爱恨情愁。如今女儿即将步入婚姻的殿堂，她作为母亲，是责无旁贷的主婚人，必须把婚礼办得体面风光。

"我要办一个新式婚礼，就是穿洁白婚纱、有伴郎伴娘和花童，牧师主持，在上帝面前承诺的那种。"

一见面，任天骄就给她这么一个大大的惊喜，一个小小的难题。尽管对新式婚礼一无所知，赵紫嫣还是满口应允，只要孩子高兴，自己登台唱它三天三夜都乐意，但是樱桃好吃树难栽，她压根儿不知道新式婚礼是啥模样，坐在院子里一筹莫展，以至于铁蛋和吴越来到面前都没有察觉。

"师母，这个事交给我俩。您只管陪着天骄。"

"你们知道？"赵紫嫣不放心。

"鼻子底下是大路嘛。师娘您放心，保证让天骄满意！"吴越嘴甜如蜜。

"我孙女，今天结婚！"

陆庭筠在大门口上挂好左右两个红灯笼，扶着门框从凳子上小心翼翼地下来，一脸得意地跟路人解释。老爷子心里美得冒泡儿，又递喜烟又塞喜糖。路人乐乐呵呵地拱手祝福。

"你搞好了没有呀？！一顿早餐不吃饿不死人的。"

刚回到院子，陆庭筠像凯旋归来的英雄，挺直腰杆背着手不停地催促老太婆。老太婆心情喜悦，按部就班添柴加火，被他催得烦了，也不生气只是微笑摇头。

"时间还早呢。铁蛋说了车子准时到，咱们晚不了。"她跟老头子解释。

陆老爷子赶到婚礼现场时，铁蛋正站在教堂台阶上着急观望。见吉普车姗姗来迟，急忙上前问候搀扶，在教堂第一排长椅上坐下。

老爷子刚刚落座，几个商会的人陆续过来问候寒暄。这两年商会名存实亡，大家各自苟活，平时走动较少，也难得一见。老爷子记得每一个人的名字，坚持站立着拱手感谢他们，前来参加孙女婚礼并送上祝福。随后，众人散去，各自归位。老爷子左顾右盼，很稀奇，也很兴奋。

"新仪式好！这地方庄重神圣。我最怕吃喝玩乐的酒鬼瞎闹腾。"老爷子跟铁蛋耳语。

"都是按天骄的心愿操办的。师爷，今天还给您安排了一个特别任务。一会儿音乐响起时，您代表咱女方家长，牵着新娘的手，从大门口踏上红地毯，在音乐声中缓缓入场，把她交到新郎官手里，就完成任务了。"

这原本是父亲的差事，现在只能烦劳老爷子。

"一会儿，你可要把腰板儿挺直了！拿出你跑步的劲头，清泉能看见。"老太婆不放心，在一旁叮嘱。

钢琴启奏时，唱诗班开始暖场。

嘉宾们陆陆续续在长椅上落座等候。主持人站在左侧讲台前，有请婚礼牧师进场，一个戴着圆眼镜、神清气爽的男子走到前台坐下；有请女方家人进场时，嘉宾们纷纷回头朝门口张望，赵紫嫣在前，陆老太、秦晋和小蔷薇紧随其后，她们在第一排右侧落座。随后，铁蛋和吴越代表男方家人在左侧就座。伴郎伴娘入场之后，西装革履的新郎才闪亮登场，嘴角上扬露出一丝得意的微笑。可能因为二狗一向邋遢，突然帅的如此不真实，引起现场一片小小的惊呼。

精彩，总是留在最后。两个六七岁的男女花童，手提精致绣花的花篮，边走边撒着粉色花瓣儿。紧接着，一袭婚纱、洁白如雪的新娘子出现在门口的霞光里。

小蔷薇干脆站在长椅上，屏住呼吸瞪大双眼，霞光里的小姨如仙女下凡光彩照人。小姨在音乐声中踏上红毯，缓缓地步入教堂，吸引了所有人的目光。等渐渐走近了，小蔷薇才发现小姨是从未有过的美丽，长长的睫毛下，一双明亮闪着光的眼睛，恰到好处的鼻子，微微颤动的红嘴唇，紧实稍尖的下巴，修长雪白的颈脖，以及丰腴光洁的双肩。小姨看见了她，冲她微微一笑，然后在陆老太爷的牵引下，来到新郎身边。那个戴着圆眼镜的人，站在小姨和狗叔面前宣读着什么，新郎、新娘仔细聆听，不时点头并鞠躬致意。小蔷薇听不清楚也听不懂，也可能时间久了，她有些分神，脑海里净是北照寺庙会欢乐的画面。

"我愿意！"

当二狗响亮的声音传来时，小蔷薇才从庙会抽身回来。几乎同时，紧闭的教堂大门"嘭"地一声响，三个身穿制服的公安破门而入。他们快速穿过长长的走廊，径直来到二狗身边，低声宣布：

"薛青松，你被捕了！跟我们走吧。"

二狗十分错愕，被不由分说架着双臂朝门口推去。他扭过头，充满怜惜、无奈和愧疚的眼神，看向一脸茫然却冷静异常的新娘子。

任天骄听得真真切切，二狗被捕了。一念天堂，一念地狱，一切来得太突然！她傻傻地站在那儿，冷冷地看着他们把二狗带走，将她最后的希望和避风港轻松捣毁。她不知道发生过什么，却分明预感到将要发生什么。

公安局老赵亲自部署、亲自指挥这次抓捕行动。门口的吉普车"突突"冒着白烟。直到把二狗带上车，他才转过身，直面曾经一起出生入死的战友。

铁蛋追到大门外，贴在老赵屁股后面追问缘由，用近乎哀求的语气，恳请老赵看在十几年旧友份上暂缓片刻，等婚礼结束再带走新郎，咱凡事好商量，毕竟这是我妹妹的婚礼呀。

老赵叹了口气，说我还不是为了你，等生米煮成熟饭，不是把你妹妹给害了嘛。

铁蛋心里清楚，没有证据，老赵绝不会带人擅闯婚礼。他还是十分恼火，众目睽睽之下这种砸场子的做法，天王老子也必须给个交代！

"甭屁话！这到底咋回事？"

老赵迟疑了一下，又看了看左右，贴在铁蛋耳边："庙岔，漏网之鱼。"

说完，转身带人离去。

庙岔？二狗？铁蛋闻听此言，像被闪电击中一样，怔怔地站在教堂门外的台阶上，半天反应不过来，眼瞅着车子一溜烟儿消失在街角。

"有人要跳楼了！"不知谁大喊一声。

铁蛋心里"咯噔"一下，抬头一看，任天骄正站在教堂钟楼之上，洁白的婚纱裙摆已经飘在窗外。他惊慌失措地大喊：

"天骄！不要冲动！你下来听我给你解释。你快下来！"

钟楼，此刻安静得像一尘不染的爱情。爬上窗台，微风拂过脸颊吹动长发，窗叶上那块玻璃残存着昨日的余温。窗外，颍河水静静地流淌，揉碎的阳光在水面上发出刺眼的光芒，而广场上那些低矮的人们挥舞双手，仿佛群魔乱舞，令眼前的世界分外模糊。这个世界安静极了，像宇宙万物都死了一样。这里有她的喜悦，这里有她的哀伤；这里曾经像蜜糖那般，这里如今像炼狱这般；这里是她欢乐的源泉，这里是她痛苦的根源；这里是一切的开始，就让一切在这里结束吧。

教堂里的嘉宾们，茫然地看着眼前戏剧性的一切，当听到有人呐喊呼救，再也按捺不住，纷纷离席拥向门外。

铁蛋喊破了喉咙，见楼上毫无反应，便慌不择路地往教堂里冲，在潮水般外泄的人群中逆流而上，不顾一切地推开眼前的众人。从大门到楼梯口的路，是那么地拥挤和漫长，他拼尽全力往里冲刺，生怕晚了半步，生怕往事随风。他终于冲出人群，终于连滚带爬冲到楼梯口，终于气喘吁吁冲上钟楼。

钟楼里，除了风，什么都没有。

那天午夜，整个小城，万籁寂静。

圣约翰教堂钟楼的灯，亮了。小蔷薇稚嫩、沙哑的歌声从窗口传出：

"长亭外，古道边，芳草碧连天；问君此去几时还，来时莫徘徊……"

那年深秋，四合院。

一团火球从天而降，由西南斜插东北，击中了枝叶枯黄的白果树，半边的树枝被点燃，熊熊烈火足足燃烧了三天三夜，火光映红了界首的夜空。

那年隆冬，沈丘城。

陆庭筠深居简出，闭门谢客。一个保定口音的女子，终于敲开了他的家门。

次年初春，八里辰。

村口的狗，叫了。李春禾一瘸一拐的脚步声惊醒了它。

附　记

1、任天笑，抵台后，在台北永和镇卖早点谋生。一九五八年赴美求学，后在夏威夷大学从事东亚历史研究，现居火奴鲁鲁钻石山下。

2、凯文，返美后，退出基督教会，曾接受心理健康治疗，一生患有抑郁症。定居华盛顿州塔科马，"因为这里离中国最近"。二零一八年病逝。

3、小蔷薇，长大后，从事乡村小学教育，育有一女四子，至今仍生活在八里辰。

4、二狗，出狱后，苟活乡野，上世纪六十年代大饥荒中饿死。

5、铁蛋，文革中被批斗，打断一条腿，上世纪九十年代病故。

关于作者

"我不出山不行了！文坛这么乱。"

说这话时，他在豫皖边城读中学，年少轻狂傲视蓝天。好友王少一脸鄙夷。

后来，他读了中文，做过报社记者、国企秘书、经理、跨国公司区域总经理，先后浪迹合肥、上海、重庆、福州，以及居住十余年的武汉。

三十年后，他写下这本书——关于抗战、内战、韩战三场战争，沈丘、界首、八里辰两代人的命运、苦难和悲欢。

好友说，信息碎片化时代，逆流写长篇，还战争还悲剧，不仅贰且胆肥，简直出门找死。

可他说，夜深人静时，那些人会找他聊天，搅得他寝食难安，仿佛听到了使命召唤。他还说，吹牛是有代价的，因为人终究要兑现诺言。

如今，王少，定居南京，教书育人；而他，移居美国，四海为家。

联系他：*thewind1940@gmail.com*